난세의 영웅 1

# 난세의 영웅 1

초판1쇄 인쇄 | 2023년 6월 22일
초판1쇄 발행 | 2023년 6월 27일

지은이 | 이원호
펴낸이 | 박연
펴낸곳 | 한결미디어

등록 | 2006년 7월 24일(제313-2006-000152호)
주소 | 서울시 마포구 모래내로 83 한올빌딩 6층
전화 | 02-704-3331
팩스 | 02-704-3360
이메일 | okpk@hanmail.net

ISBN 979-11-5916-209-1  979-11-5916-208-4(set)  04810

# 난세의 영웅 1

## 난세(亂世)

이원호 지음

한결미디어
HANGYEOL
MEDIA

# 저자의 말

왜란(倭亂) 7년이 지났을 때 세상은 변해져 있었다. 조선에 대군을 보냈던 일본의 절대자 도요토미 히데요시는 죽어 없어졌고 정권은 도쿠가와 이에야스에게 넘어갔다.

조선을 구원하려고 원군을 보냈던 명(明)도 곧 조선전쟁에 국력을 소진시킨 것이 원인이 되어서 멸망하고 누르하치의 청(淸)이 일어섰다.

그러나 조선은?

14대왕 선조는 7년 왜란(倭亂) 동안을 꿋꿋하게 버티고, 난이 끝난 후에도 10년을 더 군림하다가 1608년 2월, 40년 7개월간 재위한 후에 병사한다. 그리고 광해군에게 왕위를 넘겼다.

그 후로 조선은 27대 순종이 1910년 8월 29일 한일합병조약을 성립시켜 일본에게 합병 당할때까지 13대, 3백여년을 더 이어간다. 태조 이성계가 1392년 초대 왕이 된 후로 518년이 되는가? 참, 길다.

7년 왜란이 끝났을 때 일본으로 돌아간 왜장들은 조선은 백성들이 남아는 있었지만 당연히 이씨왕조(李氏 王朝)는 멸망 했으리라고 믿었다고 했다. 그런데 선조는 늙어서 죽고 광해는 정원군의 아들 능양군이 반란을 일으켜 왕위를 찬탈 당한다. 참으로 끈질긴 인연이고 왕조다.

난세(亂世)에는 영웅(英雄)이 출현한다. 아니, 출연해야만 한다. 그래야 민족이 살아가는 에너지를 얻는다. 이순신 만으로는 부족하다. 만날 자유로를 오가면서 보는 행주산성의 권율을 내놓기에는 너무 부끄럽다.

그렇개 해서 난세(亂世)의 영웅(英雄)이 출현한 것이다. 7년 왜란, 주변의 야사(野史)를 모아 다시 여러분께 내놓는다. 내 소설의 목표는 언제나 희망이다.

20여년 전부터 내 소설이 '교도소'의 베스트셀러라는 말을 듣고 있었다. 공항에서도 잘 팔리는 소설이라는 말도 들었고, 나는 그것이 자랑스럽다. 그렇다고 더 많은 국민이 교도소에 가셨으면 좋겠다는 생각은 안한다.

하지만 인사는 해야겠지요, 부디 꿋꿋하게 견디십시오. 여러분을 생각하고 썼습니다.

2023년 5월 28일
이원호 드림

5

# 차례

왜란(倭亂)

기록에 남지 않은 영웅시대다.


무능하고 비겁한 왕(王).

당쟁으로 왜군의 침략을 무시한 탐관오리.

수만 명의 군사를 사지(死地)로 몰아넣고 도망친 대장군.

도망쳤다가 부하가 공을 세우자 모함해서 죽이고 공을 가로챈 병마사.

양반 의병 무리는 천민 의병과 함께 싸우지 않겠다고 천민 의병을 쫓아내었다.


이때 기록에 남지 않은 영웅들이 없었다면 조선은 멸망했을 것이다.


이것은 7년의 참혹한 전란(戰亂)을 헤쳐 나간 영웅의 전설이다.

# 1장
# 살육

"산(山)아, 네가 여기 온 지 얼마나 되었느냐?"

불쑥 동우 거사(居士)가 물었기 때문에 이산(李山)이 고개를 들었다.

해시(오후 10시)쯤 되었다.

주위는 조용하다. 안악산 중턱의 통나무집 안이다.

"예, 6년 되었습니다."

"그럼 네 나이가 스물이네."

"아시면서 왜 묻습니까?"

이산의 시선을 받은 동우가 쓴웃음을 지었다.

동우는 62세. 출가는 하지 않았지만, 스님 행세를 해서 동우(東牛)라는 법명으로만 불리고 있다.

이산이 이곳 안악산에 온 지 6년.

그동안 이산은 동우한테서 무술과 병법, 세상 사는 이치까지 배웠다.

"이제 네가 떠날 때가 되었다."

"나가서 뭘 합니까?"

시큰둥한 표정이 된 이산이 고개까지 저었다.

"이젠 여기서 세상이나 하고 공부하렵니다."

"그만하면 되었어."

"아직 멀었어요."

"그러니까 되었다는 말이다."

동우가 지그시 이산을 보았다.

62세지만 동우의 얼굴은 붉다. 흰 수염이 가슴까지 내려왔고 맑은 두 눈이 불빛을 받아 번들거리고 있다.

"네 분수를 아는 것, 그것이면 되었다."

"갈 곳도 없어요."

"저기."

동우가 손을 들어 옆쪽을 가리켰다.

"저쪽이 어디냐?"

"개운산 쪽이죠, 멧돼지가 많은 곳."

"동쪽이다."

어깨를 편 동우가 이산을 보았다.

"저쪽에서 피바람이 불어온다."

이산이 입을 다물었다.

동우는 속세에서 점술가로 불리었다. 특히 어머니 김 씨가 정성으로 모셨던 도인이다. 그래서 어린 이산을 동우에게 맡겼다.

동우가 말을 이었다.

"저 피바람이 조선 땅을 뒤덮을 게다. 그것도 수년간 이어진다."

"반란인가요? 잘되었는데."

이산의 얼굴에 웃음기가 돌았다.

"이 세상이 뒤집힐 때가 되었지 않습니까? 양반 상놈으로 갈라진 세상 말입니다."

"네 이놈."

"사부님은 또 제가 양반의 씨라고 하실 건가요? 세상이 뒤집히지 않는 한 종의 자식에서 벗어날 수 없다는 것을 아시면서."

"바다 건너에서 오는 바람이야."

동우의 말에 이산이 고개를 들었다.

"바다 건너라니요?"

"동쪽 바다 건너에 무엇이 있느냐?"

"왜국입니까?"

"그렇다. 왜란(倭亂)이 일어난다."

숨을 멈춘 동우의 눈이 흐려졌다.

"네가 6년간 닦은 무술과 학문이 모두 이때를 위해서다."

"알고 계셨단 말씀이오?"

"천운(天運)을 본 것이지."

"이 산속에서요?"

되물었지만 곧 이산이 어깨를 늘어뜨렸다. 금세 납득했기 때문이다.

동우는 무술과 병법에 통달한 도인이다. 천문과 지리에도 초인의 경지에 이르러 있는 것을 겪어왔지 않은가.

순간 이산의 머릿속에 6년 전이 섬광처럼 스치고 지나갔다.


"너, 지금 거사님하고 떠나거라."

어머니 김 씨가 말하자 이산이 대번에 고개를 끄덕였다.

"가지요."

마당이 순식간에 조용해졌다.

외딴집이시만 5칸싸리 3채나 외양산에는 소가 3마리나 있다. 남녀 하인이 6명. 김 씨는 마루에 앉아 있고 토방에는 동우 거사가 서 있다.

한낮.

14살짜리 이산이 마루를 올려다보면서 말했다.

"이놈의 세상에서 살기 싫었는데 잘되었습니다."

"네 이놈."

김 씨의 목소리가 떨렸다. 다섯 발짝쯤 떨어져 있는데도 눈에 고인 눈물이 반짝였다. 그것을 본 이산이 어깨를 부풀렸다.

"어머니는 판서 대감의 후실로 호사 누리면서 잘 사십시오. 전 떠나지요."

그때 동우가 헛기침을 했다.

"말 삼가거라."

김 씨가 마침내 저고리 고름으로 눈을 닦았기 때문에 이산도 입을 다물었다.

어머니 김 씨는 낙향한 전(前) 호조판서 이윤기의 종이었다가 후실이 되었다.

이산은 이윤기의 자식으로 서자(庶子)다.

14살이 될 때까지 아버지 이윤기의 얼굴을 본 적도 없다. 갓난아이였을 때 이윤기가 몇 번 들여다보았다고 했지만, 발을 끊은 지 10년이 넘는다.


"내일쯤 사람이 올 것 같구나."

동우가 말했기 때문에 이산이 고개를 들었다.

바람이 나뭇가지를 스쳐 지나는 소리가 들렸다. 이곳은 바람이 세어서 나무껍질 지붕에 돌덩이를 올려놓았다.

지금까지 6년 동안 한 번도 집에 가지 않았다. 1년에 한 번씩 어머니가 보낸 집사 돌이가 양식과 옷가지를 갖고 왔을 뿐이다.

돌이가 작년 늦가을에 이곳에 다녀갔으니 반년 만인가?

지금은 4월이다.

방으로 돌아온 이산이 벽에 등을 붙이고 앉아 밖을 내다보았다.

문을 열어놓았기 때문에 바람결에 숲 냄새가 맡아졌다. 방의 불을 켜지 않았지만 나무 윤곽은 선명하다.

사부는 피바람이 부는 세상으로 나가라고만 했지 무엇을 하라는 말은 하지 않았다.

바다 건너 왜인(倭人)이 피바람을 일으키다니, 가끔 왜구가 바닷가 마을을 노략질했다는 소문을 들었지만 무슨 일인가?

만일 나가게 되더라도 집에서 머물지는 않을 작정이다. 아버지가 정3품 판서를 지낸 양반이지만 나는 서출(庶出)로 어머니는 종이다. 14살 때까지 개망나니 짓으로 소일하는 바람에 인근 마을에서 '괴물'이란 별명도 얻었다.

현감이 아버지 이 판서의 체면을 봐서 눈감아 주었기 망정이지 상민의 자식이었다면 10번도 더 매 맞아 죽었을 것이다.


도망치듯이 동우 거사와 집을 떠나기 전날.

이산은 골짜기에서 산적 놀이를 하고 있었다. 열네 살에 벌써 어른 키만 했고 쌀한 가마를 거뜬히 메고 달릴 수도 있는 이산이다. 장사라고 소문이 났는데 어머니는 이산이 외조부를 닮아서 그렇다고만 했다.

마을 아이들 10여 명이 편을 갈라서 관군(官軍)과 산적으로 쫓고 쫓길 때다.

갑자기 아래쪽에서 호통 소리가 들렸다. 이어서 자지러지는 아이의 비명.

그때 아이 하나가 헐레벌떡 달려왔다. 산적 대장 노릇을 하던 아이다.

"잡혔어. 지금 두들겨 맞는 중이야."

"누가?"

이산이 소리쳐 묻자 아이가 헐떡이며 내답했다.

"양반 행차를 건드렸어. 돌멩이가 당나귀에 맞아서 타고 가던 도련님이 떨어졌어."

이산이 다 듣지도 않고 골짜기를 내달렸다.


"이놈!"

하인 둘이 막손이를 붙잡고 두들기는 중이었다. 막손이는 비명을 지르면서 몸부림을 친다. 그 옆에 도련님 하나가 서 있었는데 하인 하나가 옷에 묻은 먼지를 털어주고 있다.

당나귀에서 떨어진 도련님이다.

"그만둬!"

버럭 소리친 이산이 손에 들고 있던 몽둥이를 치켜들고 달려갔다.

순간 모두의 시선이 모였다.

양반 일행은 10여 명. 하인이 7, 8명이나 된다. 그때 하인 서너 명이 두 팔을 벌리며 다가왔다.

"이놈, 이 상놈의 자식이."

앞장선 사내가 버럭 소리쳤다.

"그놈도 잡아서 두들겨라!"

뒤쪽에서 나이든 하인이 말하자 사내가 덥석 이산의 어깨를 움켜쥐었다.

"이놈!"

그 순간이다.

이산이 주먹을 휘둘러 사내의 복장을 내질렀다.

"어이쿠!"

14살이지만 벌써 장정 두 사람 몫의 힘을 쓰는 이산이다. 허리를 꺾은 사내가 신음을 뱉었을 때 이산이 막손이를 잡고 있는 하인들에게 덤벼들었다.

"이놈들!"

외침과 함께 이산의 주먹과 발길이 날았다.

열 살 때부터 독학한 권법과 격투기다. 마을에 북방으로 군역 나갔다가 온 농군한테서 배웠고 떠돌이 행상한테서도 배운 것을 스스로 변형시킨 무술이다.

"아이쿠!"

신음이 울리면서 하인들이 나가떨어졌다. 이산이 이리저리 뛰면서 치고받았는데 제대로 대적하는 사내가 없다.

"네 이놈!"

집사가 손을 내저으며 소리쳤다가 이산이 내지른 발에 채어 벌떡 넘어졌다. 숨 대여섯 번 쉬고 났을 때 골짜기 앞길에는 당나귀 한 마리와 이산과 막손, 그리고 도련님이 서 있을 뿐이다. 7, 8명의 하인은 모두 쓰러져 있다.

도련님은 10여 세쯤 되었다.

늘어진 머리를 보면 미혼이다. 귀티가 흐르는 얼굴. 그러나 겁에 질린 눈동자가 흔들렸다. 반쯤 벌어진 입술 끝이 떨리고 있다.

그때 도련님이 겨우 물었다. 목소리가 떨렸다.

"너, 내가 누군지 아느냐?"

"어떤 놈 아들인지 모른다."

어깨를 부풀린 이산이 소리쳐 대답했다.

"널 놔둔 걸 고맙다고 해야 돼."

막손이의 허리를 한 손으로 감아쥔 이산이 몸을 돌리면서 뱉듯이 말했다.

"더러운 양반 놈."

"이놈! 난 이 판서의 아들 이정남이다!"

뒤에서 도련님이 소리쳤다.

"서운동의 이 판서를 모르느냐!"

놀란 막손이가 고개를 돌려 이산을 보았다. 이산은 잠자코 발을 떼었다.

알다 뿐인가.

이 판서는 이산의 아버지다. 그렇다면 저놈은 이산의 이복형제인 셈이다.

그때 뒤쪽에서 하인의 외침이 들렸다. 집사 같다.

"네 이놈! 넌 관(官)에서 매 맞아 죽을 줄 알아라!"


동우의 예언대로 다음 날 낮에 집에서 돌이가 왔다.

돌이는 45세. 이 판서 가문의 씨종이었다가 김 씨가 후실이 되었을 때 분가시키면서 집사로 붙여준 인물이다. 그러니 이산이 태어났을 때부터 돌보아준 하인이다.

동우 거사에게 인사를 마친 돌이가 입을 열었다.

"왜란입니다. 왜의 대군이 부산진에 상륙해서 북상하고 있습니다."

동우는 듣기만 했고 옆쪽에 앉은 이산은 숨을 죽였다.

돌이가 말을 이었다.

"제가 사흘 전에 집을 떠날 때 왜군은 경상도를 지났다고 했습니다. 지금은 어디까지 왔는지 모르겠소."

이산이 동우를 보았지만 듣기만 한다.

이산의 본가는 청주에서 서쪽으로 50여 리 떨어진 가곡현이다.

돌이가 이산을 보았다.

"도련님, 서둘러 집에 가십시다, 스승께서도 허락하셨으니까."

집에 가고 싶지는 않았지만, 스승이 나가라고 하는데 굳이 머물 것도 없다. 그것이 이산의 생각이다. 6년 동안 수도승처럼 지내면서 속세를 잊고 살았지만 뿌리가 변하지는 않는다.

그것을 거사는 '그만하면 되었다'고 한다.

그때 동우가 고개를 돌려 이산을 보았다.

시선을 받은 이산이 숨을 들이켰다. 스승의 눈이 깊다. 초점이 없는 눈이 깊이를 알 수 없는 구멍 같다.

"산아."

"예, 스승."

"난세(亂世)다."

"그런 것 같구만요."

"난세는 영웅을 낳는다."

동우의 목소리가 엄격해졌고 눈동자에 초점이 잡혔다.

"네가 영웅으로 태어났다."

"종의 아들이 아닙니까?"

바로 말대답을 했던 이산이 곧 어깨를 늘어뜨렸다.

억지소리다. 가차 없이 떠나라고만 한 스승이 야속해서 한 말이다.

일어나기 전에 이산이 말했다.

"가르침을 줍시오."

"오냐."

동우의 눈이 다시 깊어지더니 입이 열렸다.

"옳은 일을 해라."

"예, 스승."

고개를 숙여 보인 이산이 동우에게 큰절을 했다. 이마를 방바닥에 붙였다가 뗀 이산은 시선도 마주치지 않고 방을 나왔다.


"도련님, 짐은 이것뿐이오?"

돌이가 물었다. 방에 들어간 이산이 활과 화살통, 그리고 옷가지가 든 등짐 하나만 메고 나왔기 때문이다.

"스승님이 다 놓고 가라고 하셨어."

이산이 각궁을 들어 보이면서 웃었다.

"스승님은 내다보시지도 않는구만."

마당 건너편이 동우 거사의 안채다. 다섯 발짝 거리여서 방 안의 거사는 다 들었을 것이다.

"스승, 갑니다."

소리쳐 말한 이산이 활을 내동댕이치더니 마당에 엎드려 방을 향해 절을 했다. 뒤에 선 돌이는 쳐다보기만 한다.

산속 어디선가 산새가 울었다.


이산은 6척 장신에 육중한 체격이다.

14살 때 산에 와서 밤낮으로 수련을 했기 때문에 몸이 돌덩이처럼 단단하다. 이산이 무술을 좋아하는 데다 집중력이 강해서 몰두하면 성취력이 뛰어났다.

동우 거사는 신분을 밝히지 않았어도 무술의 고수(高手)임이 드러났다. 검술, 창술, 궁술을 포함해서 권법과 경공까지 단련했다. 거기에다 밤에는 천문과 지리, 병서를 공부해 온 것이다.

앞장서 가던 돌이가 고개를 돌려 이산을 보았다.

"도련님 오시기를 기다렸다가 마님은 석장골로 피란을 가실 겁니다."

산이 험했기 때문에 나뭇가지를 잡고 내려가면서 돌이가 말을 이었다.

"석장골 아시지요?"

"알아."

"그곳은 골이 깊어서 왜적이 들어오지 못할 겁니다."

신시(오후 4시) 무렵이다.

인적 없는 산을 둘이 내려가고 있다.

그날, 6년 전 그날이었소."

산 중턱의 바위 밑에 앉은 돌이가 입을 열었다.

유시(오후 6시) 무렵.

이미 해는 서산 아래로 떨어졌고 주위는 어둠에 덮여있다. 안악산의 통나무집에서 산줄기 하나를 넘고 나서 쉬는 중이다.

돌이가 말을 이었다.

"도련님이 거사님하고 집을 떠나신 날 저녁 무렵이었소."

"일이 난 거야?"

바위 위에 책상다리를 하고 앉은 이산이 물었다.

바람이 불어와 옷자락을 날렸지만 땀이 마르는 중이다.

"예, 본가(本家)에서 집사 고 서방 놈하고 종 10여 명이 몰려왔는데 도련님을 잡아가려고 온 겁니다."

"나를?"

어둠 속에서 이산이 눈을 가늘게 뜨고 웃었다.

"이 판서가 시킨 것이군."

"대부인 지시였소."

"대부인(大夫人)이라. 그 병신 같은 놈의 어미 말인가?"

"정남 도련님은 대부인의 막내아들로 그날 청주의 조찬성 댁 회갑 잔치에 다녀오던 길이었습니다."

정남 도련님이란 그날 이산에게 행차가 박살이 난 '배다른 놈'을 말한다. 이산의 눈앞에 겁에 질린 그놈의 얼굴이 떠올랐다.

돌이가 말을 이었다.

"곱게 자라서 본가에 돌아가 내부인께 울며불며 일러바친 모양입니다. 분이 난 대부인이 힘꼴깨나 쓰는 종에다 현령에게도 청을 넣어서 형방이 장교 셋까지 딸려

보냈소."

"……."

"집뒤짐을 해서도 도련님을 찾지 못하니까 고 서방 그놈이 종들을 시켜 안채는 건드리지 못하고 바깥채를 다 때려 부수고 갔습니다."

"……."

"도련님이 집에 계셨다면 무사하지 못하셨을 겁니다."

이산이 잠자코 건너편 산을 보았다. 어둠에 덮인 산을 바람이 훑어가고 있다.

"나중에 들었더니 도련님을 잡아다가 관아에서 곤장을 때려 무릎뼈를 박살 내도록 말을 맞춰 놓았다고 했소."

돌이가 혼잣소리처럼 말을 이었다.

"도련님의 근본을 대부인이 알고 있기 때문이지요."

고개를 든 이산이 돌이를 보았다.

"내 근본?"

"예, 도련님."

"난 종의 아들이다."

"마님은 7살 때 종이 되셨소."

순간, 이산이 숨을 들이켰다. 처음 듣는 말이다. 지금 돌이는 어머니의 근본을 말하고 있다.

돌이가 말을 이었다.

"마님의 아버님이 역적의 죄명을 쓰고 처형당하신 후에 마님과 마님의 어머님은 종이 되신 거요."

바람이 세어져서 옷자락이 펄럭였다.

"마님의 아버님, 도련님의 외조부는 북방의 회령에서 병마사를 지낸 분이셨소."

"……."

"외조부가 처형당하실 때 형제, 아들까지 남자들은 모두 같이 죽었지만, 여자들은 관아의 종이 되신 겁니다."

"……."

"대부인은 도련님이 외조부의 피를 받은 역적의 씨라고 하셨답니다."

"……."

"대부인의 친정은 지금도 세도가 당당한 가문이오. 오라버니가 병조판서, 친척 중에 도승지, 관찰사도 있소."

"……."

"도련님이 만일 집에 계셨다면 온전하지 못했을 것입니다."

그때 이산이 입을 열었다.

"어머니만 보고 떠나겠다."

돌이가 입을 다물었고 이산이 말을 이었다.

"난리가 났다니 차라리 잘되었어, 이놈의 세상."


1592년 4월 13일 묘시(오전 6시) 무렵.

대마도를 출발한 700여 척의 배가 신시(오후 4시) 무렵에 부산포에 닿았다.

1번대 사령관 고니시 유키나가가 지휘하는 1만 9천 명의 왜군이다.

1번대에 이어서 가또 기요마사가 이끄는 2만 3천의 2번대, 3번대는 구로다 나가마사의 1만 2천이 조선 땅에 상륙했다.

이것이 임진년의 왜란, 임진왜란이다.

왜군은 모두 10번대로 편성되었는데 3개의 진입로를 통해 북상했다.

고니시가 이끄는 1번군은 상주, 충주를 지나 한양성을 목표로 삼았다. 2번군의 신봉은 가또. 가또는 경주를 지나 농해안을 따라 북상했다. 3번군의 선봉은 구로다, 서쪽으로 떨어져서 옥천을 통해 한양으로 진입하려는 것이다.

전쟁으로 단련된 15만 대군이 해일처럼 반도를 삼켜가고 있었다.


"왜군이 동선현에 들어왔답니다."

분이가 헐떡이며 말했다.

미시(오후 2시) 무렵.

분이는 골짜기 밖의 마을에서 돌아온 것이다. 얼굴의 땀을 치마폭으로 닦으면서 분이가 말을 이었다.

"마을 사람들이 북쪽으로 피란을 가는 중이라 빈집이 많아요. 우리도 이곳을 떠나야 될 것 같습니다, 아씨."

"안 돼."

김 씨가 고개를 저었다.

동선현은 이곳에서 남쪽으로 70여 리 떨어진 대읍(大邑)이다. 왜군이 부산포에 상륙했다는 소문을 듣자마자 집사 돌이를 안악산에 보낸 지 사흘째가 되어간다. 안악산은 동북쪽 소백산 줄기여서 오가는 데 닷새를 잡는다.

"산이가 올 때까지 기다려야 한다."

"그러시면 이곳에 제가 남아서 도련님을 맞을 테니까 아씨는 대감 일행을 따라가시지요."

"그러지 않아도 된다니까."

"뭐가 됩니까?"

분이가 짜증을 냈다.

분이는 56세. 어린 나이에 김 씨가 종이 되었을 때부터 보살펴주었던 종이다. 김 씨가 이윤기의 눈에 들어서 후실이 되자 자진해서 따라 나온 어머니 같은 역할이다. 함께 종이 되었던 김 씨 어머니 한 씨가 일찍 죽었기 때문이다.

"아씨, 대감도 오라고 하시지 않았습니까? 이곳은 골짜기가 짧아서 왜놈들이 금방 찾아낼 수 있어요."

"곧 산이가 올 테니까 같이 데려갈 거야."

김 씨가 반들거리는 눈으로 분이를 보았다.

5칸짜리 기와집은 전(前) 판서 이윤기의 별장이다. 앞쪽 골짜기와 개울의 풍광이 좋아서 1리(400미터)만 나가면 국도다.

분이가 시선을 내리고는 입을 다물었다.

이산의 성품을 알기 때문이다. 이산이 혼자서 대감의 본가 식구들이 모인 곳으로 갈 리가 없는 것이다.


"데려와라."

오가사와라가 말하자 곧 병사 둘이 사내 하나를 끌고 왔다.

머리는 산발이 되었고 얼굴이 피투성이지만 양반 차림. 피가 묻은 옷이 무명이고 가죽신을 신었다. 관리다.

사내가 오가사와라 앞쪽 땅바닥에 내동댕이쳐졌다. 도망치다가 잡힌 성산 군수 민희범이다.

오가사와라가 옆에 선 향도에게 말했다.

"앞쪽 백운산에 조선군이 얼마나 있는가를 물어라."

향도는 대마도에서 차출된 조선인이다.

향도가 소리쳐 묻자 민희범이 고개를 들었다.

"옥천 부사 장겸과 목사 안윤수가 선산군에서 모은 군사까지 2천5백 정도를 지휘하고 있소."

향도의 말을 들은 오가사와라가 눈을 가늘게 떴다.

오가사와라는 25세. 1번내 고니시의 선봉상 야마시다의 부하로 첨병조장이다. 휘하에 50여 명을 거느리고 최전선을 맡고 있다.

오가사와라가 다시 물었다.

"넌 왜 도망치다가 잡혔는가?"

"전쟁에 뜻이 없었소이다."

"그게 무슨 말이냐?"

"일본군에 대항하고 싶지 않아서 발을 뺀 것이니 목숨을 붙여주시오."

"옳지."

향도의 말을 들은 오가사와라가 얼굴을 펴고 웃었다.

"그럼 앞으로 네가 내 부대의 앞장을 서야겠다. 네가 조선군에게 투항하라고 소리쳐라."

걸상에서 일어선 오가사와라가 민희범을 내려다보았다. 벌레를 보는 표정이다.

"저런 놈이 군수였다니, 조선이 망할 만하다."


"마을이 비었네."

주위를 둘러보면서 돌이가 말했다.

지금 돌이와 이산은 작은 마을을 통과하는 중이다. 30, 40호가량의 마을이 도로 옆쪽에 펼쳐져 있는데 인적이 없다. 개 서너 마리가 몰려다니다가 이쪽을 힐끗거리고 있다.

"왜적이 가깝게 온 것 같소. 아니, 지나갔는가?"

"피 냄새가 남쪽에서 흘러오고 있어."

이산이 고개를 들고 냄새 맡는 시늉을 했다.

"여기서 30리쯤 거리야."

"도련님은 어떻게 그걸 아시오?"

놀란 돌이가 눈을 둥그렇게 떴다.

"냄새가 흘러오는 건 그렇다고 칩시다. 거리는 어떻게 아시오?"

"저쪽 하늘을 봐."

이산이 손으로 남쪽을 가리켰다.

"하늘이 누렇다. 불길과 연기가 공기를 오염시켰기 때문이야. 30리쯤 거리야."

"거사께서 알려주십디까?"

말은 그렇게 받았지만 돌이의 걸음이 빨라졌다.

이곳에서 가곡현까지는 150리 거리다. 지금은 신시(오후 4시). 깊은 밤이 되어야 집에 도착할 것이었다.


한 시진을 더 걷고 둘은 산기슭의 농가 마당으로 들어섰다. 이제 주위는 어두워지고 있다.

"계시오?"

대문도 없는 마당에 서서 돌이가 물었을 때다. 부엌에서 중년 여자가 나왔다.

"누구시오?"

"지나는 사람이오. 쌀을 드릴 테니까 밥을 좀 지어주시오."

"그러지요."

"밥 짓는 삯으로 한 되 더 드리지요."

"아이구, 됐어요."

"인정에 그럴 수가 있소? 오늘 밤에 집에 도착하니 쌀도 더 필요 없어요."

"댁이 어디신데요?"

쌀을 받은 여자가 묻자 돌이가 대답했다.

"가곡현에서 좀 떨어졌어요."

"아이구, 그쪽으로 왜군이 간다던데."

여사가 몸을 돌리면서 말을 잇는다.

"서둘러야겠네."

이곳은 가곡현에서 동북쪽 위치다.

여자가 부엌으로 들어갔을 때 돌이가 고개를 돌려 이산을 보았다.

"왜군이 근처까지 온 것 같소. 서둘러야겠습니다."


"이곳에서 쉬자."

오가사와라가 지시했다.

주위는 어두웠고 바람결에 물 냄새가 맡아졌다. 병사들이 제각기 흩어져서 야영 준비를 시작했다.

그때 오가사와라에게 부장 세끼가 다가와 말했다.

"왼쪽 골짜기 정찰을 다녀오겠습니다."

오가사와라가 고개를 끄덕이자 세끼는 부하 셋을 이끌고 사라졌다.


김 씨가 고개를 들고 분이를 보았다.

"난 산이 데리고 전라도로 갈 거야."

"그렇게 하시지요."

금세 대답한 분이가 말을 이었다.

"어쨌든 이곳은 떠나야 합니다."

"산이가 내일은 오겠지?"

"내일이 나흘째니까 빠르면 돌아올 것 같습니다."

"산이가 석장골로 가려고 하지는 않을 거야. 그쪽이 반길 것 같지도 않고."

"대부인이나 그렇지, 대감은 오라고 하시지 않았습니까?"

이윤기가 마름 오가를 김 씨에게 보낸 것은 사흘 전이다. 오가는 김 씨에게 석장골의 좌측 산기슭에 있는 농가의 위치까지 알려주고 돌아갔다. 세심한 배려 같지만 본처인 대부인(大夫人)의 눈에 띄지 않으려는 의도다.

"그곳이 안전하다지만 가깝게 다가가기는 싫어."

분이가 힐끗 시선을 주었지만 입을 열지는 않았다.

이윤기는 이산이 네 살 무렵까지 가곡현의 김 씨에게 왕래했지만 발길을 끊은 지 10여 년이다. 대부인 강 씨의 압박 때문이다. 강 씨는 '역적'의 씨인 이산을 병신으로 만들려고 했던 장본인이다.

지난번 아들 이정남의 행차가 봉변을 당한 후부터 도망친 이산을 끈질기게 찾아왔다. 이산이 근처에 와 있다는 것을 알면 난리 중이라고 해도 가만 놔둘 성품이 아니다.


"저기 불빛이 보입니다."

병사가 말했지만 세끼는 이미 보았다. 골짜기 왼쪽의 산기슭에서 불빛이 흘러나오고 있다. 민가다.

"제법 큰데요."

다가선 병사가 조심스럽게 말했다. 불빛이 서너 군데서 비치고 있다. 건물이 서너 채라는 것이다. 그때 세끼가 말했다.

"조심스럽게 접근해라."

"마을은 아닙니다."

"필요하면 본대에 연락할 테니까 우선 정찰이다."

발을 떼면서 세끼가 허리에 찬 칼을 빼 들었다.

거리는 3백 보 정도. 잘 훈련된 첨병조원들이다. 벌려선 넷은 조심스럽게 골짜기 안으로 다가갔다.


"내가 앞장을 서지."

이번에는 이산이 앞장을 서면서 말했다.

농가에서 밥을 시켜 먹은 후에 이제는 산등성이를 올라가고 있다. 곧장 산맥을 질러가려는 것이다. 산줄기 3개를 넘으면 20리쯤 길을 단축할 수 있다. 거침없이 길도 없는 바위산을 오르는 이산의 뒤를 따르면서 돌이가 말했다.

"도련님, 천천히 갑시다."

"돌이도 늙었구나."

"도련님이 너무 빠르오."

"내가 업어줄까?"

걸음을 늦춘 이산이 묻자 돌이가 헛웃음 소리를 냈다.

"나중에 마님이나 업어드리시오."

"내가 어머니 속을 많이 상해드렸지"

"어이구, 이제 정신 차리셨소."

돌이가 깜짝 놀란 말투로 대답했다.

"그 말씀을 마님이 들으셔야 되는데."

그러더니 덧붙였다.

"이따 마님한테 하시오."


"아악!"

갑자기 밖에서 자지러지는 비명이 울렸기 때문에 김 씨가 회들짝 놀랐다.

여자 목소리다. 윗목에서 바느질을 하던 분이가 바구니를 내동댕이치면서 일어섰다.

"아이구머니! 도둑이야!"

날카로운 목소리가 마당을 울렸다.

갑순이다. 갑순이가 소리를 지르고 있다.

그때 사내의 목소리가 울렸다.

"누구냐!"

종, 두남이다. 다음 순간.

"아악!"

두남의 비명이 울렸고 분이가 김 씨를 잡아 일으켰다.

"아씨, 숨읍시다!"

김 씨는 그때까지 몸을 굳힌 채 눈만 치켜뜬 상황이다. 분이와 함께 김 씨가 옆문을 향해 발을 떼었을 때다.

"우지끈!"

바로 옆문이 안쪽으로 부서지더니 사내 하나가 들어섰다.

"아악!"

사내를 본 분이가 비명을 질렀고 김 씨는 숨을 들이켰다.

갑옷을 입은 군사다. 이런 갑옷은 처음 본다.

바로 왜군이다. 그 왜군이 손에 칼을 쥐고 둘을 노려보았다. 거친 얼굴. 부릅뜬 눈.

그때.

"아이고머니!"

분이가 두 팔을 벌리면서 김 씨를 가로막고 소리쳤을 때다.

"에익!"

군사가 칼을 휘둘러 분이의 어깨를 내려쳤다.

"으악!"

분이가 뒤로 벌떡 넘어지면서 비명을 질렀다.


이산이 걸음을 멈췄기 때문에 돌이가 등 뒤로 나오면서 물었다.

"좀 쉴까요?"

그때 이산이 손가락을 입술 끝에 세로로 붙였다가 떼었다.

"조용히."

"뭡니까?"

이산이 손을 들어 앞쪽을 가리켰다.

"저쪽에 사람들이 있어."

산기슭 쪽이다. 어둠에 잠긴 산기슭은 1리(400미터)쯤 되었다.

고개를 돌린 돌이가 이산을 보았다.

"난 아무 소리도 안 들리는데요."

"말의 투레질 소리도 들린다. 아무래도 군사들 같다."

"관군일까요?"

"7, 8명이야. 그런데 여자도 있어."

"여자라니요?"

눈을 크게 떴던 돌이가 곧 고개를 저었다.

"도련님은 산속에 계시더니 귀가 밝아지셨소."

"눈도, 코도 밝아졌다."

대답한 이산이 등짐을 벗더니 활과 살통을 내려놓고 허리춤에 칼을 찼다.

"넌 이곳에서 기다려라."

"아니, 도련님."

놀란 돌이가 불렀을 때 이산이 발을 떼면서 말했다.

"내가 가보고 올 테니까 기다리고 있어."

돌이가 다시 입을 벌렸지만, 이산은 이미 어둠 속으로 사라진 후다.


가라스가 고개를 들고 향도를 보았다.

"너희들은 겪을수록 망해야 할 나라라는 것이 드러난다."

가라스의 시선을 받은 향도가 쓴웃음을 지었다.

"옳습니다, 대장님. 그래서 곧 망할 겁니다."

"제대로 된 장수도 없고 관리도 없어. 그놈들을 따르다가 군사들만 죽어나간다."

"군사를 앞세우고 나서 장수는 도망질을 하니 이제 누가 따르겠습니까?"

향도의 일본말은 유창했다. 부산진에서 왜국과 교역을 하던 상인이었다가 이번에 자원해서 향도가 된 인물이다. 중인(中人) 신분으로 23세. 왜말을 하는 중인들은 대부분 향도가 되어있다. 그때 향도가 말했다.

"그럼 여자를 데려오지요."

가라스가 고개만 끄덕이자 향도가 방을 나갔다.

가라스는 1번대 고니시 유키나가의 선봉장 야마시다의 가신이다. 녹봉은 150석. 지금 부하 8명을 데리고 좌측 지역 정찰을 나온 길이다.

정찰 중에 찾아낸 조선 백성 중에서 남자들은 다 죽였고 여자 셋을 잡아서 이곳까지 끌고 온 것이다. 물론 노리개용으로 날이 밝으면 죽이고 떠나갈 예정이다.


이산이 산기슭 나무에 기대서서 앞을 살폈다.

해시(밤 10시)가 지난 시간이다.

별빛이 밝아지면서 사물의 윤곽이 선명하게 드러났다. 어둠에 익숙해진 데다 밤눈이 밝은 이산이다.

왜군이다. 이곳에서 왜군을 처음 보았다.

초막 앞의 바위에 두 명이 쪼그리고 앉아 있는데 한 명은 잠이 들었다. 담장 안의 초막에서 수선거리는 소음이 울리고 있다. 불을 켜지 않은 것은 조심하고 있는 것 같다.

대략 10명 정도. 여자의 겁에 질린 목소리도 늘린다.

숨을 고른 이산이 나무에서 몸을 떼고 허리에 찬 칼을 빼 들었다. 왜병과의 거리는 30보 정도. 초병 뒤쪽의 초막은 50보쯤 떨어져 있다.


이산이 다섯 발짝 거리로 다가갔어도 왜병 둘은 눈치채지 못했다. 하나는 깊게 잠이 들었고 나머지 하나도 눈을 떴다가 감았다가 하는 것이 곧 잠이 들것 같다.

세 발짝 거리가 되었을 때 하나가 고개를 들고 이산을 보았다. 놀란 듯 눈이 커진 순간이다.

이산이 껑충 뛰어 다가가면서 칼을 후려쳤다.

첫 칼.

첫 살인.

단칼에 목이 베인 왜병이 앉은 채로 숨이 끊어졌고 두 번째 칼이 내려쳐졌다.

"썩!"

목뼈가 잘리는 소리가 그렇게 났다.

두 번째 살인.

숨 한 번 뱉는 사이에 왜병 둘을 죽였다. 감동은 일어나지 않는다. 죽이지 않으면 이쪽이 죽기 때문일 것이다.

이산이 피 묻은 칼을 쥔 채로 이제는 초막으로 다가갔다. 초막은 담장만 둘러쳐졌고 대문이 없다. 3칸 집으로 옆쪽에 외양간과 창고. 맨 왼쪽 방에서 여자의 신음소리가 울린다. 그리고 부엌 옆쪽의 방. 외양간 옆 창고에도 인기척이 있다.

모두 7,8명.

방 안으로 뛰어 들어간 이산이 먼저 윗목에 앉은 왜병의 목을 쳤다. 이어서 벽에 기대앉은 왜병의 가슴을 찔렀다. 칼의 흐름을 따라 옆쪽 왜병을 찌른 것이다.

단 두 번의 칼질.

"악!"

짧은 비명이 터졌지만 크지는 않다. 심장이 뚫린 왜병의 숨이 바로 끊어졌기 때문이다.

그때 놀란 왜병 하나가 몸을 솟구쳐 일어난 것이 칼날의 흐름을 받았다. 칼날이 목울대를 베고 지나갔다.

이산이 한 걸음 안쪽으로 발을 떼었다.

마지막 하나.

아랫목에 누워있던 왜병은 이미 일어나 칼을 빼든 상태다.

"야앗!"

사내의 외침이 처음으로 방 안을, 초막을, 그리고 옆쪽 산기슭까지 뻗쳤다.

그 순간이다.

이산이 왜병의 가슴으로 뛰어들었다.

사내가 칼을 치켜들었다가 주춤했다. 칼끝이 천장의 받침에 박혔기 때문이다. 뽑히지 않아서 치켜들고만 있다.

"익!"

그 순간 이산이 후려친 칼날이 왜병의 목을 쳤다. 똑바로 선 사내의 머리 없는 목에서 피가 분수처럼 치솟았다.

넷을 베었다.

그것도 한 번 호흡하는 사이다.


옆방의 소란을 들은 가라스가 여자를 밀치고는 몸을 세웠다. 바지를 추켜올린 후에 허리끈을 매었을 때다. 벌컥 문이 열리더니 사내 하나가 들어섰다.

"이놈."

가라스는 28세. 지금까지 조선군을 토끼 사냥하는 것처럼 14명을 죽였고 코 26개를 떼어내었다. 전투는 2번 했지만 제대로 칼을 부딪친 접전이 아니었다.

이쪽과 정면으로 덤빈 조선군이 없었기 때문이다. 좌측 첨병대를 맡아서 최전선 첨병대처럼 조선군과 얼굴을 맞댄 기회가 적었기도 했다.

그런데 오늘.

그 기회가 왔다.

가라스가 이미 손에 쥐고 있던 왜검을 후려치듯 빼내었다. 그러고는 곧장 사내를 향해 찔렀다. 전광석화와 같은 찌르기.

두 발짝 반 간격이라 한 발짝만 내딛으면 된다.

그 순간 앞을 태산처럼 가로막았던 사내가 사라졌다. 앞쪽이 빈 것이다.

가라스가 눈을 치켜뜬 순간이다.

왼쪽 옆구리에 불덩이가 쑤셔 들어오는 것 같더니 창자를 다 뒤집으면서 오른쪽 옆구리로 빠져나갔다.

"으아아악!"

상반신의 장기들은 그때까지 온전했기 때문에 가라스의 입에서 방 안이 터질 것 같은 비명이 터졌다.


"돌이, 네가 가봐라."

어둠 속에서 나타난 이산이 말했을 때 돌이가 숨을 들이켰다.

"어, 어떻게 되었습니까?"

돌이는 이산이 꼼짝 말고 기다리라고 한 바위 밑에서 쪼그리고 앉아 있었다. 이곳에서 비명 같은 외침을 들었지만 움직이지 못했다.

"안에 왜군한테 잡힌 조선 여자들이 있어."

이산이 말을 이었다.

"네가 뒤처리를 해라."


초소에 둘, 초가 부엌 옆방에 넷, 외양간 옆 창고에 셋, 그리고 안방에 하나,

모두 10명이다.

거의 정신이 나간 상태에서 왜병 시신을 확인한 돌이가 포로로 잡힌 여자들을 수습했다. 그때도 안방 문밖에 쪼그리고 앉아 떨고 있던 여자와 창고에 갇혀있던 여자 둘, 셋이다.

여자들은 근처 마을에서 잡혀 왔기 때문에 돌이는 바로 돌려보냈다. 왜군들의 노획품이 있었기 때문에 그것도 셋에게 나눠주었다.

그러고는 다시 이산에게 돌아왔을 때는 한 식경쯤 후다.


다시 길을 떠난 지 일각쯤 되었을 것이다.

뒤를 따르던 돌이가 이산의 등에 대고 묻는다.

"여자들이 운성골에서 잡혀 왔다니 이제 70리쯤 남았소."

"……."

"저기 앞쪽 산줄기만 넘으면 개신천이 나올 겁니다. 그럼 3시진이면 집에 닿을 것 같습니다."

지금이 자시 가깝게 되었으니 묘시(오전 6시) 무렵이 될 것이다.

잠자코 발을 떼는 이산에게 돌이가 물었다.

"도련님."

"왜?"

"내가 왜군도 처음 보았고 그렇게 무참하게 죽은 시체도 처음이오."

"나도 사람 처음 죽였다."

"엄청납니다."

"뭐가 말이야?"

"도련님의 솜씨요. 무술이라고 하나?"

돌이가 한숨까지 쉬었다.

"갑자기 도련님이 다른 사람처럼 보입니다."

"6년 전의 도련님은 아니지."

"공부를 많이 하신 것 같소."

"밥 먹고 하는 일이 그것뿐이었으니까."

"거사님이 고수(高手)였소?"

"북방에서 무장을 지낸 것 같아."

"도련님의 조부께서도……."

"옛날이야기 하지 마."

이산이 말을 잘랐다.

"난 세상이 뒤집혀야 종 신세에서 벗어난다."

"도련님, 그런 말 남 앞에서 하지 마시오. 대감까지 위험해지십니다."

"그러면 어때?"

"대감이 무슨 잘못이 계십니까? 오히려 어머님을 종 신분에서 구해주셨지요."

"그럼 내 어머니나 내가 종이 아니란 말이냐?"

"겉은 그럴지 몰라도 안은 엄연히 대감의 후실이시지요. 도련님은 아들이시 구요."

"듣기 싫어."

"그나저나 왜군이 저쪽으로 나갔는지도 모르겠소."

돌이가 말머리를 돌렸다.

"왜군이 북상하고 있는 길목에 가까운 것 같습니다."

이산도 입을 다물었다.

과연 그렇다.


4월 23일.

왜군이 부산포에 상륙한 지 10일이 지난 후다.

이때 고니시의 1번대는 상주 근처까지 북진했는데 연전연승.

특히 조총대의 위력 앞에 조선군은 추풍낙엽이었다.

조선 조정이 왜군의 침입을 들은 것은 4월 17일, 상륙한 지 나흘 후다.

경상 좌수사 박홍이 도망치면서 조정에 파발을 보냈다. 조정에서는 이일을 순변사로 삼아 남쪽으로 내려보내기로 했다.

왜군이 대군이라고만 보고를 받았기 때문에 병조에서 한양성의 군사 400명을 모집해서 우선 내려보내기로 한 것이다.

그러나 막상 이일이 한양성을 출발했을 때는 기마군관 65명을 인솔했을 뿐이다. 병조에서 모집해준 군사가 아전, 유생, 병약해진 군졸이 섞여 있었기 때문이다.

다급해진 조정은 연이은 파발을 받고 왜군의 군세가 수십만인 것을 알았다.

그래서 이일을 먼저 내려보낸 후에 정승 유성룡을 도체찰사로 임명했다. 그리고 다시 신립을 삼도 병마절도사로 임명, 이일까지 지휘하도록 했다.

다시 신립이 군관 1백여 명을 이끌고 남하했다.

신립에게 3도의 군사를 모아 왜군을 맞으라는 것이다.

순변사 이일이 상주에 도착했지만 성은 텅 비어 있었다.

백성도 다 도망쳐서 개들만 쏘다니고 있다.

"목사 놈은 어디 있는가?"

이일이 소리치자 상주 관아의 아전 하나가 벌벌 떨며 대답했다.

"역관에서 기다린다면서 나갔습니다."

"이놈, 김해(金澥), 도망쳤구나."

이일이 버럭 소리쳤다.

이일은 무장으로 당년 54세다. 선조 16년인 9년 전, 경원 부사로 있을 때 나탕개의 난을 평정한 공으로 명성을 올렸다. 성격이 급하지만 용장이다.

이일이 아전을 노려보았다.

"상주에는 군사가 몇이냐?"

"6백을 모았지만 목사께서 거느리고 갔소이다."

"도대체 그놈이 어디를 갔단 말인가?"

이일이 발로 청 바닥을 굴렀다.

지금 이일의 휘하에는 1,200여 명의 잡군이 있을 뿐이다.

척후에 의하면 왜군은 수만 명이라고 한다.


"두남아!"

인시(오전 4시) 끝 무렵.

앞장서 가던 돌이가 소리쳐 종을 불렀다. 아직 어둠에 덮여있지만, 동녘 산마루가 회색으로 바뀌는 중이다.

그때 이산이 돌이의 옷자락을 잡았다.

"잠깐."

돌이가 고개를 돌려 이산을 보았다. 어둠 속에서 두 눈이 번들거리고 있다.

"왜 그러시오?"

"피 냄새."

이산이 입술도 달싹이지 않고 말했다. 둘은 지금 저택에서 1백 보쯤 거리의 밭두렁에 서 있다.

"예?"

놀란 돌이가 입을 쩍 벌렸다.

"피 냄새라니요?"

"마른 피."

잇새로 말한 이산이 몸을 날렸다. 저택을 향해 내달린다.

이산의 뒷모습을 보던 돌이가 퍼뜩 정신을 차리고는 뒤를 따라 내달린다.


"아앗!"

잠시 후에 다시 돌이의 외침이 울렸다.

저택 안마당.

어둠이 깔린 마당에 시신 3구가 널브러져 있다.

"두남아!"

이미 시체가 된 두남이 사지를 펼치고 누워있다. 그때 안방으로 뛰어 들어갔던 이산이 나왔다.

"어머니가 없다."

마루에 선 이산이 주위를 둘러보며 말했다.

"안에 분이의 시신만 있어."

"아이고, 어쩔꺼나!"

돌이가 마루로 뛰어올라 방으로 들어갔다가 나왔다.

"왜놈들이, 왜놈들이……."

돌이는 말을 잇지 못했다. 마당의 시신들도, 안방의 분이도 모두 코가 떼어져 있었다.


묘시(오전 6시) 무렵.

집 안의 시신을 정리했다.

모두 6명. 남자 셋, 여종 셋이다.

"가순이가 없소."

헛간에다 끔찍한 시신을 모아놓은 돌이가 흐린 눈으로 이산을 보았다.

"어디로 심부름을 보냈는가?"

이산도 가순이를 안다. 두남의 딸로 지금은 16살이 되었을 것이다.

"아니면 가순이도 끌려갔는가?"

돌이가 떨리는 목소리로 말했을 때다.

이산이 몸을 날렸다. 두 발짝으로 마당을 가로지르더니 몸을 솟구쳐 담장을 뛰어넘어 사라져버렸다. 이제 날이 밝았기 때문에 돌이는 입만 떡 벌리고 그쪽을 본다.


저택에서 3십 보쯤 오른쪽에 대숲이 있다. 어렸을 적 이산이 자주 놀던 곳이어서 대숲 지리는 훤하다.

대숲으로 뛰어든 이산이 곧 구덩이에 웅크리고 있는 가순이를 찾아내었다.

"으악!"

이산을 본 가순이 비명을 질렀다. 이산을 알아보지 못한 것이다.

"너, 가순이냐?"

가순을 내려다보면서 이산이 물었다. 그 순간 놀란 가순이 숨을 들이켰다. 눈동자에 초점이 잡히더니 이산에게 물었다.

"누, 누구시오?"

그때 숲을 헤치면서 돌이가 달려왔다. 가순을 본 돌이가 소리쳤다.

"가순아, 이년. 어떻게 된 일이냐?"

"저는 뒷간에 숨어 있다가 도망 나왔어요."

정신을 수습한 가순이 눈물범벅이 된 얼굴로 말했다.

"아씨는 왜놈들이 끌고 갔습니다."

가순의 시선이 이산에게로 옮겨졌다.

"돌이 아저씨가 도련님 모시고 오는 것을 여기서 기다리고 있었어요."

이산과 돌이가 어깨를 늘어뜨렸다.


"어, 잘 탄다."

산 중턱에서 불길에 덮인 저택을 내려다보면서 돌이가 울음 섞인 목소리로 말했다. 저택 헛간에 시신들을 놓았으니 화장을 시키는 셈이다.

진시(오전 8시)쯤 되었다.

흐린 날이어서 연기가 자욱하게 번져나가고 있다.

이산이 고개를 돌려 돌이를 보았다.

"너는 가순이하고 떠나거라."

"예?"

놀란 돌이가 눈을 부릅떴다.

"도련님은 뭘 하시려오?"

"난 어머니를 찾겠다."

불길이 더 높아진 저택을 내려다보면서 이산이 말했다.

"넌 가순이를 데리고 본가로 가라."

"내가 미쳤소?"

눈을 치켜뜬 돌이가 버럭 소리쳤을 때 가순이 말했다.

"제가 대밭에 숨어 있었던 것도 마님이 잡혀가신 것을 알려드리려고 했던 겁니다. 저도 마님을 찾겠어요."

"이런."

이산이 눈을 부릅떴을 때 가순이 말을 이었다.

"왜놈 대장은 이마가 넓고 마루에 내려놓은 투구에 동그란 은전 같은 것이 붙어 있었습니다."

가순이 두 손으로 얼굴을 가리고 울었다.

"그놈이 마님을 데려갔습니다."

"이름은 아느냐?"

돌이가 묻자 가순이 고개를 저었다.

"왜말이라 못 들었습니다."

"음, 투구에 백동전을 붙였다구?"

"백동전 같았습니다. 한복판에요."

그때 이산이 고개를 들었다.

"여기서 떠나자."

저택의 불길은 더 거칠어져 있다.


야마시다는 37세.

고니시 유키나가의 선봉장이었으니 중신(重臣)이다. 야마시다는 물론이고 고니시, 2번대의 가또, 3번대의 구로다군(軍)까지 일본군은 모두 백전노장(百戰老將)이다. 본토에서 수십, 수백 번 전쟁 경험이 있는 장졸들인 것이다.

야마시다가 상주성에 접근했을 때는 4월 24일. 순변사 이일보다 하루 늦었다.

"어떠냐?"

본진에 앉은 야마시다가 먼저 와 있는 첨병조장 오가사와라에게 물었다.

"순변사 이일이라는 자가 군사 6천가량을 모아놓고 장천에서 기다리는 중입니다."

"장천이라."

야마시다가 고개를 끄덕였다. 이곳에서 30리(12킬로)다.

"이일이 우리가 다가가고 있는 것을 아나?"

"글쎄요."

고개를 기울인 오가사와라가 야마시다를 보았다.

"제가 직접 보았는데, 이일은 벌판에서 진퇴훈련을 시키고 있었습니다."

"훈련을 시켜?"

"예, 향도를 조선군 짐꾼으로 가장시켜 염탐을 시켰더니……"

"그래서?"

막사 안. 저녁 무렵이어서 밥 익는 냄새가 흘러들어왔다.

야마시다의 시선을 받은 오가사와라가 말을 잇는다.

"농사꾼 하나가 우리를 보고 달려가 보고를 했답니다. 그런데 이일이 그 농사꾼이 민심을 현혹시킨다면서 죽였다고 합니다."

"무엇이?"

놀랐던 야마시다가 고개를 젖히고 웃었다.

"앗하하. 앞으로는 그놈한테 제대로 보고하는 놈이 없겠구나."

"그래서 군심(軍心)이 위축된 것 같습니다."

"내일 선봉군만으로 박살을 내주지."

야마시다가 결정했다.

야마시다는 녹봉 5천 석을 받는 중신이며 지금까지 대소 수십 번의 전쟁을 치른 용장이다. 휘하에 1,700 선봉군을 이끌고 있다.

야마시다가 고개를 돌려 부장 사꾸마를 보았다.

"사꾸마, 주군께 전령을 보내라. 내일 상주에서 조선군 6천을 치고 상주성에 진입하겠다."

"예, 주군."

사꾸마가 진막을 나갔을 때다. 오가사와라가 야마시다에게 말했다.

"주군, 저희들이 상주성 좌측 깊숙이 침투했다가 조선녀 하나를 잡았습니다."

두 손을 진막 바닥에 짚은 오가사와라가 목소리를 낮췄다.

43

"보기 드문 미색이어서 제가 주군께 하룻밤 수청을 들도록 데려왔습니다."

"허, 오가사와라가 코를 많이 모은 이유가 있었군."

"여자 코는 없었습니다, 주군."

"내일 결전 전날 조선녀를 품고 자는 것도 괜찮겠다."

"예, 주군."

반색한 오가사와라가 몸을 일으켰다.

"밤에 데려오겠습니다."


"세끼, 준비시켜라."

진막으로 들어선 오가사와라가 말했다.

"주군 저녁 식사 끝났을 때 네가 사꾸마 부장한테 데려가."

"예, 조장."

얼굴을 편 세끼가 몸을 돌리면서 말했다.

"주군께서도 만족하실 것입니다."

야마시다가 조선녀를 받아들인다면 세끼는 큰 '공'을 세운 셈이다. 코 10개 이상의 공이다. 조선에 상륙한 지 10일이 지났지만 아직 야마시다에게 '수청녀'를 바치지 못한 것이다.


고개를 든 김 씨가 진막 안으로 들어선 두 사내를 보았다.

향도와 '그놈'이다.

집에 쳐들어와 무자비하게 살육을 한 놈, 눈앞에서 어머니 같았던 분이를 죽인 놈, 자신을 왜군 진지로 끌고 온 놈이다.

그놈이 먼저 말했고 향도가 통역을 했다.

"아래쪽 개울에 가서 씻고 와라, 오늘 밤 장군을 모시고 나면 너를 돌려 보내줄 테니까."

김 씨가 고개를 들었다. 금세 눈에 눈물이 가득 고였다.

"자, 나가자."

향도가 다가와 김 씨의 어깨를 움켜쥐었다. 김 씨가 어깨를 흔들어 향도의 손을 털어내었지만 일어섰다. 눈에서 주르르 눈물이 흘러내렸다.


"무엇이?"

고개를 든 고니시가 앞에 선 미하라를 보았다.

"좌군 첨병대가 몰사했어?"

"예, 야마시다 부하로 가라스라는 자가 조장이었습니다."

"그런데 민가에서 몰살당했단 말이냐? 모두 10명이?"

"예, 주군."

"조선군에게 당한 건가?"

"기습을 받았다고 합니다."

"누가 그래?"

"야마시다의 경호무사 마쿠노가 보고를 했습니다. 지금 진막에 있습니다."

"그놈을 데려와라."

"예, 주군."

미하라가 몸을 돌렸다.

신시(오후 4시) 무렵.

1번대 1만 9천을 이끈 고니시가 상주 서쪽 50리(20킬로) 지점까지 접근한 상태다.


잠시 후에 진막 안으로 미하라가 장수 하나를 데리고 들어섰다.

마쿠노다. 기가 죽은 마쿠노는 시선도 제대로 들지 못한다. 마쿠노가 땅바닥에 엎드렸을 때 고니시가 칼로 내려치듯이 물었다.

"어떻게 된 일이냐?"

"옛!"

"민가에서 열 놈이 몰살을 당하다니? 기습을 받았다구?"

"옛!"

"뭘 하다가? 초병도 세우지 않았다는 말이냐?"

"세웠습니다만 당했습니다."

"조선군 무슨 부대냐?"

"추적 중입니다."

"네가 보았느냐?"

"들었습니다."

"첨병대가 10명이나 몰사하다니. 네 주군 야마시다가 책임을 져야 할 일이다. 바른대로 대지 않으면 네 주군에게 책임을 묻겠다."

"옛."

"네가 야마시다의 측근이니 잘 알겠지. 자, 어떻게 된 일이냐?"

"옛, 검시관 오카다가 현장을 확인했습니다만."

"말해."

마쿠노가 땀으로 범벅이 된 얼굴을 들고 고니시를 보았다.

"모두 단칼에 베여 죽었다고 했습니다."

"단칼이라."

"예. 한 놈이 기습한 것이라고 했습니다."

그때 고니시의 눈빛이 강해졌다.

"그것을 조선군의 기습으로 바꿨단 말이지? 야마시다가 그렇게 시키더냐?"

"아닙니다. 제 생각이었습니다."

"네가 야마시다 대신 배를 가를 거냐?"

"옛, 주군. 배를 가르겠습니다."

"됐다."

고개를 끄덕인 고니시가 눈동자의 초점을 잡았다.

"야마시다한테 그놈을 추적하라고 해라."


조병기가 눈을 치켜뜨고 소리쳤다.

"자, 서둘러!"

그러자 조선인 사내들이 물통과 밥통을 들고 진막으로 다가갔다.

유시(오후 6시) 무렵.

고니시의 좌측군 히타카의 병참대는 분주하다. 각 부대에 저녁 식사를 날라주는 것이다. 사내들의 뒷모습을 보던 조병기가 고개를 돌렸다. 옆쪽의 인기척을 들었기 때문이다.

사내 하나가 서 있다.

장신. 젊다. 처음 보는 사내다.

"넌 누구야?"

조병기가 물었을 때다. 사내가 한 걸음 다가섰다. 그 순간 조병기의 눈에서 수백 개의 별똥이 튀더니 머릿속이 하얗게 변했다.

조병기가 던져진 자루처럼 쓰러졌을 때 이산이 주위를 둘러보았다.

이곳은 후위병참대 아래쪽 개울가다.

경비병은 위쪽 바위 앞에 서 있어서 보이지 않는다. 이산이 조병기의 어깨 밑으로 팔을 끼우고는 발을 떼었다.

조병기는 향도다. 병참대 소속 향도여서 히타카 부대 전체를 돌아다닐 수 있다. 늘어진 조병기를 들고 개울 아래쪽 바위 뒤로 왔을 때는 숨 다섯 번쯤 쉬고 났을 때다.

이산이 흐르는 개울물을 손으로 떠서 조병기의 얼굴에 끼얹었다.

"너희들이 여자 하나를 데려왔을 거다."

이산이 칼날을 조병기의 목덜미에 붙이고 말했다. 개울물 흐르는 소리가 울릴 뿐 주위는 조용하다. 그때 조병기가 눈만 올려 뜨고 이산을 보았다.

"누, 누구 말이오?"

목에 칼이 눌려서 고개를 들지도 못한다. 이산이 칼끝에 힘을 주었다.

"서쪽으로 30리쯤 떨어진 골짜기, 이틀 전 밤, 대여섯 명이 민가를 기습했다."

가순한테서 들은 대로다.

"난 병참대 소속 향도라 모릅니다."

"서쪽으로 간 병력이 있을 것 아니냐? 대지 않으면 죽이고 간다."

"첨병대일 것이오."

"투구에 동전 같은 것을 붙인 놈이 누군가? 백동전 같은 거다."

"생각이 안 납니다."

"그렇다면 죽어라."

"자, 잠깐만."

조병기가 가쁜 숨을 뱉으면서 말했다.

"서쪽으로 갔다면 첨병대로 가보셔야 되오. 첨병대는 선봉대 소속이오. 선봉대는 위쪽 15리 지점에 있소."

"그럼 나하고 같이 가자."

칼을 뗀 이산이 지그시 조병기를 보았다.

"허튼짓하면 단칼에 죽여주마."


"누구를 찾으시오?"

한 마장쯤 황무지를 북상했을 때 조병기가 고개를 돌리고 물었다.

이제 어두워져서 조병기 눈의 흰자위가 두드러졌다. 조병기는 30대 중반쯤으로 머리에는 수건을 동였고 팔에 노란색 띠를 매었다. 향도의 표시다. 다리에 왜병처럼 각반을 매었는데 중키에 어깨가 딱 벌어졌다.

조병기의 시선을 받은 이산이 잇새로 말을 내놓았다. 둘은 풀숲 복판에 섰다.

"내 어머니."

"잡혀가신 것을 보았소?"

"계집아이가 보았다."

"백동전을 붙인 투구를 쓴 왜장이오?"

"백동전 같은 모양이라고 했다."

"부하가 몇 명이랍디까?"

"너댓 명."

"그럼 장수도 아니오. 십장(什長)쯤 되는 첨병 지휘자요. 투구에 오만 가지 장식을 붙이고 다니니까 찾기 어렵소."

"그럼 널 여기서 죽이고 떠나지."

이산이 지그시 조병기를 보았다. 한 발짝 거리밖에 되지 않아서 손을 뻗으면 어깨가 잡힌다.

"눈에 살기가 떠 있구나. 어디, 손을 뻗어 내 허리를 부둥켜안아 보아라."

"내가 지금까지 목숨을 보전한 것은 내 분수를 알았기 때문이오."

"내 어머니를 못 찾으면 넌 죽는다."

"선봉대에 가서 알아는 보겠소."

조병기가 어깨를 늘어뜨렸다.

"하지만 당신도 각오는 하고 있어야 될 것이오."

그때 이산이 발을 떼면서 말했다.

"네가 분수를 안다니 다행이야."


밤.

해시(오후 10시)가 되었을 때 진막의 휘장이 젖히더니 여자가 들어섰다. 보료에 몸을 기대고 앉아있던 야마시다가 고개를 들었다.

"오!"

야마시다의 입에서 저절로 탄성이 터졌다.

절색이다. 깨끗한 옷으로 갈아입은 조선녀가 서 있다. 날씬한 몸매, 시선을 내리고 있었지만 갸름한 얼굴, 곧은 콧날과 단정하게 닫힌 입술에는 윤기가 흐른다.

"이리 오너라."

왜말로 말하면서 야마시다가 손을 까딱여 오라는 시늉을 했다.

그때 시선을 든 여자가 발을 떼었다. 진막 안에는 안쪽에 양초 3개를 켜놓았는데 불꽃이 일렁거렸다.

"으음!"

만족한 탄성을 뱉은 야마시다가 입에 고인 침을 삼켰다.

수전산전을 다 겪은 야마시다. 호색한이기도 해서 소실을 넷이나 거느리고 있다.

그때 여자가 주위를 둘러보더니 옆쪽의 양초 쪽으로 다가가더니 소매를 흔들어 불을 껐다.

그것을 본 야마시다의 얼굴에 쓴웃음이 번졌다.

부끄러운 모양이다.

김 씨가 두 번째 양초로 다가가면서 야마시다 옆쪽 머리맡에 세워진 두 자루의 검을 보았다.

대도(大刀)와 소도(小刀)다.

머릿속이 텅 비어 있지만 오직 한 가지 목표로만 움직인다. 그 목표를 이룰 도구도 찾았다.

두 번째 양초로 다가간 김 씨가 다시 소매를 흔들어 불을 껐다. 이번에는 소매 끝이 양초에 닿아서 불이 꺼지면서 양초가 떨어졌다. 다시 몸을 돌린 김 씨가 안쪽의 마지막 양초를 향해 다가갔다. 자신의 몸을 좇는 왜장의 시선이 느껴졌다.

그때 야마시다가 갈라진 목소리로 말했다.

"빨리 들어와."

세 번째 양초로 다가간 김 씨가 소매를 흔들자 불이 꺼지면서 진막 안은 금세 어둠이 덮였다. 그때 몸을 돌린 김 씨가 야마시다를 향해 다가갔다.

어두웠지만 김 씨의 걸음은 정확했다.

세 걸음 만에 야마시다의 머리맡으로 다가간 김 씨가 허리를 꺾어 소도(小刀)를 집어 들었다. 그러고는 소도의 손잡이를 쥐고 힘껏 빼내었다.

야마시다가 고개를 들었다.

다가온 여자한테서 향내가 맡아졌다. 체취다. 오랜만에 맡는 여자 냄새다. 야마시다가 상반신을 기울이면서 손을 내밀었다. 여자의 옷자락이 잡혔다.

그 순간이다.

여자가 덮쳐왔기 때문에 야마시다는 숨을 들이켰다.

"앗!"

저절로 외침이 터진 것은 어깨에 충격이 왔기 때문이다. 다음 순간 야마시다가 몸을 뒹굴면서 대도(大刀)를 집어 들었다.

여자가 칼질을 한 것이다. 왼쪽 어깨가 뜨끔거렸지만 칼질은 빗나갔다.

"에익!"

대도(大刀)를 빼 들자마자 야마시다가 곧장 여자의 상반신을 향해 찔렀다. 됐다. 칼날이 절반이나 여자의 상반신을 뚫고 들어갔다.

그때 여자가 숨 들이켜는 소리를 냈다. 신음도 뱉지 않는다.

"독한 년."

여자의 배를 발로 밀면서 칼을 빼 들었을 때다. 여자의 악문 잇새로 신음 같은 목소리가 울렸다.

"산아."


"이곳이 선봉대요."

조병기가 가쁜 숨을 고르면서 말했다.

자시 무렵.

둘은 병참대에서 20리(8킬로)나 북쪽으로 떨어진 선봉대의 후미로 접근해간 것이다. 이곳은 낮은 구릉 위라서 습기를 띤 바람이 정면으로 부딪쳐 왔다.

"선봉대는 1,700여 명, 대장은 야마시다라는 장수요. 원체 높은 장수라 난 이름만 들었을 뿐이오."

이산은 앞쪽만 본다. 조병기의 말이 들리지 않는 것 같다.

선봉대 진지는 1리(400미터)쯤 앞이다. 이곳은 고니시군의 최전선이다. 그래서 앞쪽은 불빛도 보이지 않고 조용하다.

이산이 고개를 들고 조병기를 보았다.

"가자."


"누구냐?"

바로 앞쪽에서 왜말이 울렸을 때는 선봉대 막사가 1백 보쯤 앞이었다. 화들짝 놀란 조병기가 입만 딱 벌렸고 이산이 바짝 다가섰다.

그때 앞쪽 바위 옆에서 왜병 둘이 나타났다. 열 발짝쯤 거리다.

"병참부 향도올시다."

조병기가 왜말로 대답했다.

"선봉대로 가는 중이오."

이산이 고개를 돌려 조병기를 보았다.

눈이 번들거리고 있다. 왜말을 알아듣지 못하기 때문이다.

그때 왜군 둘이 다가왔다. 둘 다 칼을 빼 들지는 않았다. 조병기가 그것을 보고는 어깨를 늘어뜨렸다. 다가온 왜군 하나가 둘을 번갈아 보았다.

"왜 선봉대로 온 거야?"

좌측 왜군이 물었을 때다. 어느새 한 걸음 옆으로 비켜섰던 이산이 허리에 찬 칼을 후려치듯이 빼내면서 오른쪽 왜군의 목을 쳤다.

"엇!"

놀란 왼쪽 왜군이 몸을 비틀면서 칼을 쥐었을 때다. 이산이 칼을 올리더니 한 발짝 내딛으면서 내려쳤다.

"옛!"

낮고 짧은 기합이 이산의 입에서 울렸고 칼날이 어깨에서 반대쪽 옆구리까지 긋고 지나갔다.

순식간이다. 눈 한 번 깜박이는 순간에 왜군 둘이 잡초 속에 묻혔다.

고개를 돌린 이산이 칼날에 묻은 피를 왜군의 등에 문지르면서 조병기를 보았다.

"선봉대 향도를 찾아라."


"치워라."

야마시다가 김 씨의 시신을 턱으로 가리키며 말했다.

진막 안은 다시 촛불을 켜놓았기 때문에 안의 참상이 다 드러났다. 바닥에는 피가 흥건히 고였고 피 냄새가 진동했다.

경호무사들이 김 씨를 들고 나갔을 때 사꾸마가 조심스럽게 물었다.

"오가사와라를 문책해야 하지 않겠습니까? 그놈이 부주의했습니다."

"놔둬라."

쓴웃음을 지은 야마시다가 말을 이었다.

"그놈이 시켰겠느냐?"

"책임은 져야 합니다."

"그보다 가라스를 죽인 놈을 찾아내라는 주군의 지시야. 그것이 마음에 걸린다."

사꾸마가 눈만 껌벅였을 때 야마시다가 어깨를 치켰다가 내렸다.

"오늘 밤 제사를 지냈군. 내일 이일을 격파하면 주군께 체면을 세우게 되겠지."

가라스가 조원들과 참살당한 것은 이틀 전이다.

선봉대의 1개 첨병조 10명이 몰살당한 것은 큰 사건이었지만 야마시다는 묻으려고 했다. 그러나 전쟁 중이다. 다른 공(功)으로 덮으면 된다.


"난 병참대장 오키 님의 심부름을 온 겁니다."

조병기가 왜군 장수에게 말했다.

"선봉대에 지급할 된장 물량을 받아오라고 했소."

"그렇다면 사꾸마 님을 찾아가야지."

장수가 옆에 선 이산을 흘겨보면서 손으로 위쪽을 가리켰다.

"이쪽으로 쭉 올라가."

"안내역을 붙여주시오. 향도가 좋겠습니다."

그러자 고개를 돌린 장수가 소리쳤다.

"김 상! 이리 와라!"

어둠 속에서 왜군 복장의 사내가 나타났는데 한쪽 팔에 노란색 완장을 찼다.

"너, 사꾸마 님께 이자를 안내해라."

이산은 조병기의 부하 행세를 하는 중이다.

그때 사내가 조병기와 이산을 훑어보더니 앞장을 섰다.

"갑시다."


"잠깐만 좀 물읍시다."

어둠 속으로 1백 보쯤 더 나아갔을 때다. 조병기가 향도를 불러 세웠다. 걸음을 멈춘 사내가 고개를 돌렸다.

"왜 그러우?"

이곳은 산기슭의 굽은 부분으로 인적이 없다. 사내는 40대쯤으로 뼈대가 굵고 장신이다. 그때 이산이 다가가 섰다.

"이보시오, 첨병조가 어디 있소?"

"첨병조라니?"

"서쪽으로 나간 첨병대를 찾소."

"왜?"

"알아볼 일이 있어서 그러오."

"서쪽으로 나간 첨병조 하나가 몰살을 당해서 첨병조가 난리가 났어."

사내가 말을 이었다.

"나하고 친한 향도도 하나 죽었거든."

"그쪽에서 여자 하나를 납치해온 첨병조는 없소?"

"그건 또 왜 물어?"

이맛살을 찌푸린 사내가 조병기를 보았다.

"너희들 좀 수상하구만."

그러자 조병기가 쓴웃음을 지었다.

"이것 봐, 향도끼리 왜 이래? 우리 동료 친척이 잡혀갔는지 알아보려는 거야."

"그거 알아보려고 여기 온 거야?"

사내가 눈을 부릅떴을 때다.

"턱!"

둔탁한 타격음이 울리더니 사내가 뒤로 벌떡 넘어졌다. 이산이 팔꿈치로 사내의 관자놀이를 찍어버린 것이다. 넘어진 사내의 몸 위에 올라탄 이산이 목을 움켜쥐고 물었다.

"말해라. 어디 있느냐?"

"너, 너희들."

"여자는 누가 데려갔느냐?"

이산이 허리춤에서 단도를 꺼내 목에 붙였다.

"단칼에 목을 따주지."

그때 조병기가 사내를 내려다보면서 거들었다.

"말해. 너하고는 상관없는 일 아니냐?"

"오가사와라가 잡아 왔다고 들었어."

사내가 헐떡이며 말했다.

"첨병조장이야. 좌측 산기슭에 진막이 있어. 여기서 2리 거리야."

그때 사내의 멱살을 움켜쥐었던 이산이 손을 놓더니 단도로 심장을 찔렀다. 사내가 숨을 들이켰다가 입을 쩍 벌리면서 피를 뱉었다. 심장이 뚫렸기 때문이다.


"무어?"

놀란 오가사와라가 벌떡 일어섰다.

"죽, 죽었어?"

"예, 조장."

헐떡이던 숨을 고른 세끼가 고개를 들었다. 눈의 흰자위에 핏발이 서 있다.

"그년이 칼을 들고 덤볐다고 합니다."

"칼, 칼을…… 도, 도대체……."

"방의 불을 끄고 주군의 소도(小刀)를 집어 들었다는 겁니다."

"아이구."

오가사와라가 털썩 주저앉았다.

"그, 독한 년이……."

진막 안.

기름 등 하나를 기둥에 붙여놓았는데 그 서슬에 불꽃이 꺼질 것처럼 흔들렸다.

오가사와라가 다시 물었다.

"주, 주군께서는?"

"어깨를 칼날이 스치고 지나갔소."

"어이구, 내가 배를 갈라야겠다."

"그러시면 안 됩니다."

"안 되다니?"

고개를 든 오가사와라에게 세끼가 고개를 저었다.

"사꾸마 님의 지시요, 조장."

"뭐냐?"

"이 일이 알려지면 주군의 명예에도 해가 됩니다. 당분간 자숙하고 기다리라고 하셨소."

오가사와라가 어깨를 늘어뜨렸다.

그렇다면 죽을힘을 다해서 공을 세워야 한다.


고개를 든 이산이 앞쪽을 보았다.

선봉대의 첨병조 막사가 맞다. 선봉대의 최전선 부대. 본대와 1리(400미터)쯤 앞쪽에 배치되었고 진막은 9개. 끝 쪽 진막과의 거리는 50여 보. 아직 경비병은 보이지 않는다.

김 상이라는 향도의 시신을 풀숲에 은폐시킨 후에 선봉대보다 더 북쪽으로 올라온 것이다.

그때 옆에 엎드린 조병기가 고개를 돌려 이산을 보았다.

"나으리, 어쩌시려오?"

"뭘 말인가?"

이산이 묻자 조병기가 눈으로 앞쪽을 가리켰다.

"오가사와라의 진막을 찾아서 쳐들어가시려오?"

"어머니를 빼내야지."

그때 숨을 들이켠 조병기가 이산을 보았다.

"죽을 작정을 하셨구려."

"옳다."

"나도 데려가서 함께 죽이시려오?"

그때 이산이 어깨를 부풀렸다가 내렸다.

"너는 오가사와라 진막만 알려주고 돌아가거라."

조병기가 입을 다물었고 이산이 말을 이었다.

"난 여기서 기다리겠다."

"내가 배신하면 어쩔 작정이시오?"

"어쩔 수 없지."

고개를 돌린 이산이 조병기를 보았다.

"고맙다. 이곳까지 온 것도 네 덕분이야."

"좋소. 나도 사내자식이오."

풀숲에서 몸을 일으킨 조병기가 이산을 보았다. 어둠 속에서 눈이 번들거리고 있다.

"기다리시오."

깊은 밤.

그러나 오가사와라 진막은 술렁이고 있다. 첨병조여서 불을 켜놓지 않았지만 들락거리는 군사들로 수선스럽다.

조간이 진막 안으로 들어섰을 때 오가사와라는 고개를 들었다. 조간은 방금 선봉장 진지에서 돌아온 것이다. 그때 앞쪽에 한쪽 무릎을 꿇은 조간이 보고했다.

"조장, 주군의 어깨 상처는 칼날이 스치고 지났을 뿐입니다."

"다행이다."

오가사와라가 한숨을 쉬었다.

"주군께서 자숙하라고 하셨지만 상처가 중했다면 내가 배를 갈라야 했어."

"주군은 주무시고 계시오."

조간이 말하자 오가사와라가 생각난 듯 물었다.

"그년은 어떻게 처리했느냐?"

"경호병들이 버렸다고 합니다."

오가사와라가 건성으로 고개만 끄덕였다. 그냥 물었을 뿐이다.

밤.

자시(밤 12시)가 넘은 시간이다.

풀숲에 엎드린 채 기다리던 이산은 깜빡 잠이 들었다. 잠이 들자마자 꿈에 어머니 김 씨가 나타났다.

"산아."

어머니가 웃음 띤 얼굴로 이산을 불렀다.

어머니는 마루 위에 서 있다. 6년 전 떠날 때의 모습이다.

"이리 오너라. 같이 밥 먹자."

"어머니, 내가 그 여자를 만날 거야."

이산이 어머니를 올려다보았다.

"만나서 따져야겠어. 나를 병신 만들려고 했다면서?"

"산아, 그만둬."

이제 어머니의 표정이 굳어졌다.

그 여자란 대부인이다. 이 판서의 정처(正妻) 강 씨다.

어머니가 말을 이었다.

"우리는 그들 세상으로 옮겨갈 수 없어."

"종 세상에서 살란 말인가?"

"어쩔 수 없어."

"세상을 바꿔야 해."

"산아, 내 아들."

어머니가 슬픈 표정으로 이산을 보았다.

"우리 저세상에서 함께 살자."

"어머니, 어떤 세상인데?"

"양반과 종 구분이 없는 세상."

이산의 가슴이 미어졌고 눈은 뜨거워졌다.

어머니가 말하는 저세상이란 저승이다. 이승을 떠난 저세상.

"어머니."

이산이 눈을 부릅떴다.

"난 안 가, 이 세상을 뒤집어버릴 테니까. 여기서 뒤집을 거야."

그때 옆에서 인기척이 났기 때문에 이산이 잠에서 깨어났다.

"첨병조장 진막을 찾았소."

옆에 엎드린 조병기가 가쁜 숨을 뱉으면서 말했다. 조병기가 돌아온 것이다.

숨을 고르면서 조병기가 말을 이었다.

"진막은 모두 9개. 그중 2개는 비품과 병참용이고 7개가 병사용이오."

조병기가 손으로 왼쪽을 가리켰다.

"좌측에서 두 번째, 진막 위에 붉은색 깃발까지 꽂혀 있소."

"좋아."

고개를 끄덕인 이산이 조병기를 보았다.

"고맙다. 이젠 돌아가라."

"난 이제 병참대로 돌아갈 수도 없소."

조병기가 번들거리는 눈으로 이산을 보았다.

"나리, 만일 살아서 나오신다면 아래쪽 고당현 관가 왼쪽 기둥 밑에 쪽지를 남겨 놓지요."

조병기가 말을 이었다.

"내일은 상주 벌판에서 조선군과 대전(大戰)이 벌어집니다. 난 상주 뒤로 피신할 테니 내일 밤에 쪽지를 보시오."

"살아있다면."

몸을 일으킨 이산이 발을 떼면서 말했다.

"잘 살게나."


조병기가 잘 보았다.

진막은 9개다. 그중 좌측 주막은 9개 중 중심 부분에 위치했는데 윗부분에 붉은색 깃발이 늘어져 있다. 폭이 10자(3미터) 길이가 20자(6미터) 규보의 신막이나. 크기도 가장 컸기 때문에 표시가 났다.

경비병이 진막 앞에 하나 서 있다. 그리고 진막 아래쪽과 위쪽에도 경비병이 둘이다.

이산이 풀숲을 헤치고 진막의 아래쪽 30보 거리까지 접근했다.

첨병조의 윤곽이 드러났다. 대부분은 진막 안에 들어가 있지만 대략 50명이다.

이산이 손에 칼을 쥔 채 다시 납작 엎드려서 아래쪽 경비병에게로 접근했다.

깊은 밤.

자시(밤 12시)가 넘었다. 모두 진막 안에 들어가 있어서 조용하다.

이곳은 선봉대에서도 최전선인 첨병조의 진지인 것이다. 앞쪽에는 조선군이 있을 뿐이다.

바람결에 물 냄새가 맡아졌다. 강이 우측에 있다. 위쪽으로 30리(12킬로) 지점에 조선군 대군이 집결해 있는 것도 안다. 그러나 그것은 이산과 상관이 없는 일이다.

오직 잡혀간 어머니를 찾는 것만이 목적이다.

첨병조 뒤쪽 부분의 경비병이 둘이다.

10여 보 거리로 접근한 이산이 다시 주위를 둘러보았다.

뒤쪽은 선봉대와 연결이 되어서 경비는 소홀한 편이다. 선봉대와의 거리는 1리(400미터) 정도.

이산이 다시 풀숲 사이로 경비병에게 접근했다. 풀숲은 잡초가 무릎 높이까지 차 있었기 때문에 엎드리면 눈에 띄지 않는다.

경비병 둘은 창을 쥐었는데 간격은 다섯 걸음 정도다. 둘은 느슨한 자세로 서너 걸음씩 오락가락하다가 멈춰 섰다. 그러더니 서로 이야기를 시작했다.

이산과의 거리는 다섯 보 정도.

허리를 굽힌 채 두 걸음을 나아갔던 이산이 세 걸음 째 몸을 세웠다. 네 걸음을 뗀 이산이 칼을 후려쳐 경비병의 목을 쳤다.

"퍽!"

경비병의 목이 반쯤 꺾어졌다.

다음 순간 다섯 걸음을 뗀 이산이 두 번째 경비병을 향해 칼을 치켜들었다. 경비병과의 거리는 세 발짝.

그 순간 경비병이 창을 고쳐 쥐었다. 다급한 상황이라 아직 외침을 뱉지 못한다. 숨을 들이켰기 때문이다.

다음 순간 다시 한 발짝을 내딛으면서 이산이 칼을 후려쳤다.

"턱!"

창날이 중간 부근에서 잘려나갔다. 경비병이 외침을 뱉으려고 하다가 다급한 바람에 잘린 창을 내던졌다. 허리에 찬 칼의 손잡이를 쥐었지만 간발의 차이.

"엣!"

이산의 낮은 기합 소리가 울렸고 가슴을 깊게 찔린 경비병이 뒤로 벌떡 넘어졌다.

# 2장
# 복수의 시작

깜빡 잠이 들었던 오가사와라가 눈을 떴다.

오가사와라는 무장(武將)이다. 내일 출전을 위해 갑옷만 벗고 누워 있었다.

그 순간이다.

목에 차가운 물체가 닿았다.

칼날.

숨을 들이켠 오가사와라가 무의식중에 팔을 뻗었다. 그때 칼날이 목을 더 눌렀고 눈앞에 사내의 모습이 드러났다.

"누구냐?"

오가사와라가 물었지만 왜말이다.

그때 사내가 말했다.

"이산이다."

조선말.

"내 어머니는?"

그러나 둘은 제 말의 대답을 듣지 못했다.

그때 이산이 그대로 칼을 밀어 오가사와라의 목을 그었다. 목이 잘린 오가사와라가 입을 딱 벌렸으나 소리는 나오지 않았다. 성대까지 잘렸기 때문이다.

오가사와라 진막을 나온 이산의 눈이 붉어졌다.

어머니는 없다.

대신 어머니를 납치한 진막의 주인을 베어 죽였을 뿐이다. 이산은 풀숲을 헤치고 강 쪽으로 달렸다. 이쪽은 비었다.

바람처럼 달리던 이산의 잇새로 신음처럼 말이 흘러나왔다.

"어머니."


축시(오전 2시).

경비병 셋이 베어 죽은 것이 발견되었다. 보고를 받은 세끼가 오가사와라의 진막으로 뛰어들었다. 침입자가 있는 것이다.

그 순간 세끼가 숨을 들이켰다, 피 냄새.

"불을 켜라!"

버럭 소리친 세끼가 안쪽으로 다가갔다.

"조장!"

소리쳤지만 대답이 없다. 피 냄새가 더 짙어졌다.

그때 부하 하나가 밖에서 불이 붙은 나뭇가지를 들고 들어왔다.

"아앗!"

놀란 세끼의 입에서 외침이 터졌다.

목이 잘린 오가사와라가 누워있다.


진시(오전 8시).

이일이 앞에 선 종사관 윤섬에게 말했다.

"봐라, 왜군이 보이지 않지 않으냐?"

왜군이 왔다고 달려와 보고를 한 농부를 이일은 군심(軍心)을 현혹시킨다는 이유로 베어 죽인 것이다.

그때 윤섭이 말했다.

"대감, 궁수를 전면에 배치시키시지요."

"궁수를?"

이일이 눈썹을 모았다. 윤섭은 북방에서 여진족과 싸웠던 무관(武官)이다.

"안 된다. 궁수들은 중군(中軍)인 내 주위에 배치시킨다."

"왜군은 조총을 앞세우고 나옵니다. 조총은 강력하지만 발사 속도가 느립니다. 그러니 속사로 조총부대부터 제압해야 됩니다."

"선봉에는 기마군이 치고 나가야 한다."

"대감, 적을 모르는 상황에서 기마군부터 내보낼 수는 없소."

"닥쳐라!"

버럭 소리친 이일이 발을 굴렀다. 눈을 부릅뜨고 있다.

"네까짓 놈이 뭘 안다고 그르느냐! 주둥이 다물어라!"

"대감, 나도 종4품 종사관이오. 북방에서 병마를 지휘한 경험도 있소. 말씀 삼가시오."

"적전에서 명령을 어길 것이냐? 내가 너를 벨 수도 있다."

"그건 군법에도 없소. 대감은 종4품을 베어 죽일 수 없소."

"여봐라, 저놈을 끌고 나가라!"

이일이 주위를 둘러보며 소리쳤다.

"그리고 다시는 내 옆에 접근하지 못하도록 해라!"


진막 밖으로 끌려 나온 윤섭이 어깨를 흔들어 손을 뿌리쳤다. 그러고는 둘러선 무관(武官)들에게 말했다.

"우린 망했어. 저런 놈의 지휘를 받다니, 군사들이 불쌍하네."

그때 아래쪽에서 전령이 달려왔다. 숨을 헐떡이며 달려온 전령이 윤섭과 무장들 앞에 섰다.

"장군, 정현리 다리 위에서 왜군 10여 명이 오락가락하고 있습니다."

숨을 고른 전령이 말을 이었다.

"그 뒤쪽 숲에 왜군이 숨어 있는 것 같습니다."

그때 윤섬이 무장들을 둘러보았다.

"보고를 하게."

무장들이 주춤거렸기 때문에 윤섬이 한숨을 쉬었다. 전령의 보고를 들은 이일이 또 군심(軍心)을 현혹시킨다면서 농사꾼처럼 처형할지도 모르는 것이다.

"에이, 난 가네."

혀를 찬 윤섬이 진막에 등을 돌린 채 발을 떼었다. 전령은 우두커니 서 있었다.


"오가사와라가 죽었어?"

이맛살을 찌푸린 야마시다가 세끼를 노려보았다.

"암살을 당했다고?"

"예, 주군."

납작 엎드린 세끼가 야마시다를 올려다보았다. 얼굴이 땀으로 덮였다.

진막 안이 조용해졌다.

"어떤 놈이냐?"

"찾고 있습니다."

"이런 병신 같은. 조선 자객이 침투했단 말이냐?"

세끼가 시선을 내렸다.

죽을 각오를 하고 온 것이다. 만일 사실대로 보고를 안 한다면 처형을 당하게 된다.

고개를 든 세끼가 야마시다를 보았다.

"그런 것 같습니다. 놈은 경비병 셋도 베어 죽였습니다."

"아래쪽 고토의 부대에서 향도 하나가 살해당했다. 거기서 향도 두 놈이 올라 갔다는데, 병참대 향도라는 거야."

야마시다가 고개를 돌려 부장들을 보았다. 모두 갑옷 차림이다.

"병참대장에게 전령을 보내라. 그리고."

야마시다가 차가운 시선으로 세끼를 내려다보았다.

"세끼, 네가 첨병조장을 맡아라."

"옛. 과분합니다, 주군."

"당분간이야."

야마시다가 손바닥으로 걸상을 내려쳤다.

진시(오전 8시)가 조금 지난 시간이다. 모두 출전 준비를 하고 있다.

"오늘 이일을 격파하고 나서 처리하기로 하지."

지금 정현리 다리 위에 선봉군의 유인조를 내놓고 있는 참이다.


"다리 앞쪽에 왜병이 있어?"

이일이 소리쳐 물었다.

사시(오전 10시) 무렵.

북천(北川) 위쪽의 평지에 진을 친 이일의 조선군 본영이다. 대장군 기를 세우고 각 관아에서 걷어온 갖가지 깃발을 좌우에 꽂았으니 위용이 대단했다.

조선군은 2천5백.

어제 종일 훈련을 마쳤기 때문에 진용은 제대로 갖춰졌다. 전군(全軍)을 선봉, 중군(中軍), 좌, 우군으로 나누었고 이일은 중군의 한복판에 자리 잡고 있다.

지금 이일 앞에 엎드린 전령은 선봉군 앞쪽 1리(400미터) 지점의 다리 근처에 왜 군이 있다고 보고한 것이다.

"예, 대장군."

전령이 땀을 뻘뻘 흘리면서 대답했다.

"몇 명이냐?"

"10여 명입니다. 다리 앞쪽에서 오락가락하고 있습니다."

"뭘 하고 있단 말이냐?"

"서너 명은 밥을 짓는 것 같고 몇 명은 다리 밑 개울에서 씻는 중입니다."

"무엇이?"

이일이 버럭 소리쳤다.

"이놈들이 우리를 깔보고 유인하려는 수작이다."

고개를 돌린 이일이 옆에 선 판관 권길을 보았다.

"판관, 그대가 선봉에 가서 군관과 군사 10여 명을 보내라."

"무슨 말씀이오?"

"우리도 왜놈들 앞에서 여유를 보이란 말이지."

"장군, 어떻게 하란 겁니까?"

"군관에게 관복을 입히고 견마를 잡혀서 왜놈들 앞을 오락가락해라."

이일이 말채찍으로 땅바닥을 후려쳤다.

"사기가 중요하다. 지금 당장 시작해."

권길이 몸을 돌렸다.


선봉군으로 나간 권길의 옆으로 종사관 윤섬이 다가왔다.

윤섬은 선봉대장인 마곡현령 박성진의 보좌역을 맡고 있다. 이일에게 쫓겨나

스스로 자원한 것이다.

"이일이 끝까지 허세를 부리는군."

윤섬이 말하자 권길은 쓴웃음을 지었다.

"나탕개를 칠 적에 조선군은 3천이었어, 나탕개군(軍)은 5백이었고. 이일의 용명(勇名)은 과대 포장되었어."

"이일이 동인(東人)이야. 저놈은 겉모습은 우락부락한 무반(武班)이지만 속은 비겁한 쥐네. 동인 무리가 저놈을 뒤에서 밀어주지 않았다면 순변사가 되지도 못했어."

그사이에 관복을 차려입은 군관 배재동이 말을 타고 역졸 둘을 앞뒤에서 따르게 하고 나타났다. 역졸이 말고삐를 쥐었으니 양반 행차 모습이다. 이일이 시킨 대로 한 것이다.

그것을 본 윤섬이 혀를 찼다.

"이게 무슨 광대 짓인가?"

그때다.

뒤쪽에서 말굽 소리가 어지럽게 울리더니 일단의 기마군이 나타났다.

순변사 이일의 행차다. 지시가 그대로 이행되는가를 확인하려고 온 것이다.

다가온 이일이 윤섬에게는 시선도 주지 않고 군관을 보았다.

"그렇지."

배재동의 치장에 만족한 듯 이일이 고개를 끄덕였다.

"손에 부채를 쥐어라."

"부, 부채가 없습니다."

당황한 배재동이 말했을 때 이일이 짜증을 내었다.

"이놈아, 손바닥으로 부채 부치는 시늉이라도 해라. 자, 가거라."

배재동이 서둘러 말 머리를 돌렸다. 모두의 시선이 이제는 앞쪽으로 모였다.

반리(200미터)쯤 앞.

작은 개울이 가로질러 흘렀고 그 위로 30자(9미터) 길이의 나무다리가 놓여 있다. 폭이 10자(3미터)쯤으로 판자를 댄 다리다. 마차도 통과할 수 있는 다리였고 높이는 10자(3미터) 정도다.

개울 폭은 15자(4.5미터) 정도인 데다 가뭄이다. 물이 발목까지 닿을 뿐이어서 군(軍)의 작전에는 다리가 무용지물이다. 그 다리 건너편에 아직도 왜군들이 노닥거리고 있다.

이제 군관 배재동이 말을 탔고 앞뒤로 역졸 둘이 호위한 채 다가갔다. 말 뒤로 군사 10명이 따랐으니 의젓한 관리 행차다. 이쪽도 왜군의 유유자적한 행태에 맞춰 시위하는 것이다.

배재동의 뒤에 대고 선봉대장 박성진이 소리쳤다.

"적과 1백 보 거리 안으로 다가가지 마라!"

배재동은 박성진 휘하의 군관인 것이다.


다리가 보이는 낮은 돌산 중턱에서 이산이 아래쪽을 내려다보고 있다.

이곳은 정현리의 나무다리에서 1리(400미터)쯤 떨어진 위치라 양쪽 진영이 다 보였다. 바위투성이의 낮은 돌산이라 조선군에게도, 왜군에게도 전략적 가치는 없지만, 전장(戰場) 구경하기에는 적당했다.

오가사와라를 베어 죽인 후에 이산은 날이 밝기 전에 이곳으로 와 있었다.

어머니는 시체라도 찾을 작정이다. 사는 목적은 그것으로 정해놓았다. 이승에 대한 미련은 없다. 조선 왕국에 대한 애착도 눈곱만큼도 없다.

어머니만 찾으면 된다. 그리고 어머니 복수를 해야겠지.

그것이 이산이 견디는 이유다.

그때 조선군 쪽에서 관모 차림의 사내가 말고삐를 종자에게 끌리고 다리 쪽으로 다가온다. 한가한 태도.

저게 무슨 일인가?

"옳지. 왜놈들이 놀란 모양이다."

앞쪽을 보던 이일이 나무 걸상에 앉아서 웃었다. 이제 배재동은 다리 왼쪽까지 접근해서 멈춰 섰다. 그러고는 말에 앉아 왜군들을 쳐다보고 있다.

한가한 태도.

왜군과의 거리는 1백 보도 넘었다. 이곳에서 배재동과의 거리는 반리(200미터) 정도. 다리 건너편에서 왔다 갔다 하던 왜군들이 서너 명씩 모이더니 배재동을 본다.

놀란 것 같다.

"흣하하. 허를 찔린 것이야."

이일이 손바닥으로 허벅지를 치면서 말했을 때다.

"타타타타탕!"

천지를 울리는 천둥소리.

화들짝 놀란 이일이 눈을 부릅떴다. 배재동과 말까지, 그리고 역졸과 뒤쪽 군사 서너 명이 쓰러졌다.

"아앗! 조총이다! 기습이다!"

윤섬이 버럭 소리쳤다. 다리 밑에서 왜군들이 쏟아져 나왔다. 개울가 바닥에 엎드려 있었던 것 같다.

"앗!"

그때 놀란 이일이 벌떡 일어섰다.

"이런."

선봉대장 박성진이 칼을 빼 들고 소리쳤다.

"돌격! 앞으로!"

뒤쪽의 선봉대 군사 1백여 명이 우르르 쏟아져 나왔다.

"타타타타타탕."

다시 총성이 울리더니 그때까지 살아 서 있던 대여섯 명의 조선군이 모조리 쓰러졌다. 그때 쓰러진 배재동에게 덮쳐간 왜군들이 칼을 휘둘러 목을 베었다.

"돌격!"

칼을 치켜든 박성진이 앞장서서 내달리기 시작했다. 박성진이 10여 보쯤 달려 갔다.

"타타타타타타탕."

이번에는 더 요란한 총성이 울리면서 달려가던 군사 수십 명이 쓰러졌다. 개울 밑에서 쏟아져 나온 왜군들이 이쪽에 대고 조총을 쏜 것이다.

"아앗!"

이곳저곳에서 신음과 외침이 울렸다. 총탄이 닿는 거리다. 다리 앞쪽 좌우에 땅을 파고 매복해있던 왜군이다.

그때 윤섬이 소리쳤다.

"좌우로 흩어져라! 흩어져서 놈들의 측면을 쳐라!"

그러는 수밖에 없다.

"타타타타타타탕."

다시 왜군들의 일제 사격에 조선군은 바람에 흩날리는 낙엽처럼 쓰러진다. 그때 엎드려 있던 윤섬이 고개를 돌려 뒤쪽을 보았다. 그 순간 윤섬이 눈을 부릅뜨고 소리쳤다.

"이놈, 이일! 어디로 도망가느냐!"

그때 이일은 비대한 몸을 겨우 말에 올리고는 도망치는 중이었다. 투구도 내동 댕이친 이일의 머리는 서두는 바람에 산발이 되었고 풀어놓은 칼도 차지 않았다.

"이놈! 이일! 이 비겁한 놈아!"

윤섬이 고래고래 소리치자 이일이 힐끗 시선을 주었다.

거리는 30보 정도밖에 안 되었다. 대꾸도 못 하고 고개를 돌린 이일이 말에 박차를 넣었다.

"타타타타탕."

다시 조총의 일제 사격이 울렸을 때 이일은 몸을 둥글게 숙이고는 내달렸다. 그러나 그 뒤에서 고함을 치던 윤섬이 총탄에 맞아 쓰러졌다.


이산이 조선군 장수가 말을 달려 도망치는 것을 보았다.

투구도 쓰지 않고 내달리는 장수 뒤로 3기의 기마군이 따른다. 장수의 호위 군사다.

"비겁한 놈."

이산이 잇새로 말했다.

"저런 놈이 장수라니 조선은 망했다."

바위 사이에 앉은 이산의 눈이 흐려졌다. 다시 어머니의 모습이 떠오른 것이다.

이제 아래쪽 황무지는 요란한 총성과 함성으로 뒤덮여 있다. 왜군은 조총대를 앞세워 공격하는 중이었고 조선군은 제대로 저항도 하지 못한 채 도망치는 중이다.

대살육이 일어나고 있다.

마치 짐승몰이를 하는 것처럼 왜군이 조선군을 쫓으면서 살육한다. 장수가 도망치는 것을 다 본 터라 조선군은 전의(戰意)를 잃고 칼 한 번 제대로 휘두르지 못한다. 그저 도망치다가 죽는다.

그것을 내려다본 이산의 얼굴이 일그러졌다.

문득 6년 전에 만났던 정처 강 씨의 아들, 이름이 이정남이었던가? 그놈의 얼굴이 떠올랐기 때문이다.

지금 조선이 저렇게 망하고 있다.

너도 함께 망하겠구나.


"대승이다."

야마시다가 둘러선 장수들에게 소리치듯 말했다. 어깨를 부풀린 야마시다가 앞에 선 모리에게 물었다.

"모리, 코를 몇 개 베었느냐?"

"872개입니다."

콧수염을 기른 모리가 그릇 깨지는 소리로 대답했다. 모리가 이번 싸움에 선봉을 섰다. 선봉군의 선봉이다.

"물론 제 부하들이 모은 것입니다. 주군, 여기 가져왔습니다."

모리가 말하자 부하 셋이 각각 자루를 들고 와 앞에 내려놓았다. 코를 담은 자루다. 자루에 각각 숫자가 적혀 있는데 300개가 2자루, 자루 하나에는 272개가 담겼다.

"오, 네가 공 1등이다. 기록해두지."

자루를 살펴본 야마시다가 고개를 끄덕였다.

모리는 선봉대장 야마시다의 가신으로 녹봉은 250석이다. 이번 상주 근처 싸움에서 고니시의 선봉대장 야마시다는 대승을 거두었다. 조선 순변사 이일의 2,500군사를 전멸시켰다. 다만 조선군 총대장인 순변사 이일은 전투가 시작되자마자 도망질을 쳐서 잡지 못했다.

야마시다는 1,700군사의 절반도 안 되는 600여 명으로 조선군을 궤멸시킨 것이다. 코가 모두 2,214개나 된다. 야마시다가 부하들이 앞에 쌓아둔 코 자루를 눈으로 가리키며 말했다.

"내가 자루를 갖고 주군께 보고하러 가겠다. 썩지 않도록 소금을 많이 넣어라."

승전 보고다.


술시(오후 8시) 무렵.

어둠에 덮인 고당현 관아는 인적이 없다. 앞쪽 거리에도 행인이 뚝 끊긴 데다 불빛도 보이지 않는다. 모두 피란 간 것이다.

위쪽 상주성도 무주공산, 빈 성이 되었다. 몇 명 남아있던 주민도 북천 싸움에서 조선군이 몰사했다는 소문을 듣고 다 피신했기 때문이다.

왜군은 이제 상주성 서쪽 5리 지점에서 숙영하는 중이다. 성안에는 이미 왜군 첨병대가 들어와 동문 근처에 머물고 있다.

이산이 관아 대문 앞으로 다가갔을 때 반쯤 열린 대문 안쪽에서 기척이 났다. 긴장한 이산이 등에 멘 왜검의 손잡이를 잡았다가는 멈춰 섰다.

이 왜검은 오가사와라의 진막에서 가져온 소도(小刀)다. 길이도 적당하고 칼집에 삼줄을 매달아 등에 메면 딱 붙어서 불편하지 않다.

그때 열린 문으로 개 한 마리가 빠져나왔다. 어둠 속에서 개의 두 눈이 번쩍이고 있다. 이산을 보고서도 전혀 겁내지 않고 스쳐 지나갔다.

개한테서 피 냄새가 맡아졌기 때문에 이산이 어금니를 물었다. 다시 발을 뗀 이산이 대문의 왼쪽 기둥 밑을 보았다. 기둥 밑쪽 흙이 파헤쳐진 흔적이 있다.

허리를 굽힌 이산이 손으로 흙을 파헤쳤더니 곧 접힌 쪽지가 나왔다.

잠시 후에 이산이 관아의 부엌에 들어가 부싯돌을 켜 나뭇가지에 불을 붙이고 나서 쪽지를 폈다. 향도 조병기가 남긴 쪽지가 맞다.

이산이 읽는다.


'살아나오셨다면 관아 뒤쪽으로 10리(4킬로) 거리에 있는 운암산 골짜기로 오십시오. 골짜기 입구 우측에 폐가가 있습니다. 그곳에서 이틀쯤 기다리지요.'


벽에 등을 붙인 채로 잠이 들었던 조병기가 눈을 떴다. 그냥 눈을 뜬 것이지 기척을 듣거나 느낌을 받지는 않았다.

그 순간 조병기가 숨을 들이켰다. 앞쪽 벽에 사내 하나가 앉아 자신을 보고 있었기 때문이다.

이산이다.

"나으리."

저절로 입이 터졌다.

"기다리고 있었습니다."

"못 찾았어."

이산이 입술도 달싹이지 않고 말했다.

"진막 주인 놈만 죽이고 나왔어."

"압니다."

어둠 속에서 조병기의 두 눈이 번들거렸다. 폐가의 방문도 떨어져 있었기 때문에 숲을 스치고 온 바람이 거침없이 방 안으로 들어왔다.

조병기가 말을 이었다.

"마님은 돌아가셨습니다."

이산은 시선만 주었고 조병기는 숨을 골랐다.

"선봉대 중군의 향도를 만나 들었습니다. 이미 저도 수배자가 되었기 때문에 몰래 만났지요."

"……."

"마님은 야마시다의 침소에 끌려가셨다가 살해되셨습니다. 야마시다를 칼로 찌르셨는데 빗나가 칼끝이 어깨를 스쳤다고 합니다. 그래서……."

조병기는 말을 잇지 못했다.

그때 이산이 자리에서 일어섰다.

"같이 가주겠나?"

"예, 나으리."

조병기가 서둘러 따라 일어섰다.

"지금은 그곳이 비어 있을 것입니다."

어젯밤에 야마시다가 숙영했던 장소를 말한다. 밖으로 나온 이산의 앞장을 서면서 조병기가 말했다.

"제가 야마시다의 진지를 압니다."

김 씨의 시신이라도 찾으려는 것이다.


그 시간에 신립(申砬)이 이일과 마주 보고 앉아있다.

신립은 46세. 9년 전 온성 부사로 있을 때 나탕개의 난을 평정하면서 무명(武名)을 떨쳤는데 이일과 함께 싸웠기 때문에 서로를 안다. 그 당시 이일은 경원 부사로 있었다.

신립의 직책은 3도 도순변사. 순변사인 이일의 상관이다. 그러나 이일이 54세로 8살 연상이다.

이일이 어깨를 부풀리며 말했다.

"조총을 앞세운 왜적은 1만이 넘었소이다. 중과부적(衆寡不敵)이었소."

충주성 안이다.

본래 신립은 조령을 지키려고 했다가 이일이 패전했다는 소식을 듣고 황급히 충주성으로 돌아온 참이다.

고개를 든 신립이 이일을 보았다.

"이보시오, 영감, 왜군이 1만이라고 했소?"

"그렇소이다."

이일이 대답했을 때 신립이 좌우를 둘러보며 말했다.

"목사와 종사관만 남고 다 자리를 비켜라."

그러자 청 안에 모였던 장수, 관리들이 서둘러 밖으로 나갔다. 청 안에는 충주 목사 이종장과 종사관 김여물, 둘에다 이일과 신립까지 넷이 남았다.

그때 신립이 고개를 들고 이일을 보았다.

"영감, 우리가 북방에서 나탕개의 난을 평정한 것이 몇 년 전이오?"

"9년 전이오."

이일이 바로 대답했다. 그때는 둘이 같은 직위였다.

고개를 끄덕인 신립이 눈을 가늘게 떴다.

"내가 나탕개를 온성에서 몰아내 경원에 있는 영감께 보냈지요."

"그렇습니다."

"그때 영감의 휘하에 기마군이 몇이었소?"

"5백 남짓이었소."

이일이 말을 이었다.

"나탕개는 1천여 명이었소."

그때 신립의 얼굴이 일그러졌다.

"내가 나탕개를 내몰 때 350기가 남아있었소. 척후를 보내 다 세었지."

이일이 눈만 치켜떴고 신립이 말을 이었다.

"내가 9년 만에 이 사실을 밝히는 거요. 그때 영감은 5백 남짓의 기마군이 아니라 3천2백을 거느리고 있었어."

"……."

"3천2백으로 3백50을 잡은 것이지."

신립이 눈을 치켜뜨고 이일을 노려보았다.

"제 용명을 내세우려고 적 군사는 늘리고 아군은 줄이는 수작을 부린 것이지. 나는 그것을 알면서도 전우(戰友)로서 지금까지 입을 다물었어."

"대감."

"입 닥쳐라!"

버럭 소리친 신립이 주먹으로 팔 받침을 내려쳤다.

"이번에 왜군은 선봉대의 선봉인 5, 6백만 동원한 거야! 그런데 왜군의 조총 일제 사격이 시작되자마자 주장(主將)이 말을 타고 도망질을 친 것이지."

신립이 눈을 부릅떴다.

"그래놓고 이번에는 적의 숫자를 1만으로 늘리는군. 네가 도망치는 장면을 살아남은 장교 수십 명이 보고는 이곳으로 도망쳐 와서 증언했다. 넌 3천 군사를 주살한 벌을 받아야 한다."

"대감."

그때 신립이 김여물에게 말했다.

"저놈을 전투에 참여시키면 안 된다. 이번 싸움이 끝날 때까지 억류시켜라."

"예, 대감."

김여물이 몸을 일으키면서 이일에게 말했다.

"날 따라오시오."

영감이라고 부르지도 않는다. 이일이 엉거주춤 일어서면서 입을 달싹였으나 말은 뱉지 못했다. 신립은 왕(王)이 내려준 지휘 검을 가지고 있다. 당장에 목을 칠 권한이 있다.


"여깁니다!"

어둠 속에서 조병기의 목소리가 울린 순간 이산이 몸을 굳혔다. 마치 석상이라도 된 것 같다. 몸을 세운 채 미동도 하지 않는다.

"나으리!"

다시 조병기의 외침이 울렸을 때 이산의 어깨가 늘어졌다.

다음 순간 이산이 몸을 날렸다.

아래쪽이다. 야마시다의 진영이었던 골짜기.

드문드문 버린 장비, 오물까지 뒤섞여서 어수선하다.

이산이 골짜기 아래쪽으로 달려갔을 때 기다리고 있던 조병기가 손으로 앞쪽을 가리켰다.

이제는 입을 열지 않는다.

어머니다.

어머니가 맞다.

어둠 속이지만 이산은 대번에 알아보았다.

그런데 바짝 몸을 굽히고 어머니를 들여다본 이산이 이를 악물었다. 어머니의 코가 떼어졌다.

조병기는 한 걸음 물러서서 이산을 내려다보고 있다.

어머니는 옷은 입었다. 그것도 깨끗하다. 그러나 가슴을 찔러서 가슴 아래는 검은 피로 범벅이 되어있다. 시신을 골짜기 으슥한 곳에 그냥 내던진 후에 코를 뗀 것이다.

시신의 코를 베었기 때문에 얼굴에 피는 많이 번지지 않았다. 그래서 금방 알아보았다. 머리도 단정하게 뒤에서 묶은 채다.

이산이 우두커니 내려다보고만 있었기 때문에 조병기가 가볍게 헛기침을 했다.

"나으리."

이산이 대답 대신 어머니의 상반신을 부둥켜안았다.

차다.

그리고 나무토막처럼 굳어 있다.

역한 냄새가 맡아졌다. 만 하루가 지났기 때문에 시신은 부패하고 있다.

그때 조병기가 말했다.

"묻어 드리지요."

이산이 어머니를 안고 일어섰다. 이곳에 묻을 수는 없다.

골짜기 위쪽 산 중턱의 평탄한 땅을 찾아서 어머니를 묻었다.

연장이 없어서 칼로 나무를 잘라 끝을 뾰족하게 만든 다음 둘이 구덩이를 팠다. 한 시진쯤 팠더니 폭 6자(180센티), 깊이 3자(90센티)의 구덩이가 만들어졌다.

이산이 잠자코 어머니의 시신을 구덩이에 놓고는 자신의 저고리를 벗어 덮어 주었다. 이산 자신의 상반신은 속저고리 차림이 되었지만, 어머니는 저고리로 포근하게 감싸졌다.

흙을 덮으면서도 이산은 아무 말도 하지 않았다. 조병기도 입을 다문 채 돕는다.

흙 위에 돌멩이를 깔아 덮은 후에 옆쪽의 몸통만 한 바위를 무덤 머리맡에 옮겨 놓았다. 표시를 한 것이다.

어느덧 동녘이 밝아오고 있었다.

이산이 무덤 앞에 엎드려 절을 하자 조병기도 뒤에서 따라 절을 했다.

이윽고 허리를 편 이산이 잠자코 흙 속에 있는 어머니를 보았다.

그러고는 몸을 돌렸다.


다시 운암산 골짜기의 폐가로 돌아온 이산은 방에 들어가자마자 던져진 자루처럼 쓰러져 잤다.

이산이 기척에 눈을 떴을 때는 한낮이다.

조병기가 보퉁이를 들고 있었는데 옷과 나뭇잎에 싼 밥이다. 주먹만 한 쇠고기 말린 것도 두 조각이나 들어있다.

조병기가 옷부터 내밀면서 말했다.

"옆쪽 산골짜기에 숨어 있던 양반 일가를 털었습니다."

옷은 무명옷으로 몸에 맞았다. 바지까지 가져와서 이산은 그대로 갈아입었다.

조병기가 말을 이었다.

"하인 둘, 양반 처자가 넷으로 모두 6명이었는데 마침 밥을 해 먹고 있었습니다.

하인 한 놈이 반항하길래 베어 죽였더니 고분고분해지더군요.”

이산이 밥을 손으로 움켜쥐어 먹었다.

따라 먹으면서 조병기가 허리춤에서 주머니를 꺼내 방바닥에 펼쳤다. 그 순간 금반지, 금비녀, 귀걸이 등 금은보석이 쏟아졌다.

“이것도 빼앗아 왔습니다. 일가족이 3년은 먹을 재물입니다.”

이산이 잠자코 쇠고기 조각을 씹었다.

이제는 약육강식의 세상이 되었다.

왜군 덕분에 양반 상놈의 세상이 뒤집혔다.


아래쪽 개울에서 바가지로 떠 온 물을 마시고 났을 때 이산이 고개를 들고 조병기를 보았다.

“너는 왜 여기 있는 거냐?”

처음 입을 뗀 것이다.

그때 조병기가 기다렸다는 듯이 대답했다.

“갈 곳이 없습니다.”

고개까지 저은 조병기가 이산을 보았다.

“저는 대마도 출신으로 16살 때 부산포 왜관에 와서 온갖 일을 했지요. 그러다 이번 전쟁에서 고니시군의 향도로 자원한 것인데요.”

조병기의 얼굴에 쓴웃음이 번졌다.

“조선을 먹으면 현령이나 군수, 하다못해 장군쯤은 될 것 아닙니까?”

“코를 1천 개쯤 모으면 되겠지.”

그 순간 조병기가 주춤한 것은 이산의 어머니를 떠올렸기 때문일 것이다.

조병기가 말을 이었다.

“이젠 조선 땅에서 도적질이나 하는 수밖에 없습니다. 병참부로 돌아갔더니 나를 잡으려고 감찰대가 떴더군요. 내가 나으리 길 안내를 한 것이 밝혀진 것입니다."

"대마도에 가족은 없느냐?"

"부모가 어렸을 때 죽어서 이 집 저 집 떠돌다가 부산포로 온 것입니다. 돌아갈 곳이 없으니 이러고 있는 것이지요."

이산이 잠자코 조병기를 보았다.

각진 얼굴, 키는 중키였지만 어깨가 딱 벌어졌고 팔이 길어서 완력은 있어 보였다.

"너, 내 수하가 될 테냐?"

이산이 묻자 조병기가 바로 대답했다.

"이미 된 것 아닙니까?"


"아이고, 도련님."

마당으로 들어선 이산을 보고 돌이가 깜짝 놀라 반겼다. 부엌에 있던 가순이도 뛰어나왔다.

이산이 조병기와 함께 온 것이다.

유시(오후 6시) 무렵, 산골짜기에 어둠이 덮이고 있다.

이곳은 가곡현의 본가에서 20리(8킬로)쯤 떨어진 산비탈의 외딴 농가다. 돌이와 가순이는 이곳에서 피신하고 있었다.

조병기를 소개한 이산이 마루에 앉았을 때다. 돌이가 조심스럽게 묻는다.

"마님 소식은 들으셨소?"

"응."

"어디 계십니까?"

돌이의 목소리가 떨렸다. 다가선 돌이의 눈이 흐려져 있다.

그때 이산이 말했다.

"고당현에서 동쪽으로 20리(8킬로) 떨어진 골짜기 왼쪽의 산 중턱이야."

그때는 가순이도 부엌에서 나와 돌이의 뒤에 붙어 서 있다. 마루 끝에 앉은 조병기는 외면한 채였고 이산이 말을 이었다.

"내가 둥근 바위로 표시를 해놓았어. 앞쪽에 둥치가 휘어진 소나무가 서 있어."

"도련님."

돌이가 부르고 나서 침을 삼켰다.

"그, 그러시다면, 마님을……."

"그곳에다 묻었다. 저기 저 사람하고 같이."

이산이 턱으로 조병기를 가리켰다.

덤덤한 표정이다.

"한(恨) 많은 이 세상을 잘 떠나신 것이지. 저승에서는 마음이 편하실 거다."

"도련님."

"내가 저고리를 벗어 감싸드렸어."

"아이구, 잘하셨습니다."

"평온한 얼굴이셨다."

"아이구, 그렇습니까?"

돌이의 얼굴은 어느덧 눈물로 젖었고 가순이는 흐느끼다가 부엌으로 돌아갔다.


저녁을 먹고 방에 넷이 다 모였을 때 돌이가 말했다.

"제가 어제 대감이 피신하고 계신 석장골에 다녀왔습니다."

돌이가 말을 이었다.

"대감께 말씀드렸더니 한동안 말씀이 없으셨소."

"……."

"그러더니 나를 마루방으로 다시 부르시더니 둘만 있을 때 말씀하셨소."

고개를 든 돌이가 이산을 보았다.

"도련님이 돌아오시면 석장골로 모시고 오라고 하십니다. 대감께서 도련님을 만나겠다고 하셨소."

"……."

"나한테 꼭 데려오라고 당부까지 하셨단 말씀이오."

그때 이산이 말했다.

"그 양반이 내 씨를 뿌린 유세를 하는군. 가서 전해라, 난 뿌려서 걷어 먹는 곡식이 아니라고."

"이것 보시오, 도련님."

"너하고 가순이는 석장골로 가."

"도련님을 모시고 갈 겁니다."

"난 내일 떠난다."

정색한 이산이 돌이를 보았다.

"너한테 돌아온 것은 어머니 이야기를 해주려고 온 거야. 다른 이야기는 하지 마라."

이산의 눈빛이 강해졌다.

"만일 내가 그곳에 간다면 그 일족들을 몰살시킬지도 모른다."

숨을 들이켠 돌이를 향해 이산이 말을 이었다.

"그, 강씨라는 년부터 그 아들놈들까지. 그래, 넌 그걸 바라는 거냐?"

돌이는 입을 다물었다.


다음 날 인시(오전 4시) 무렵.

이산과 조병기는 돌이와 가순 모르게 소리 없이 집을 나왔다. 그러나 열 걸음도 떼기 전에 뒤에서 인기척이 났다.

86

"도련님."

돌이다. 안개를 헤치고 다가온 돌이가 이산을 보았다.

"어디로 가시오?"

"어머니한테."

그때 돌이가 한 걸음 다가섰다. 놀란 듯 눈을 크게 뜨고 있다.

"묘소에 가시오?"

"아니, 저승으로."

숨을 들이켠 돌이를 향해 이산이 말을 이었다.

"다 저승으로 가는 중 아니냐?"

"도련님."

"가면서 처리할 건 해야지."

"도련님, 아버님께 전해드릴 말씀을 주시오."

돌이가 매달리듯 말하자 이산이 몸을 돌렸다.

"양반 세상은 곧 망한다고 전해라."


신립이 이종장과 김여물을 이끌고 새재 정찰을 나왔다.

새재는 천혜의 요지로 능히 병사 하나로 적 1백 명을 막을 수 있는 험지다. 문경현 남쪽 20리(8킬로) 거리에 양쪽 산협이 묶인 것처럼 싸여 있고 그 아래에 두 사람이 겨우 지나갈 험로가 10여 리나 뻗쳐있는 것이다.

새재 중턱까지 말을 타고 올라온 신립이 얼굴에 비 오는 듯 땀을 흘리며 불평했다.

"에, 덥다. 이곳까지 군사를 이끌고 오려면 만 하루도 더 걸리겠다."

그러더니 중턱에서 멈춰 섰다.

"1만 군사가 진용을 펼치기에는 너무 산세가 험해."

"대감."

충주 목사 이종장이 헐떡이며 말했다.

"산세가 험하니 아군에 이롭지 않겠습니까? 이곳 지세가 군사 1명으로 적군 1백을 막는다는 소문이 난 곳이올시다."

"어허, 문관(文官)이 감히 병법을 내 앞에서 읊는가?"

신립이 눈살을 찌푸렸다.

"그대는 아군의 주력이 기마군인 것을 모르는가?"

"그건 압니다만."

"기마군 8천이 모두 말을 버리고 보군이 되어서 잡병 노릇을 하란 말인가? 말과 함께 뛰는 기마군은 보군 셋의 전력(戰力)인 줄 모르는가?"

무안해진 이종장이 입을 다물었을 때다. 이번에는 종사관인 김여물이 나섰다.

"대감, 이런 천혜의 요지를 버리고 기마군에 맞춰 들판으로 나간다는 말씀입니까? 병법에도 어긋납니다."

"닥쳐라!"

마침내 신립이 버럭 소리쳤다. 말채찍으로 김여물을 가리킨 신립이 목소리를 높였다.

"기마군 8천이다. 적은 보병이니 들판에서 기마군으로 단숨에 짓밟아 끝내는 것이야!"

"대감, 들판 어디에서 결전을 하시겠단 말씀이오?"

"탄금대가 낫다. 뒤에 습지를 두고 배수진을 치면 군사들이 죽기를 각오하고 싸울 테니 백전백승이야."

"이런."

김여물이 버럭 소리쳤다.

이때 김여물은 44세. 문관으로 의주 목사까지 지낸 고관이다. 그러나 작년에 정철의 당(黨)으로 몰려 투옥되었다가 이번에 왜란이 일어나자 사면되어 종사관으로 신립과 함께 내려온 것이다. 그러니 가볍게 다룰 신분은 아니다.

김여물이 소리쳤다.

"대감, 습지를 등지고 기마군으로 싸우다니, 내가 의주에서 여진족과도 싸워보았지만 이런 전법은 처음이오!"

"닥쳐라! 군령을 어기면 베겠다!"

신립의 목소리가 양쪽 산에 부딪혀 메아리로 돌아왔다.

"어허."

김여물이 눈을 부릅뜨고 탄식했다.

"이일에 이어서 신립이 조선군을 궤멸시키는구나."

"아니, 이놈이."

신립이 칼자루를 움켜쥐고 빼려고 했지만, 충주 목사 이종장이 소매를 잡았다.

"대감, 왜 이러시오!"

이종장의 목소리도 산을 울렸다.

"그래, 탄금대 앞에서 싸우면 될 것 아니오?"

그러자 신립이 어깨를 늘어뜨리고 김여물을 노려보았다.

"내일 탄금대 전투를 치르고 나서 네 죄를 묻겠다."

"허, 그때까지 살아있을까?"

김여물이 외면한 채 말을 받았다.

작년까지만 해도 진주 목사, 경성 부사로 동급이었던 김여물, 신립이다. 전쟁이 일어나자 무장(武將)인 신립이 두각을 나타내고 있다.


"나으리, 지금 우리 앞쪽이 새재요."

조병기가 어둠에 덮인 앞쪽을 가리키며 말했다.

"새재를 넘으면 충주성이 30리(12킬로) 거리지요."

고개를 든 이산이 어둠이 덮이기 시작한 앞쪽 산맥을 보았다.

이제 길이 험준한 산골짜기로 이어져 있다.

조병기가 말을 이었다.

"제가 부산포에서 화물을 싣고 한양성을 여러 번 다녀봐서 압니다. 아마 조선군이 앞쪽 새재 좌우에 잔뜩 매복하고 있을 겁니다."

"나도 어렸을 때 이곳에 여러 번 왔지."

눈을 가늘게 뜬 이산이 앞쪽을 보았다.

"새재 중턱에 산적이 여러 번 출몰해서 관군이 출동하는 구경도 했다."

"왜군이 이곳을 지나려면 고생할 겁니다. 군사 한 명으로 백 명을 막는다는 소문이 났거든요."

"네가 왜군 첩자 노릇을 했구나."

"그래서 향도가 된 것 아닙니까?"

발을 떼었던 조병기가 고개를 돌려 이산을 보았다.

"나으리, 왜군을 앞질러 가시려면 새재를 오를 수밖에 없습니다."

"조선군이 매복하고 있을지 모르지만 가 보도록 하자."

이산이 바로 결정했다.

"저런 요지를 비워 두지는 않았겠지."


한 시진쯤이 지난 술시(오후 8시) 무렵.

새재의 고개는 99고개라고도 불린다. 산의 몸통에 구불구불 그어진 협로는 마치 뱀의 몸통 같아서 '뱀길'이라고도 불린다.

이산과 조병기는 그 뱀길의 십분의 일쯤 걸어 올라온 후에 가쁜 숨을 뱉으면서 멈춰 섰다. 이미 주위는 짙은 어둠에 덮였고 산속은 조용하다.

"아이구, 죽겠소."

길가의 바위에 등을 붙이고 기대앉은 조병기가 말했다.

"조선군은 여기 오지 않은 것 같소."

그런 것 같다. 새재는 비었다. 주위를 둘러본 이산이 고개를 갸우뚱했다.

"이상하구나. 저 위쪽에 조선군을 매복시켰는가?"

"이쪽에 수십 명만 배치해 놓아도 왜군 수백 명을 막아낼 텐데요."

"자, 올라가자."

다시 발을 떼면서 이산이 말했다.

"올라가면 알 수 있겠지."


다시 한 시진이 지난 해시(오후 10시) 무렵.

둘은 새재의 중턱에 닿아있다. 가도 가도 끝없이 굽어지는 비탈길. 좌우의 산기슭에서 돌멩이를 눈을 감고 던져도 맞힐 수 있을 정도다. 더구나 양쪽 산기슭은 울창한 숲이다. 길에서는 안쪽 숲속이 보이지도 않는다. 매복하기에도 적절한 장소다.

"이런."

이제는 조병기가 분개했다.

"신립이 명장(名將)이라더니 그놈, 미친놈 아닙니까? 이곳이 비어 있네요."

왜군이 새재 아래쪽 20리(8킬로) 지점까지 접근해 온 상황이다.

"충주성 앞 벌판에 주둔하고 있다는 소문이 사흘 전부터 났는데 지금까지 꾸물거리고만 있다니요?"

이산은 대답하지 않았다. 아직 조선군 편을 들 마음은 없지만, 왜군에 대한 적개심은 쌓이고 있다.

"고개 위까지 올라가 보자."

이산이 앞장서서 발을 떼었다.

역시 비었다.

땀을 비 맞은 듯이 흘리면서 주위를 둘러본 이산이 쓴웃음을 지었다.

이곳은 새재의 정상. 99굽이를 돌아 정상에 올라서 있는 것이다.

축시(오전 2시) 끝 무렵이다.

칠흑 속처럼 어두운 하늘이었지만 산 윤곽은 선명하게 드러났다. 이제 반대쪽은 충주성 쪽으로 내려가는 길이다. 하산길도 99굽이였지만 그곳에 매복병이 있을 리는 없다. 위에서 다 내려다보이기 때문이다.

"내일 아침이면 왜군이 몰려올 텐데 조선군은 망했군요."

조병기가 한탄했다.

"지금 올라온다고 해도 늦었습니다."

그리고 아래쪽에서는 기척도 없는 것이다.

그때다. 이산이 조병기의 어깨를 움켜쥐었다.

"가만."

이산이 목소리를 낮추고는 기슭으로 조병기를 끌었다.

"저쪽."

손으로 아래쪽을 가리킨 이산이 말을 이었다.

"네 놈이다."

그때 조병기도 인기척을 들었다. 이쪽으로 올라오는 인기척이다.


"이건 함정이 아냐."

이찌베가 말하고는 털썩 땅바닥에 주저앉았다.

"새재가 비었어. 허허, 참."

"빨리 내려가서 알려야 하지 않을까?"

고무라가 묻자 주위를 둘러보던 아베가 말했다.

"조금 쉬었다가 고무라 네가 이찌베하고 둘이 내려가서 대장한테 보고해라."

"조장은 여기 있을 거야?"

"그래. 요시다하고 여기 남아 있다가 이상이 있으면 보고한다고 전해."

아베가 웃음 띤 얼굴로 말을 잇는다.

"대장한테 서둘라고 해라. 이곳 새재만 넘으면 충주성은 금방이야."


그로부터 한 식경쯤이 지났을 때다.

아래쪽에서 인기척이 났기 때문에 길가 바위에 기대앉아 있던 아베가 고개를 들었다. 고무라와 이찌베가 그쪽으로 내려갔다.

"고무라냐?"

아베가 묻자 대답은 없지만, 인기척은 더 가까워졌다. 거리는 30보 정도, 어둠 속에서 인기척이 더 가까워졌다.

그때 굽이를 돈 인기척이 정면으로 드러났다. 이제는 손에 칼을 고쳐 쥔 아베가 허리를 조금 굽히고는 그쪽으로 다가갔다. 두 눈이 번들거렸고 그 옆을 요시다가 창을 겨눈 자세로 발을 뗐다.

거리가 10보쯤 가까워졌다. 두 사내가 다가오고 있다.

그때 아베가 다시 묻는다.

"누구냐?"

양측이 다가왔기 때문에 거리는 순식간에 대여섯 보로 좁혀졌다.

그 순간이다. 아베는 사내 하나가 와락 접근해오는 것을 보았다. 어느새 사내의 손에 번쩍이는 칼이 들려 있다.

"에잇!"

긴 창을 쥔 요시다가 먼저 내질렀다.

"으악!"

다음 순간 요시다의 비명이 산마루를 울렸다. 어느새 사내가 창날을 피하면서 요시다의 몸통을 잘라버린 것이다.

이산이 칼을 고쳐 쥐면서 몸을 돌렸을 때다.

"엣!"

기합 소리와 함께 옆쪽에서 칼날이 날아왔다. 후려치듯이 이산의 허리를 벤 것이다. 그러나 이산이 몸을 비틀면서 사내의 칼 든 손목을 내려쳤다, 그것도 칼등으로.

"억!"

팔목이 부러진 아베가 비틀거렸을 때 다시 이산의 칼등이 날아가 뒤통수를 쳤다. 뒤통수를 맞은 아베가 사지를 벌리면서 땅바닥에 엎어졌다.


"넌 어디 소속이냐?"

깨어난 아베에게 조병기가 왜말로 물었다. 왜말에 눈을 치켜떴던 아베가 신음을 뱉더니 흔들거리는 몸을 바로 세웠다. 뒤통수는 부서지지 않았지만 아이 주먹만 한 혹이 돋아났다.

"넌 누구냐?"

대답 대신 아베가 물었기 때문에 조병기가 혀를 찼다.

"대답하면 목숨은 살려주마. 어설프게 허세 부려서 조선 땅 귀신이 되지 마라."

"정말 살려줄 테냐?"

"나도 고니시군 치중대 향도였던 사람이야. 약속해주마."

"우린 선봉대의 첨병조 소속이야. 내일 넘어갈 새재 정찰을 나왔어."

"야마시다가 지금도 선봉대장이지?"

"아냐, 이번에 사고가 여러 번 났기 때문에 선봉대장은 무로까와 님으로 바뀌었어."

"중군(中軍)의 부장(副將)이었던 무로까와인가?"

"잘 아네."

고개를 돌린 조병기가 뒤에 서 있던 이산에게 대화 내용을 설명했다. 그러자 이산이 말했다.

"야마시다가 지금 어디에 있느냐고 물어봐."

조병기가 다시 아베에게 물었다.

"야마시다는 지금 어디에 있는 거냐?"

"중군의 예비대장이야. 보충 병력으로 중군의 뒤를 따르고 있어."

조병기의 통역을 들은 이산이 눈을 가늘게 떴다.

"그렇다면 왜군의 한복판에 있구나."

"예, 나으리. 고니시의 바로 뒤를 따르고 있답니다."

고니시 유키나가는 1만 9천 병력을 지휘하는 왜군 1번대 주장이며 최정예군이다.

고개를 끄덕인 이산이 지그시 아베를 내려다보았다.

"이놈한테 조선인 코를 몇 개 모았냐고 물어봐."

그러자 조병기가 아베의 허리에 매달린 가죽 주머니를 잡아채었다. 끈이 떨어지면서 주머니가 조병기의 손에 쥐어졌다. 조병기가 주머니 입구를 벌리고는 땅바닥에 내용물을 쏟았다. 그 순간 역한 냄새가 풍기면서 소금에 절인 덩어리가 흩어졌다.

귀다.

어둠 속이지만 땅바닥에 쏟아진 귀는 20여 개나 되었다.

아베는 눈만 크게 떴고 조병기가 귀를 둘러보면서 말했다.

"한 스물대여섯 개 되는구만요."

다음 순간이다.

조병기는 왈칵 풍겨오는 피비린내를 맡고는 숨을 멈췄다. 어느새 머리통이 몸과 떨어진 아베가 뒤로 넘어져 있고 목에서 뿜어지는 피가 땅바닥을 적시고 있었다.


"내가 왜말을 배워야겠다."

이제는 반대쪽 굽이로 새재 고개를 내려가면서 이산이 말했다.

"네가 내 왜말 스승이 되어야겠다."

"예, 나으리."

조병기가 고분고분 대답했다.

"제가 부산포 왜관에서 조선인에게 왜말을 가르친 적도 있습니다."

그러더니 덧붙였다.

"그리고 앞으로 나으리를 주군(主君)으로 모시겠습니다. 저는 지금부터 주군의 가신입니다."

제멋대로 정하고는 시치미를 떼었지만, 이산은 놔두었다.

다 흥미가 없다는 표시다.


새재를 다 내려갔을 때는 인시(오전 4시) 무렵이다. 동녘 하늘이 부옇게 변했지만, 아직 주위는 어둡다.

앞장서 걷던 조병기가 이산을 보았다.

"주군, 신립은 새재를 포기한 것 같소."

"그런 것 같다."

"벌판에서 싸울 모양이오."

"산에서 싸우나 벌판에서 싸우나 난 상관없다."

"둘이 있을 때는 왜말을 쓰시지요."

"그러는 게 낫겠다."

걸음을 멈춘 이산이 주위를 둘러보았다.

"자, 어디서 구경하는 것이 낫겠느냐?"

"조선군이 충주성에 있다고 했으니까 거기서 곧장 이쪽으로 나오겠지요."

조병기가 손을 들어 왼쪽을 가리켰다.

"서쪽에 탄금대 습지가 있습니다. 그 습지 뒤쪽으로 작은 돌산이 있으니 그쪽으로 가 보시지요."

부산포에서 한양까지 여러 번 왕래했던 조병기다.

이산이 고개를 끄덕였다.

"구경하기 좋은 곳으로 가자."


진시(오전 8시)가 되었을 때 새재에 정찰을 나갔던 장교 둘이 돌아왔다. 중군(中軍)에서 골라서 보낸 날랜 장교들이다.

신립 앞으로 불려온 장교가 보고했다.

"새재 위쪽에서 군병의 기척이 났습니다. 왜말이 울렸고 대답 소리도 들렸습니다."

장교 중 선임이 말을 이었다.

"새재에서 내려오는 것 같았소이다."

"네가 보았느냐?"

"굽이만 돌면 보일 정도로 가까웠기 때문에 직접 보지는 못했습니다."

"왜군이 많았다고?"

"예, 대감."

"보지도 않고 어찌 아느냐?"

"제가 북방에서 여진군 정탐을 여러 번 한 첨병조 출신입니다."

40대의 장교가 똑바로 신립을 보았다.

"전장(戰場)에서 수십 번 뚫고 나온 장교올시다. 왜적이 새재를 넘어오고 있소."

"그때가 언제냐?"

"인시(오전 4시) 무렵이었소."

"지금이 진시(오전 8시)니 이미 왜적이 새재를 내려와 있어야 될 것 아니냐?"

장교가 꼬박꼬박 말대답하는 것에 역정이 난 신립이 목소리를 높였다.

"네 이놈. 왜적을 보지도 않고 군심(軍心)을 혼란시키느냐! 저놈을 당장 묶어서 창고에 가둬라!"

호위 장교들이 척후를 나갔다 온 장교 둘을 끌고 나갈 때 방어사 이운룡이 소리쳤다.

"장교들을 놔둬라!"

호위 장교들이 주춤하자 이운룡이 신립 앞으로 다가가 섰다.

"대감, 왜 이러시오? 척후 나간 장교가 뭘 잘못했다고 투옥합니까?"

"네 이놈! 네가 내 명을 뒤집느냐!"

"이보시오, 나는 종3품 장군이오. 당신한테 하대를 받을 이유가 없어!"

"이놈! 전하께서 나에게 지휘도를 주셨다. 너를 벨 수도 있어!"

그때 이운룡이 허리에 찬 칼의 손잡이를 쥐고 웃었다.

"허, 네가 나를 벤다고? 그럼 내가 상대를 해주마."

이운룡이 한 걸음 다가서자 진막 안이 물벼락을 맞은 것처럼 조용해졌다.

이때 이운룡은 45세로 신립보다 한 살 아래였지만 무반(武班)으로 금산 부사를 지내다가 신립 휘하의 방어사로 파견되었다.

그때 신립이 칼의 손잡이를 쥐고 온몸을 떨었다. 신립이 칼을 빼 든다면 이운룡도 마주 빼 들 것이었다. 그렇다고 휘하 무장들에게 이운룡을 베어 죽이라고 할 수도 없다. 직접 베는 수밖에 없는 것이다. 이운룡을 체포하라고 한다면 나설 장수들이 없을 것이 뻔했다.

그때 이운룡이 소리쳤다.

"신립, 너는 이미 새재를 포기해서 왜적을 막을 기회를 놓쳤다."

"이, 이놈."

"너는 이미 네 본색이 다 드러났다. 천혜의 요새를 버린 데다 호령이 번거롭고 시간마다 다르며 소란하기 짝이 없다. 그러니 장졸들은 네가 패전할 것이라고 모두 믿고 있다. 너는 이일과 같은 놈이다."

"이놈이!"

새파랗게 질린 신립이 마침내 칼을 빼 들었지만 휘두르지는 못했다.

그때 이운룡이 척후 장교들에게 말했다.

"나를 따라오너라."

이운룡이 장교들을 데리고 나갔으나 아무도 제지하지 않았다.


오시(낮 12시) 무렵.

신립은 전군을 이끌고 탄금대로 나왔다. 뒤쪽에 달래강과 남한강이 흐르는 지점에 군사를 포진시킨 것이다.

판금대의 앞쪽 들판은 습지였다. 습지는 수초가 잔뜩 덮여있는 데다가 비가 온 지 며칠 되지 않아서 말발굽이 한 자(30센티)나 빠졌다. 앞쪽이 트인 부분은 오른쪽뿐이었는데 폭이 1리(400미터)밖에 되지 않았다.

"이 미친놈."

종사관 김여물이 전장(戰場)을 보더니 눈을 부릅뜨고 발을 굴렀다. 그래서 신립의 '근신' 명을 어기고는 이운룡과 함께 신립을 찾아갔다.

신립은 오늘도 쉴 새 없이 호령을 내놓는 중이었는데 조금 전에 한 명령이 뒤집혔고 목소리는 더 커졌다.

비위가 틀리면 가차 없이 매질을 했고 목을 베었기 때문에 앞이 비었다. 모두 피한 것이다.

그때 김여물이 다가가 말했다.

"기마군으로 대적한다더니 앞쪽이 수초가 덮인 진창이오. 기마군이 나갈 수 있겠소?"

"적이 오지 못할 것 아닌가? 기마군은 오른쪽으로 나가면 된다!"

신립이 소리쳐 말했을 때 이운룡이 맞받아 소리쳤다.

"이곳은 죽을 땅이니 습지라도 건너 맨땅으로 갑시다!"

"이놈! 네가 전략을 아느냐!"

"널 총사령으로 임명한 조정이 썩었다!"

이운룡이 마침내 울면서 소리쳤다.

"오냐. 이곳에서 같이 죽어주마!"

"영감, 갑시다."

이제는 지친 김여물이 이운룡의 소매를 잡았을 때다. 전령이 뛰어 들어왔다.

"왜적이 새재를 넘어왔습니다! 곧장 이곳으로 오는 중이오!"


"옳지."

선봉대장 무로까와가 말채찍으로 땅바닥을 내려쳤다.

"오른쪽 맨땅은 조총부대로 막아라! 2백 명이면 된다!"

전령이 바로 조총부대로 뛰었고 무로까와가 말을 이었다.

"주군께 보고해라! 선봉대가 조총대를 선두로 오른쪽 맨땅을 막을 테다."

전령이 다시 뛰었다.

그때 하늘을 본 무로까와가 말했다.

"두 시진이면 전쟁이 끝난다."

"저런."

한 식경쯤 후.

선봉대 전령의 보고를 받은 고니시 유키나가가 이를 드러내며 웃었다.

"기마군 8천이면 대군(大軍)이야. 우리 일본에서 저런 기마군을 보유한 영주는 이에야스 님밖에 없어."

자리에서 일어선 고니시가 주위를 둘러보았다.

"우리는 습지에 갇힌 조선군 주력을 맡는다. 조총대를 10열로 배열해서 전진시켜라. 그물 안에 갇힌 새잡이 전술이다."

그러고는 고니시가 소리 내어 웃었다.

"새재를 비워놓고 습지 뒤에 숨다니, 저놈은 미친 데다 비겁한 놈이다."

그때 부장 가토가 말했다.

"저런 놈을 총사령으로 임명한 조선 왕이 무능한 놈이지요."


"주군, 왜군 조총대가 오른쪽 맨땅을 막았습니다."

조병기가 말했지만 이산은 먼저 보았다.

이곳은 탄금대 왼쪽의 바위산 위다. 둘은 바위틈에 앉아있었는데 조선군과 왜군의 진용이 한눈에 보였다.

"저런, 저것을 배수진이라고 합니까? 강을 등지고 수렁을 앞에 두다니요? 맨땅을 막았으니 이젠 그물 안에 든 고기가 되었습니다."

이산이 어깨를 늘어뜨렸다. 기마군 8천을 제물로 내놓았다.

왜 저러는가?


왜군이 3리 거리로 다가왔을 때 신립이 소리쳤다.

"기마군 1진을 대기시켜라!"

그때 북이 울렸고 대기하고 있던 기마군 1진이 움직였다.

신립의 조선군은 모두 1만 1천이다. 기마군 8천에 보군 3천인 것이다. 기마군 1진은 1천 명이다. 신립은 기마군을 각각 1천 명씩 8진으로 편성시켜 놓았다.

그때 신립이 허리에 찬 지휘검을 빼 들었다.

"출격!"

북이 빠르게 울렸고 앞쪽에서 함성이 일어났다. 이어서 그 진동으로 땅이 울렸다. 기마군이 뛰는 것이다.


"저런."

조병기가 탄성을 뱉었을 때다.

"타타타타타탕!"

조총의 일제 사격 발사음은 마치 마른하늘에서 천둥이 울리는 것 같다. 그리고 다음 순간.

"아앗!"

이번에는 조병기가 비명 같은 외침을 뱉었다. 질풍처럼 내달리던 기마군의 선두가 썩은 담장이 무너지는 것처럼 허물어졌기 때문이다. 먼지가 구름처럼 일어난 사이로 쓰러지는 말과 기마군이 보인다.

"타타타타타타탕!"

2차 사격이 일어났다.

이제는 전열의 뒤쪽에서 멈칫거리던 기마군이 무너진다. 선두가 쓰러지는 바람에 앞이 막혀 머뭇거릴 수밖에 없고 그것이 '좋은' 목표가 되었기 때문이다.

"타타타타타타탕!"

3차 사격.

기마군이 나갈 수 있는 맨땅은 1리(400미터) 정도다. 그래서 기마군이 옆쪽으로 벌려서 나갔지만 좁다.

"타타타타타타탕!"

4차 사격.

그때는 이미 1진의 절반가량이 쓰러진 상태. 그 쓰러진 말과 사람이 장애물이 되어서 마치 벽처럼 진로를 막고 있다. 그리고 그 좌측과 후면은 강, 우측은 진창인 습지다.

"타타타타타타탕!"

5차 사격.

그때는 1진인 1천이 지리멸렬되어서 칼 한 번 휘두르지 못하고 말 머리를 돌려 달렸다.

어디로? 습지로, 강으로.


"대감! 1진이 전멸했습니다!"

부장 여운탁이 소리쳤을 때다. 신립이 벌떡 일어섰다. 지금까지 신립은 뒤쪽에 의자를 갖다 놓고 앉아서 1진이 무너지는 것을 보았다.

"2진 출동!"

신립이 허리에 찬 지휘검을 빼 들고 소리쳤다.

"북을 쳐라!"


"선봉대로 본군의 조총대를 보내라!"

고니시가 지시했다.

"사이토와 나마의 조총대를 보내라! 서둘러라!"

전령이 뛰었다.

사이토와 나마의 조총대 병력은 6백여 명. 본군 조총대 전력의 절반이다.

고니시가 얼굴을 일그러뜨리면서 웃었다.

"신립, 저놈은 제 군사를 사지에 몰아넣고도 고집을 부리는군. 가장 최악의 장수다."

"또 나갑니다!"

조총 발사음에 귀가 먹먹했기 때문에 조병기가 고래고래 소리쳤다.

"벌써 4진이오!"

이산은 쳐다만 보았고 조병기가 말을 잇는다.

"왜 저럴까요? 아예 죽으려고 작심한 것일까요?"

"덫에 걸린 거다."

이산이 잇새로 말했다.

"제 고집의 덫. 내 스승님은 가장 위험한 장수는 제 명성에 취한 자라고 했다. 저놈, 신립이 바로 그놈이다."

다시 우레와 같은 총성이 울렸는데 이번에는 총성이 서너 배로 늘어났다. 그래서 이미 평지 입구는 산더미 같은 인마의 시체로 막혔다.

기마군이 총격이 없어도 앞으로 나가지 못하는 것이다.

"습지로 나가라!"

신립이 소리쳤다.

"북을 쳐라! 기마군과 보군은 이제 습지를 건너 진격한다!"

그때는 기마군 3개 조, 3천여 명이 남아있는 상황이다.

다시 북이 울렸는데 이번에는 북소리가 처절하다. 고수들이 울면서 북을 치기 때문이다. 울음소리가 북소리에 섞여 있는 것 같다.

"영감, 내가 먼저 가겠소."

말에 오른 김여물이 충주 목사 이종장에게 말했다.

"영감은 뒤로 돌아 강을 건너시오. 살아남아서 꼭 이 사실을 알려야 하오."

"영감이 강을 건너시오."

말고삐를 잡은 이종장이 소리쳤을 때다. 옆으로 이운룡이 달려왔다. 투구를 벗어 던진 이운룡은 손에 칼을 쥐었다.

"이일이 강을 건너 도망갔소."

"저런."

김여물이 헛웃음을 지었다.

"그놈이 상주에서 아군을 궤멸시키고 도망치더니 이제는 충주에서도 빠져나가는군."

"그런 놈들이 출세하는 세상이오."

이종장이 말했을 때 김여물이 주먹으로 말 엉덩이를 쳤다. 이종장의 말이다. 놀란 말이 껑충 뛰어오르더니 강을 향해 내달렸다.

"영감, 살아서 전하시오!"

이종장의 뒤에 대고 김여물이 소리쳤을 때다.

"타타타타타탕!"

총성이 요란하게 울렸고 이쪽에서는 울음소리 같은 북이 울렸다.

이제 전군(全軍)이 습지를 향해 돌진하고 있다. 적이 근접하지 못하게 습지를 사이에 두었지만, 그것이 이제는 덫이 되었다. 이쪽에서 습지를 건너야 하기 때문이다.

우측 평지가 막히고 뒤는 강물이며 남은 진출로는 습지뿐이다. 이것은 배수진이 아니다. 스스로 함정 속으로 들어온 짐승이나.

그때 김여물이 칼을 치켜들고 습지를 달려가기 시작했다.

"가자! 가서 빨리 죽자!"

"타타타타타탕."

조총대의 일제 사격.

"으아악!"

앞쪽에서 비명과 함께 군사들과 말이 쓰러졌다.

진창이다. 발이 무릎까지 푹푹 빠졌기 때문에 한 걸음 뗄 때마다 몸이 기울고 그것이 조총대의 표적이 된다. 움직이지 않는 표적이다. 그리고 그 표적이 빽빽하게 세워져 있는 셈이다.

"타타타타타탕."

이제는 북소리도 울리지 않는다. 조총의 일제 사격 소리와 비명만 습지를 울리고 있다.

"앞으로! 앞으로!"

칼을 치켜든 김여물이 소리쳤다. 옆쪽의 군사들이 총탄에 쓰러지고 있지만, 아직 김여물에게 닿지는 않았다.

"타타타탕!"

총성이 이제는 끊이지 않고 울린다.

김여물이 탄 말이 갑자기 껑충 앞발을 치켜올렸다가 진창에 쓰러졌다.

"앗!"

옆을 따르던 군사 서너 명이 놀라 소리쳤다. 그러나 쓰러졌던 김여물이 몸을 일으켰다. 온몸이 진흙투성이가 되었으나 총탄에 맞지는 않았다.

"앞으로 나가라! 이곳에서 개죽음을 당할 수는 없다!"

김여물이 선 채로 고래고래 소리친 순간이다.

갑자기 입을 딱 벌린 김여물이 자신의 몸을 보았다.

배에 총탄을 맞았다. 그러나 김여물이 발을 떼었다.

"이놈, 신립! 네가 조선군을 사지(死地)로 몰았구나!"

한 마디씩 처절하게 외치고 났을 때다. 다시 날아온 총탄에 가슴이 뚫린 김여물이 진창으로 쓰러졌다. 그러자 몸이 진창 속으로 가라앉아 몸 반쪽만 드러났다.


신립은 뒤쪽 맨땅에 서 있다가 습지로 내몰린 조선군이 말뚝처럼 박힌 채 '처형' 당하고 있는 것을 보았다.

기마군을 포함한 대군(大軍)이 꿈틀거리다가 표적으로 쓰러지고 있다. 사냥을 당한다.

"에익!"

벽력처럼 고함을 친 신립이 말에 박차를 넣었다.

"따르라!"

신립이 진창으로 뛰어들었다. 그 뒤를 50여 명의 호위대가 따른다.

"한 놈이라도 죽이고 죽자!"

신립은 용장(勇將)이다. 근력이 뛰어나 쉬지 않고 30리를 달린다. 그러나 진창으로 들어간 말은 달리지 못하고 겨우 발을 떼어 걸어 나갈 뿐이다.

그래도 신립의 기마술은 노련했다.

시신을 밟고 단단한 땅을 딛고, 총탄 사이로 나아가 마침내 진창을 벗어났다. 이제 신립을 따르는 호위대는 10여 명이다. 따르다가 다 총에 맞은 것이다.

"쳐 죽여라!"

앞장선 신립이 벽력처럼 소리치더니 왜군 조총대를 향해 내달렸다. 맨땅을 디딘 말이 미친 듯이 내달렸다.

"야앗!"

신립의 기세를 본 호위대가 함성을 내질렀다.

모두 생사를 벗어던진 자세다. 칼을 치켜든 호위대의 기세는 흉포했다. 한 무더기가 된 조선 기마군이 왜군을 향해 돌진했다.

그러나 모두 10여 기.

"타타타탕."

놀란 왜군이 일제 사격을 했지만, 총탄이 많이 빗나갔다. 기세에 눌려 제대로 조준이 되지 않았다.

아아, 맨땅을 8천 기마군이 달렸다면.

"타타탕!"

총성이 이어졌지만 미친 말 떼가 왜군을 덮쳤다. 그러나 10여 기뿐.

"에익!"

앞장선 신립이 후려친 칼이 조총을 든 왜군의 머리통을 두 쪽으로 갈랐다.

"이놈!"

내달린 말 앞에 나타난 또 한 명의 왜군. 신립이 내지른 칼이 왜군의 가슴을 찔렀다.

"악!"

왜군의 비명이 울렸고 뒤를 따르는 신립의 호위대가 어지럽게 함성을 질렀다.

그 순간이다.

신립의 말이 옆으로 곤두박질치면서 쓰러졌다. 왜군이 창으로 말의 몸통을 찌른 것이다. 신립이 말과 함께 땅바닥에 내동댕이쳐졌다.

"이놈!"

벌떡 일어선 신립이 칼을 고쳐 쥐었을 때다. 뒤에서 왜군이 칼을 내려쳐 신립의 어깨를 베었다.

"에익!"

몸을 돌린 신립이 칼을 후려쳐 왜군의 목을 쳤다. 날랜 솜씨다. 그 순간 옆쪽에서 내지른 왜군의 창이 신립의 배를 꿰뚫었다. 창날이 등 쪽으로 빠져나왔다.

그때 신립이 칼을 후려쳐 창을 쥔 왜군의 팔을 베었다.

"악!"

팔이 잘린 왜군이 비명을 질렀을 때다. 옆으로 다가온 왜군이 칼을 후려쳤다. 신립의 목이 반쯤 베어지면서 머리가 뒤로 꺾어졌다.


"가자."

조선군 장수가 둘러싸인 왜군에게 참살당하면서 왜군 진영의 혼란이 가라앉았다.

그것까지 본 이산이 몸을 일으키며 말했다. 조병기가 잠자코 따라 일어서면서 혼잣말을 했다.

"방금 죽은 조선군 장수가 도순변사 신립일 겁니다."

이산은 발만 떼었고 조병기가 말을 이었다.

"조선 정예군을 전멸시켰으니 저렇게라도 목숨을 바쳐야죠."

둘은 돌산 위에서 조선 대군이 전멸하는 과정을 샅샅이 보았다. 말의 내용은 들리지 않았지만, 조선군과 왜군의 일진일퇴가 선명하게 펼쳐졌다.

이제 조선군은 사냥당하는 짐승일 뿐이다.

습지를 건너오지도 못한 조선군은 그 자리에서 매장당했다. 신립만 호위대를 이끌고 나왔지만 한 명도 살아남지 못했다.

그때 이산이 고개를 돌려 조병기를 보았다.

"자, 왜말 공부를 하자."

"그러지요."

왜말로 대답한 조병기가 조선말로 번역했다.

"방금 그러자고 왜말로 한 겁니다."

"이런 건 전쟁도 아니고 전공(戰功)도 아니다."

쓴웃음을 지은 고니시가 앞에 선 선봉대장 무로까와를 보았다.

"이건 도살이다, 그렇지 않으냐?"

진막에 모인 장수들은 조용했고 무로까와가 대답했다.

"그렇습니다, 주군. 험한 새재를 비워 두고 습지 뒤에 기마군을 배치하다니 제정신이 아닌 지휘관인 것 같습니다."

"기마군으로 평지에서 대결하겠다면 당당하게 습지를 뒤에 두고 나섰어야지. 그놈은 겁이 나서 습지를 앞에 둔 거다."

"그렇습니다."

부장 가토가 말했다.

"그러다가 습지를 건너 돌격하다니요, 병법도 모르고 주관도 없는 놈입니다."

유시(오후 6시) 무렵.

이제 전장은 조용하다. 습지와 맨땅에 깔린 것은 조선군 시체여서 바람결에 진막 안까지 피비린내가 맡아졌다.

조선군 1만여 명 중에서 전장에 깔린 전사자, 전상자는 모두 9천여 명. 겨우 1천여 명만 뒤쪽 강을 건너 도망쳤다. 말은 5천여 필이 도살되었고 3천 필은 전리품으로 거뒀으니 엄청난 전과가 되었다. 고니시군은 말이 2천 필밖에 안 되었기 때문이다.

조선군은 총사령 신립을 포함한 장군급 20여 명이 전사해서 몰사한 것이나 같다. 그러나 이번에도 이일만은 일찍 도망쳐서 살아남았다.

그때 사토가 말했다.

"주군, 아군은 1백여 명의 전상자만 났을 뿐입니다. 전군(全軍)에 술과 고기를 줘서 승전 잔치를 벌이게 해줍시오."

"좋다."

고니시가 부채로 팔걸이를 내려쳤다.

"그러고 나서 내일 충주성에 입성한다."


충주성을 등지고 북서쪽으로 한나절을 걸었더니 미관현이 나왔다. 이곳은 산에 둘러싸인 분지로 소운천이 남북으로 흐르는 곳이라 풍광이 좋다.

이 방향으로 왜군 3번대 구로다 나가마사가 이끄는 1만 1천여 명이 북진하고 있다.

"주군, 마을이 비었소."

앞장서서 걷던 조병기가 이제는 왜말로 말했다.

"모두 피란을 간 것 같소."

대충 알아들은 이산이 하늘을 보았다.

해가 기울고 있다. 유시(오후 6시)가 넘었다.

"오늘은 이곳 빈집에서 자고 가자."

더듬거리는 왜말로 말했더니 조병기가 웃었다.

"주군, 왜말이 늘으셨소."

이산이 입술만 비틀었다.

지금 목표는 단 하나.

어머니를 죽인 고니시의 선봉대장 야마시다를 토막 내 죽이는 것이다.

그러려면 적진에 깊숙이 들어가야 한다. 들어갈 때 통역을 데려갈 수는 없는 노릇 아닌가.

마을 입구의 빈집에 들어갔더니 황망하게 피란을 떠난 모양으로 세간이 그대로 남아있다. 양식과 옷가지도 남아있었기 때문에 조병기가 보리쌀을 씻어 솥에 넣고 밥을 짓는다.

"이 지역은 3번대 구로다의 통로인데 아직 오지 않은 것 같습니다."

조병기가 부엌에서 말을 잇는다.

"아마 고니시의 충주 싸움 결과를 기다리고 있겠지요."

이산이 알아듣기 쉽도록 조병기가 천천히 말하고는 조선말로 번역했다.

"그런데 소문을 듣고 동네 사람들은 다 피란을 갔군요."

그때 이산이 부엌 입구로 다가와 말했다. 조선말이다.

"조용히 해라."

이산이 차분하게 말을 잇는다.

"이곳으로 대여섯 명이 오고 있다."

놀란 조병기가 입을 다물었을 때 담장 밖에서 발소리와 함께 목소리가 울렸다.

"누가 밥 짓는 거냐? 피란 안 갔어?"

조선말이다. 그러더니 싸리문 안으로 사내들이 들어섰다.

모두 다섯 명, 손에 병장기를 쥔 사내들이다.

"어? 넌 누구냐?"

앞장선 사내가 이산을 보더니 눈을 치켜뜨고 물었다.

체구가 컸고 머리에는 수건을 동여맸다. 손에 장검을 쥐었는데 조선 군용이다. 농군 복색으로 30대쯤으로 보였다.

마루에 앉아있던 이산이 사내들을 둘러보았다.

산적 같다. 아니면 말로만 듣던 의병인가?

그때 부엌에서 나온 조병기가 사내들에게 물었다.

"당신들은 누구요?"

말없이 앉아있는 이산 대신 물은 것이다.

그때 창을 쥔 사내가 창을 늪히더니 조병기를 겨누었다.

"이놈아, 우리가 묻는 말부터 대답해라. 어디에서 온 놈들이냐?"

"우리는 지나가던 행인이야."

이산이 대답해놓고 물었다.

"당신들은 이 동네 사람들인가?"

"수상하다."

사내 하나가 이산의 옆으로 다가와 섰다. 장검을 어깨에 걸치고 있어서 내려치기만 하면 살상할 수 있다.

"빈집에 들어와 태연히 밥을 짓다니."

"내가 물었다."

이산이 태연한 얼굴로 사내들을 둘러보았다. 이산은 그대로 토방 위의 마루에 걸터앉은 자세다.

이제 왼쪽에 장검을 어깨에 걸친 사내가 두 발짝 거리로 다가섰고 세 발짝 앞에는 장검을 든 사내, 오른쪽은 창을 쥔 사내가 조병기에게 창끝을 겨누고 있다. 뒤쪽의 두 사내도 살기 띤 표정이다.

이산이 천천히 일어서면서 말을 이었다.

"너희들 도적이구나."

그 순간이다.

옆쪽 사내가 어깨를 늦추는 것 같더니 장검을 내려쳤다. 이산의 어깨를 겨누고 비스듬히 내려친 것이다. 상당한 힘이다. 기합도 지르지 않았지만, 장검을 맹렬한 기세로 내려쳤다.

다음 순간.

창을 쥔 사내는 곧장 조병기의 배를 향해 창끝을 내질렀다.

"앗!"

그 순간 외침이 일어났다. 칼을 내려친 사내다.

봄을 젖혀서 칼날을 피한 이산이 손을 뻗어 사내의 팔목을 잡은 것이다. 잡자마자 비틀린 팔이 부러져 버렸다. 손가락이 풀린 사내의 손에서 칼을 잡아챈 것은 눈

깜빡한 순간이었다.

그때 조병기는 창날을 피해서 껑충 뛰었기 때문에 창끝이 부엌 기둥에 박혔다.

"엑!"

이번 외침은 앞에 선 사내한테서 울렸다. 이산이 칼을 빼앗아 쥔 순간 훌쩍 뛰어올라 장검을 내려친 것이다.

"챙겅!"

이산이 칼로 사내의 칼을 막았다. 그 일 합(一合)으로 사내의 검력(劍力)이 드러났다.

그 순간 이산의 발끝이 사내의 턱을 차올렸다.

"뿌직!"

턱뼈가 부서지는 소리와 함께 사내가 뒤로 한 발짝이나 날아가 넘어졌다. 다음 순간 이산의 칼이 박힌 창을 빼든 사내의 뒤통수를 쳐서 깨뜨렸다. 이어서 마당으로 뛰어내린 이산의 칼이 두 사내의 등과 머리통을 부쉈다.

이것이 모두 숨 세 번 마시고 뱉은 사이에 일어난 일이다.

"너."

이산이 아직도 서 있는 사내에게로 몸을 돌려 다가가 섰다. 이산에게 팔이 비틀려 칼을 빼앗긴 사내다. 사내는 비틀린 팔을 다른 손으로 부여잡고 서 있었는데 그 모든 장면을 다 보았다. 물론 벽에 붙어선 조병기도 다 보았다.

"너희들은 누구냐?"

"살려주시오."

털썩 무릎을 꿇은 사내가 애절한 표정으로 이산을 보았다.

"우리는 의병이올시다."

"거짓말하면 머리를 떼어주지."

이산의 칼끝이 사내의 목에 붙었다.

"말해라. 의병이 맞느냐?"

"아니, 도적입니다."

"몇이냐?"

"스무 명쯤 됩니다."

"지금 어디가 소굴이냐?"

"뒷산입니다."

그때 엎어지고 자빠졌던 사내들이 신음을 내기 시작했다. 모두 기절을 했다가 몸이 부서진 채 깨어난 것이다.

그것을 본 조병기가 서둘러 무기를 걷는다.

"어디 사는 놈들이냐?"

주르르 앉혀놓고 물었으나 모두 중상이다. 칼등으로 맞았으나 머리통이 깨진 놈이 둘, 등뼈가 부서져 일어나지를 못하는 놈이 하나, 턱뼈가 어긋나 아예 말도 못 하는 놈이 하나, 지금 말대꾸를 하는 사내가 어깨뼈가 어긋나 팔이 비틀린 사내다.

"근처에 삽니다. 이곳저곳에서 모였습니다."

사내가 열심히 대답했지만 눈동자가 흔들렸다.

어느덧 어둠이 마당을 덮었다. 그때 조병기가 물었다.

"두목이 누구냐?"

"곽쥐라고 합니다."

"곽쥐? 뭘 하던 놈인데?"

"아랫마을 양 진사의 종이었던 자입니다."

"종이 두목이야?"

"중송아지를 들쳐 메고 달음질을 놓는 장사입니다. 돌절구를 들어서 다섯 걸음 밖으로 던지는 것을 나도 보았습니다."

"어디서 도적질을 하느냐?"

"피란 가는 사람들을 털었소."

"죽였느냐?"

그때 사내가 입을 다물었다가 시선을 받더니 말했다.

"예, 반항하면 죽였소."

"언제부터 도적질을 했느냐?"

"칠팔일 되었소."

"상주 싸움이 끝났을 무렵이구나."

"그런 것 같소."

그때 이산이 사내에게 물었다.

"넌 뭘 하던 놈이냐?"

"우장리 김 참봉의 종이었소."

"네가 김 참봉을 죽였느냐?"

불쑥 이산이 묻자 사내는 펄쩍 뛰었다.

"아니오! 석손이가 죽였소. 나는 그때 산채를 지키고 있었소."

이산이 고개를 끄덕이더니 조병기를 보았다.

"네 놈을 묶어놓고 이놈만 데리고 산채로 가자."


넷을 묶어놓고 이미 밥이 되었기 때문에 장독대에서 된장을 찾아 주먹밥과 버무려 먹은 이산과 조병기는 집을 나왔다.

넷은 죽일 줄 알았던지 넋이 나가 있다가 이산이 삼줄로 묶어놓고 나가니 감지덕지했다.

앞세운 사내는 팔이 빠진 김 참봉의 종 칠덕이다.

스물여섯에 총각이라고 했다. 넓은 얼굴에 작달막한 체격. 뼈가 어긋났기 때문에 한쪽 팔이 덜렁거리고 있다.

이산은 도적들한테서 빼앗은 장검을 허리에 찼고 조병기도 등에 하나를 메었다.

이산이 앞장선 칠덕이에게 물었다.

"산채까지 얼마나 걸리느냐?"

"2리 정도입니다. 저기 뒷산 중턱이올시다."

칠덕이 손으로 어둠에 덮인 산을 가리켰다.

"경비병을 세웠느냐?"

"산채 앞쪽에 둘이 있소."

"안에 포로가 있느냐?"

"양반댁 처자 둘을 잡아다가 두령이 안방마님으로 앉혀놓았고 셋은 산채에서 막일을 시키고 있소."

"세상이 거꾸로 되었군. 종이 양반 행세를 하고, 양반이 종살이를 하는구나."

바짝 다가붙은 이산이 말을 이었다.

"신호를 보내거나 우물거리면 단칼에 목을 벨 거다."

# 3장
## 임금의 그릇

산채로 가는 동안 칠덕이 중언부언 늘어놓은 이야기를 모으면 이렇다.

왜적의 대군이 부산포에 상륙, 파죽지세로 북상하면서 민심이 흉흉해졌다. 가로막는 관군이 무참하게 당한다는 소문이 퍼지면서 양반네들은 피란을 시작했다.

그때 이곳저곳에서 양반과 관리의 학대, 학정에 시달리던 종들의 반란이 시작된 것이다.

곽쥐 일당도 그 무리 중 하나다.

천하장사로 소문이 났지만, 항상 불평불만이 많았던 곽쥐. 마을 종들을 모아 새 세상에서 살자고 작당을 한 다음에 먼저 주인인 양 진사 가족부터 절굿공이로 몰사시켜 버렸다.

그때부터 마을에 난리가 났다.

양반네들은 종 단속을 하다가 야반도주를 시작했고 종들은 제 주인을 죽이거나 곽쥐에게 도망쳐 와 무리가 되었다.

이야기를 듣던 이산이 혼잣소리를 했다.

"흥, 이 판서 일가도 온전하지 못하겠군."

"누구 말입니까?"

뒤를 따르던 조병기가 물었지만, 이산은 대답하지 않았다. 아직 자신의 내력을 말해주지 않은 터라 이산이 제 친부(親父) 이야기를 한 것을 모를 것이다.

그때 칠덕이 낮게 신음을 했기 때문에 이산이 팔을 뻗어 소매를 잡았다.

"내가 비틀린 어깨를 고쳐주마."

칠덕의 한쪽 팔이 뒤집혀 있었다. 그래서 걸을 때마다 흔들려서 뼈가 부딪쳤다. 칠덕이 애절하게 말했다.

"아이구, 나리, 살려주십쇼. 걸을 때마다 어깨가 찢어지는 것 같습니다."

"이를 악물고 있어."

칠덕의 어깨를 한 손으로 움켜쥔 이산이 다른 손으로 팔꿈치를 쥐었다.

"소리를 지르면 아예 팔을 떼어버릴 테다. 숨 한 번 쉴 동안만 참으면 된다."

"예, 나리."

"악물어."

그 순간 칠덕이 이를 악물었고 이산이 양손에 힘을 주어 팔을 반대로 뒤집었다. 그 순간 칠덕의 눈이 뒤집혔지만 입을 벌리지는 않았다.

그때 손을 뗀 이산이 칠덕을 보았다.

"숨 두 번만 내쉬면 어깨가 전처럼 되었을 거다."

순식간에 칠덕의 얼굴은 땀으로 비 맞은 꼴이 되었지만 숨을 쉬었다. 한 번, 두 번. 그러더니 어깨를 움찔해보고 나서 입을 딱 벌렸다.

"나으리, 나았소."

"가자."

발을 떼면서 이산이 말했다.

"오늘 밤은 네 산채에서 지낼 수 있을까?"

"곽쥐 놈을 없애야 주무십니다."

조심스럽게 팔을 흔들어 보면서 칠덕이가 말했다. 목소리가 밝아져 있다.

"곽쥐 놈은 이제 양반 행세를 합니다. 우리는 역시 종이구요."

술잔을 쥔 곽쥐가 앞에 앉은 박구진, 복만을 보았다.

이 둘과 지금 마을로 '벌이'를 나간 윤춘식까지 셋이 곽쥐의 간부들이다.

"파정리의 배석이가 애들 10명 정도를 모았다는데 그놈 일당을 데려오면 되겠다. 어떠냐?"

"두령, 배석이가 욕심이 많은 놈이야."

친구였던 박구진이 말했다.

25살로 곽쥐와 동갑내기인 박구진은 꾀가 많아서 모사 역할을 한다. 박구진이 말을 이었다.

"합류시키면 부두령을 달라고 하든지 애들을 꾀어서 두령이 되려고 할걸?"

"맞아."

복만이 고개를 끄덕였다.

복만은 종이 아니라 천민이다. 안정현에서 백정 노릇을 하고 지내다가 난리가 나자 곽쥐 패거리에 합류한 것이다.

32세. 성격이 잔인해서 평소에 무시를 받았던 상민, 양반을 찾아가 잔인하게 죽였다. 곽쥐와는 평소 형님, 동생 하는 사이였다가 지금은 두령과 부두령으로 입장이 바뀌었다.

복만이 곽쥐를 보았다.

"두령, 그럴 것 없이 우리가 파정리로 가서 배석이를 없애고 애들을 데려오면 어떨까? 배석이가 모은 재물도 있을 텐데 말여."

"그것이 차라리 낫지."

박구진이 술잔을 내려놓고 말했다.

"배석이나 힘꼴을 쓰지 그 밑에는 변변한 놈이 없다고."

"좋아. 그럼 나하고 복만 형이 애들 다섯 명만 데리고 가도록 하지."

"아니, 10명은 데려가야 돼."

박구진이 말했다.

"나도 함께 가야지."

"그럼 산채에는 윤춘식이가 남겠구만."

고개를 끄덕인 곽쥐가 결정했다.

"뭐, 이틀이면 다녀올 테니까."

그때 문이 열렸기 때문에 모두 고개를 들었다.

사내 하나가 들어서고 있다. 처음 보는 얼굴. 장신, 머리에 상민이 쓰는 건을 썼고 허리에 장검을 찼다. 그리고 신을 신은 채다.

"엇, 누구냐?"

몸이 빠른 복만이 옆에 놓인 장검을 쥐면서 묻는다.

그 순간이다.

정면에 앉아있던 사내가 펄쩍 뛰어 일어났는데 큰 덩치에 비해서 몸이 가볍다. 어느새 벽에 세워놓은 쇠 절구를 쥐었는데 눈 한 번 깜빡한 순간이었다.

이산의 눈빛이 강해졌다.

저놈이 곽쥐다, 거대한 박쥐.

그 순간 이산이 와락 몸을 날렸다.

"악!"

방 안에 처절한 비명이 울렸다.

그것은 이산의 바로 옆쪽, 칼집에서 반쯤 칼을 빼었던 복만의 한쪽 팔이 잘렸기 때문이다. 칼을 쥔 팔이 어깨 밑쪽에서 절단되었다. 이산이 곽쥐에게 덮치는 것 같다가 몸을 비틀어 복만을 벤 것이다.

그 순간.

"엑!"

곽쥐가 마치 거대한 박쥐처럼 이산을 덮쳤다. 쇠 절구를 치켜들었는데 무게가 5

관(20킬로)이 넘는다. 다음 순간 쇠 절구가 이산의 머리 위로 떨어졌다.

"악!"

비명이 방 안을 가득 채웠다.

"으아악!"

그때까지 몸을 웅크리고 있던 박구진의 입에서 터진 외침이다.

보라. 사내를 덮쳤던 곽쥐의 두 팔이 팔꿈치 윗부분에서부터 싹둑 잘려 버린 것이다.

그 순간 곽쥐가 팔 없는 몸으로 우두커니 서서 제 몸을 둘러보았다. 늘어뜨린 팔에서 피가 쏟아지고 있다. 그때 한 걸음 다가선 사내가 박구진의 어깨를 칼끝으로 툭 건드렸다.

"넌 밖으로 나와."

그러고는 각각 팔이 떨어진 곽쥐와 복만에게 말했다.

"너희들은 죽고 싶다면 나오너라, 내가 목을 떼어줄 테니까."


한 식경쯤이 지난 후에 산채의 마당에 산적들이 모였다.

모두 쪼그리고 앉았는데 17명이다. 칠덕과 박구진이 산적들을 불러 모은 것이다.

마루에 선 이산이 산적들을 내려다보았다.

어둠에 덮인 마당 주위에는 횃불을 꽂아놓아서 면면이 환하게 드러났다.

그때 이산이 입을 열었다.

"그래, 난리가 일어나니까 새 세상이 된 것 같더냐? 작당해서 양반 놈들을 죽이고 이제는 너희들이 양반이 되어서 양반 놈들을 종으로 부릴 거냐?"

이산은 빼앗은 장검을 지팡이처럼 쥐고 서 있다. 마치 동네 사람들한테 이야기하는 것 같은 태도지만 모두 숨소리도 죽이고 듣는다.

"나는 왜군한테 살해당한 내 어머니의 원수를 갚으려고 왜군을 따라가는 중이

122

다. 그러다가 너희들 같은 개새끼들을 만나게 된 것이야."

이산이 헛웃음을 지어 보였는데, 횃불이 일렁거리는 바람에 웃음도 일그러졌다.

"왜군이 어떻게 북진하고 있는지 아느냐? 다 코를 벤다. 내 어머니의 시신을 찾았더니 코가 떨어져 있었다. 조선 남녀는 코만 떼는 짐승들일 뿐이다."

"……."

"그래, 너희들이 지금보다 더 잘 사는 방법이 있겠지. 왜군 앞잡이가 되는 거다. 향도가 되어서 왜군 길 안내를 하고 통역을 해라. 그러면 된다."

고개를 끄덕인 이산이 힐끗 위쪽 방을 보았다. 방 안에는 두 팔이 잘린 곽쥐와 한쪽 팔이 없어진 복만이 있지만, 쥐 죽은 듯 조용하다.

그때 이산이 조병기에게 지시했다.

"저 방문 앞을 기둥으로 막고 불을 질러라."

"예, 주군."

조병기가 기운차게 대답했을 때다.

방문이 왈칵 열리더니 곽쥐가 뛰쳐나왔다. 두 팔이 잘린 끔찍한 형상이다. 그러나 몸이 아직도 유연해서 금세 마루를 건너뛰어 마당으로 뛰어내렸다. 마당에 모였던 산적들이 우르르 비켰기 때문에 길이 뚫렸다. 복만은 아직 기척이 없다.

그때 이산이 말했다.

"너희들을 다 죽이고 떠날 생각이었다가 마음을 바꿨다. 흩어져라. 빼앗은 재물이 있다면 나눠 갖고 떠나라. 납치해 온 여자가 있다면 돌려보내라."

그러고는 손을 저었다.

"내 눈앞에서 사라져라. 한 식경 후에도 보이는 놈은 다 죽인다."

그러자 사내들이 우르르 일어서더니 밖으로 쏟아져 나갔다.

빠르다.

불을 질렀다.

산채의 두령이 살던 5칸 초가에 불을 지른 것이다.

방 안에서 떨고 있던 복만은 뒤늦게 뛰쳐나왔는데 어둠 속으로 빨려 들어가 버렸다.

이산은 칠덕이까지 떼어놓고 다시 조병기와 둘이 산길을 걷는다.

"주인."

뒤에서 조병기가 불렀다. 뒤쪽 산채의 불빛이 비치고 있어서 산속은 붉은 기운으로 덮여있다. 조병기가 혼잣소리처럼 말을 잇는다.

"칠덕이 놈이 재물을 나누면서 나한테 금붙이 한 주먹을 주길래 놔두라고 눈을 부라리고 안 받았소."

"……."

"그런데 지금 생각하니까 받을 걸 잘못한 것 같습니다. 맨날 빈집에서 양곡 남은 거나 긁어먹을 수는 없지 않습니까?"

"그건 그렇다."

"앞으로는 받을까요?"

"우리도 빼앗도록 하지."

"예?"

"먹고 살 만큼만."

"예, 그러지요."

조병기가 서둘러 이산의 앞장을 서더니 주위를 둘러보았다.

산굽이를 돌아서 이제는 산채의 화광이 보이지 않는다. 다시 짙은 어둠 속이다.

"우선 산을 내려가 민가를 찾읍시다."

깊은 밤이다.

저녁도 제대로 못 먹고 난리를 치른 것이다.

4월 28일.

남대문으로 기마 전령 3기가 달려 들어왔다.

유시(오후 6시) 무렵이다.

남대문 앞에 사람들이 많았기 때문에 전령의 말이 주춤거렸을 때 양반 하나가 물었다.

"이보게, 어디서 온 전령인가?"

"충주에서 왔소!"

전령이 대답했다. 충주 싸움에서 온 전령이 이제 도착했다.


"누구? 이일이 보낸 전령이라고?"

선조가 물었다.

술시(오후 8시) 무렵.

선조는 침전에 들었다가 승지의 연락을 받고 내궁(內宮)으로 나온 참이다.

조선 제14대 임금 선조.

13대 명종이 죽고 적손이 없자 중종의 서손이었던 하성군이 14대 임금이 된 것이다. 하성군이 곧 선조다. 1552년생. 11대 중종과 창인 안씨 사이에서 태어난 덕흥군의 셋째 아들이다. 16세의 나이에 등극했는데 왜란 당시에는 40세, 재위 25년이다.

선조가 전(殿) 아래에 꿇어앉은 전령을 보았다. 조금 전 남대문을 지나온 전령이다. 전장에서 돌아온 전령이라 궐내에 있던 정승은 물론이고 당하관까지 몰려와 있다.

그때 아래쪽에 서 있던 좌의정 유성룡이 말했다.

"대답해라."

"예."

굳어 있던 전령이 고개를 들고 선조를 보았다. 거리가 20보쯤 되어서 소리를 질러야 선조에게 들린다. 주위에 둘러선 당상, 당하관은 이제 1백여 명이나 되었다.

선조가 물었다.

"어떻게 되었느냐?"

멀어서 안 들렸는지 전령이 우물쭈물했기 때문에 유성룡이 소리쳤다.

"어찌 되었느냐? 이일이 충주에서 보냈다고 하지 않았느냐?"

"예, 그렇습니다."

전령이 겨우 대답했을 때 유성룡이 다시 소리쳤다.

"전하께서 기다리고 계신다! 어서 여쭈어라!"

"예, 도순변사 신립은 패사했습니다."

전령이 크게 대답했을 때 선조가 움찔했다. 전령이 말을 이었다.

"신립 이하 목사, 종사관 등 장수 20여 명이 함께 전사했고 군사 8천이 전몰했사옵니다. 그러나 순변사 이일은 왜군의 목 17개를 베고 포위망을 탈출하여 장졸들을 수습하고 있습니다."

그때 청 안은 숨소리도 들리지 않았다. 마지막으로 믿었던 신립의 전사와 패전이다. 그렇다면 이곳까지 왜군은 거침없이 닥쳐오게 되었다.

선조가 물었다.

"이일이 어디 있다구?"

"장졸들을 수습하고 전하께 돌아간다고 했습니다."

"나한테?"

"꼭 돌아가겠다고 했습니다."

"알았다."

선조가 고개를 끄덕이자 우의정 이양원이 전령을 내보냈다.

그때 선조가 주위를 둘러보며 말했다. 눈의 초점이 흐려져 있다.

"이일이 군사를 모아서 온다고 했지?"

"전하."

유성룡이 한 발짝 다가섰다.

"저 전령은 이일이 보낸 전령으로 이일의 수하입니다."

"그렇지."

"지난번 상주에서도 이일은 대패하고 주장(主將)인 자신만 빠져나왔습니다."

유성룡의 목소리가 청을 울렸다.

"그런데 이번에는 신립의 휘하에서 싸우다가 주장 이하 뭇 장수가 다 죽었는데 혼자 수급 17개를 베는 전공을 세우고 빠져나왔다고 합니다."

"그런가?"

"이일이 군사를 모아 온다는 말은 믿을 수가 없습니다."

"그렇구나."

선조가 고개를 끄덕였을 때 우의정 이양원이 말했다.

"전하, 날씨가 습합니다. 침소에 드시지요."


선조가 다시 침전으로 돌아갔을 때 내전의 청에 대신(大臣)들이 모였다.

종실의 하원군, 하증군도 와 있고 이양원, 유성룡, 영의정 이산해에다 당상관 10여 명이 둘러앉은 것이다. 그때 이산해가 고개를 들고 주위를 둘러보았다.

"적이 충주의 신립을 깨뜨렸으니 이제 파죽지세로 한양성에 닿겠소. 전라도, 충청도의 관군이 올라와야 하겠지만 아직 소식이 없소. 어찌하면 좋겠소?"

그때 도승지 이익경이 말했다.

"전하께서 잠시 평양으로 몸을 피하시어 명군을 청하는 것이 어떻겠습니까?"

순간 청 안이 조용해졌다.

임금이 한양성을 떠나게 되면 성안은 대소동이 일어날 것이다. 백성들이 모두 피란을 떠나게 되면 아수라장이 된다.

그때 장령 권협이 소리쳤다.

"왕성을 지켜야 합니다! 백성을 버리고 떠나시면 안 됩니다!"

그러나 그를 따라 소리치는 대신은 없다. 그렇다고 이익경의 말대로 떠나자고 하는 사람도 없다.


청 안의 대신들이 뿔뿔이 흩어졌을 때는 해시(오후 10시)가 되었을 때다.

"이보시오, 대감."

뒤에서 부르는 소리에 유성룡이 몸을 돌렸다. 영의정 이산해다. 멈춰 선 유성룡의 앞으로 다가온 이산해가 입을 열었다.

"방금 전하를 만나고 오는 길이오."

유성룡은 잠자코 시선만 주었다. 청에서 헤어진 이산해가 침전으로 가서 선조를 만나고 온 것이다. 이산해가 1539년생이었으니 당시 53세. 유성룡보다 3살 연상이며 선조보다는 13살 위다.

이산해가 입을 열었다.

"전하께선 서울을 떠나신다고 하시오."

유성룡은 외면했다. 예상했기 때문이다. 조선 조정 신하의 수장인 영의정 이산해와 이인자 좌의정 유성룡이 어둠 속에서 마주 보고 서 있다.

"백성들이 혼란을 일으킬 테니 비밀리에 내일 밤에 일부 대신들만 연락해서 떠나신다는 거요."

"남은 백성들은 어떻게 합니까?"

그러자 이산해가 외면했다.

서울과 한강을 방어할 군사도 없는 데다 장수들을 불러 일을 맡길 수도 없는 것이다. 그렇게 되면 당장 소문이 나서 백성들이 폭도로 변할 것이 뻔하다.

그때 유성룡이 고개를 저었다.

"대감, 내가 남지요. 대감이 전하를 모시고 떠나면 내가 남은 군사를 모아 서울을 지켜보겠습니다."

"내가 남겠다고 했더니 전하께서 안 된다고 하셨소."

이산해가 떨리는 목소리로 말을 이었다.

"떠나기 전까지는 비밀로 하라는 분부시오. 하급 관리들도 모르게 떠나야 된다는 거요."

"이런."

"전하 주위에서 임금이 살아야 나라가 산다고 부추깁니다."

그때 유성룡이 주르르 눈물을 쏟았고 이산해도 소매로 눈을 닦았다.


밤.

잠이 들었던 조병기가 눈을 떴다.

이곳은 산채에서 10리(4킬로)쯤 떨어진 민가, 이곳도 빈집이다.

잠이 들었던 조병기가 기척에 깨어난 것이다. 이산이 옆방에서 자고 있었기 때문에 몸을 일으킨 조병기가 문을 절반쯤만 열었다. 아직도 어둠에 덮인 마당에서 움직이는 사내가 보였다.

이산이다.

손에 칼을 쥔 이산이 칼춤을 춘다. 칼을 후려치고 내려치고 껑충 뛰어올라 앞으로 곧장 내뻗는 자태가 마치 춤사위처럼 매끄럽다.

조병기는 반쯤 입을 벌린 채 홀린 듯이 그 모습을 보았다. 껑충 뛰었다가 떨어졌어도 진동도 일어나지 않고 가끔 숨을 뱉는 소리만 난다. 조병기는 그 소리에 깨어난 것이다.

이윽고 이산이 움직임을 멈췄을 때는 한 식경이나 지난 후다. 마당에 선 이산이 방에서 머리통만 내놓고 있는 조병기에게 물었다.

"구경 잘했느냐?"

"예, 주군."

마루로 나온 조병기가 이산을 보았다.

"칼춤을 추셨습니까?"

"검법이야. 연결되는 동작이 검무로 보인 것이지."

"황홀했습니다."

그때 마루에 앉은 이산이 수건으로 얼굴의 땀을 닦았다.

조병기가 말을 잇는다.

"참으로 부드럽고 자연스러운 춤이었습니다."

"그렇게 보인다면 잘된 검법이다."

"누구한테 배우셨습니까?"

"스승이지. 동우 거사라는 분이다."

"주군께선 검술의 달인이십니다."

"6년을 배워서 이번 난리에 처음 써먹는 거야."

이산이 지금까지 휘두른 칼을 들더니 수건으로 꼼꼼하게 닦았다.

"나는 6년간 검술과 궁술, 격투술을 배웠는데 그것이 이제 요긴하게 쓰이는구나."

"스승께서 이번 난리를 예측하고 계셨던 모양이지요?"

"그런 것 같다."

눈을 가늘게 뜬 이산이 말을 이었다.

"내가 요긴하게 쓰일 때가 꼭 온다고 하셨지."

"……."

"그것이 나는 양반 상놈으로 갈린 세상을 뒤집는 데 써먹힐 줄 알았구나."

"……."

"그런데 왜란이 일어나 어머니가 살해되다니."

"아버님을 만나 뵈어야 되지 않겠습니까?"

조병기가 묻자 이산이 쓴웃음을 지었다.

"나는 얼굴도 모른다."

그러더니 정색하고 조병기를 보았다.

"왜말 공부를 하자."


충주성에 입성한 고니시는 논공행상을 했다.

맨땅을 막아 조선군이 습지로 나오게 만든 선봉대장 무로까와에게 차고 있던 애검을 내주었다.

"네가 공 1등이다."

"감사합니다, 주군."

검을 받은 무로까와가 어깨를 부풀렸다.

무로까와는 2천 석의 녹봉을 받으니 5천 석을 받는 야마시다의 절반도 안 된다. 그러나 이번 충주 싸움에서 1등 공을 세웠기 때문에 고니시 가문의 중신(重臣)이 될 가능성이 많아졌다.

고개를 끄덕인 고니시가 장수들을 둘러보았다.

"자, 이젠 서울까지 거칠 것이 없다. 오늘 하루는 더 쉬고 내일부터는 한강까지 곧장 전진이다."

1592년 4월 28일이다.


"이봐, 야마시다."

고니시의 진막을 나온 야마시다를 좌군대장 히타카가 불러 세웠다.

히타카는 40세. 역시 고니시의 중신으로 5천 석. 히타카는 경쟁자이면서 친구이기도 하다. 다가선 히타카가 말했다.

"첨병조가 기습당한 사건, 아직도 미궁인가?"

"왜 묻는데?"

불쾌한 기색으로 되물으니 히타카가 긴 얼굴을 일그러뜨리며 웃었다.

"내가 미요시 님한테서 들은 이야기가 있어서 그래."

"뭔데?"

야마시다가 긴장했다.

미요시는 52세, 고니시의 자문관이다. 녹봉은 8천 석밖에 되지 않지만 원로다. 중신들의 좌장인 것이다.

그때 히타카가 말을 이었다.

"지난번 그대 첨병조장이 암살당한 적이 있지? 그것이 조선 자객의 소행이었다는 거야."

숨을 죽인 야마시다의 시선을 받은 히타카가 다시 웃었다.

"병참대 향도 한 놈이 그놈을 안내했다는 증인이 나왔어. 그 향도 놈은 쓰시마 출신으로 지금 탈영 상태네."

"그 조선 놈은 누군가?"

"모르지. 하지만 죽은 첨병조장한테 원한이 있는 놈이라고 하네."

"그것을 미요시 님이 어떻게 아는 거야?"

"탈영한 향도 놈을 추적하다가 알게 되었다는 거야. 그것을 주군도 아셔."

이제는 정색한 히타카가 말을 이었다.

"부하들 문제는 모두 지휘관 책임이야. 야마시다, 너를 생각해서 해주는 말이니까 그 죽은 첨병조장 놈 주변을 살펴봐."

"……."

"네가 이런 일로 주군의 신뢰를 잃으면 안 되겠지. 다 너를 생각해서 해주는 말이야."

그러고는 히타카가 몸을 돌렸다.


한 식경이 지난 해시(오후 10시) 무렵.

야마시다가 앞에 꿇어앉은 세끼를 보았다.

진막 안에는 야마시다의 휘하 부하들이 둘러서 있었기 때문에 무거운 분위기다.

그때 야마시다가 물었다.

"죽은 오가사와라가 기습을 받을 일이 있었던 거냐? 원한을 살 일 말이다."

"무슨 말씀인지 모르겠습니다."

고개를 든 세끼가 야마시다를 보았다.

"오가사와라 님은 충실하게 주군께 복종해왔습니다."

"조선인이 오가사와라를 쳤어."

야마시다가 말을 이었다.

"병참대 향도 한 놈이 그놈을 도왔고."

"……."

"오가사와라가 조장이었다. 생각나는 것이 없느냐?"

"모르겠습니다."

그러자 한동안 세끼를 내려다보던 야마시다가 고개를 끄덕였다.


세끼가 진막을 나갔을 때 야마시다가 옆에 선 부장 사꾸마에게 말했다.

"저놈 행직을 조사해라. 조선 땅에 왔을 때부터다."

"예, 주군."

"오가사와라는 죽었으니 저놈을 조사하면 뭔가 잡힐 것이다."

야마시다의 얼굴에 쓴웃음이 번졌다.


"첨병입니다."

조병기가 아래를 내려다보면서 말했다.

묘시(오전 6시) 무렵.

이산과 조병기는 몸을 감추고는 아래쪽을 응시하고 있다. 날이 밝고 있지만, 골짜기는 아직 어둑하다.

골짜기를 올라오는 왜군은 넷. 앞에 둘, 30보쯤 떨어진 곳에 둘이다. 모두 손에 칼을 쥐고 있었는데 가벼운 경장 차림이다.

"이쪽은 3번대 구역과 가까운데 어느 부대인지 모르겠습니다."

"뒤쪽 놈이 활과 살통을 메고 있구나."

이산이 말하자 조병기가 고개를 저었다.

"조선군한테서 빼앗은 모양이오. 왜군은 활을 갖고 오지 않았습니다."

"활이 좋은 모양이야."

"왜군 활은 깁니다. 조선 활이 짧지만 강하지요. 제가 압니다."

그때 이산이 몸을 일으켰다.

"주군, 어디 가시오?"

놀란 조병기가 묻자 이산이 발을 떼면서 말했다.

"활을 보니까 그냥 보낼 수가 없어."


앞장선 둘은 허리에 칼을 찼는데 경장 차림이다. 늦은 시간이어서 얼른 수색하고 귀대할 작정인 것 같다.

바위 뒤에 몸을 숨긴 이산이 다가오는 발소리를 들었다.

개울물 흐르는 소리에 섞인 발소리.

10보, 7보, 5보, 2보.

그 순간 이산이 뛰쳐나갔다.

"앗!"

이산을 발견한 왜군 하나가 놀란 외침을 뱉었다. 그러나 다음 순간 이산이 내려 친 칼에 어깨에서 허리까지가 갈라졌다. 왜군이 쓰러지기도 전에 한 발짝 내딛은 이산이 막 허리에서 칼을 뽑은 나머지 왜군의 목을 후려쳤다.

"으악!"

비명이 골짜기를 울렸다. 그때 이산이 아래쪽을 향해 내달렸다.

나머지 2명, 왜군과의 거리는 이제 20여 보가 된다. 이산이 맹렬히 달려가자 왜 군 하나가 주춤거렸지만, 활을 쥔 왜군이 시위에 살을 먹였다, 조선 활.

골짜기 바위를 딛고 뛰어 내려가는 터라 속도가 빠르다.

거리가 7보, 3보. 그 순간 왜군이 시위를 당기더니 살을 날렸다.

"틱!"

이산이 휘두른 칼날에 화살이 튕겨 나갔다. 가까운 거리에서 발사되었기 때문 에 다음 순간 이산이 내려친 칼날이 궁수의 목을 쳤다.

"에익!"

목이 베인 궁수가 자빠졌지만, 그 옆의 왜군이 기합 소리와 함께 칼을 후려쳤다. 엄청난 검력이다. 그러나 이산이 몸을 젖혀 피하고는 왜군의 팔을 베었다.

"악!"

칼을 쥔 두 팔목이 절단된 왜군의 비명이 이어졌다. 이산이 자세를 바로잡고 나 서 곧장 칼을 내질렀다.

"아아악!"

칼로 가슴을 꿰인 왜군의 비명이 다시 골짜기를 울렸다.

"주군은 검신(劍神)이시오."

골짜기를 내려오면서 조병기가 들뜬 목소리로 말했다.

조병기는 왜군한테서 빼앗은 왜검을 등에 2자루나 메었다. 이산도 왜검 1개를 허리에 찼으니 왜검이 소도(小刀)까지 2개다. 그리고 손에 활과 살통을 쥐었는데 기쁜 기색이다.

이산이 조병기를 돌아보며 말했다.

"주군이라면 내가 영주란 말 아니냐? 당치 않다. 그렇게 부르지 마라."

"주군은 주군이 되실 자격이 있는 분이시오."

"닥쳐라!"

이산이 소리치자 조병기가 뒤로 바짝 붙었다.

"그럼 주인(主人)으로 부르지요. 어쨌든 내가 모시는 주인이시니까요."

조병기가 말을 이었다.

"주인, 호칭에 상관하지 마시오."

이산이 고개를 돌려 조병기를 보았다.

"왜말로 해라."

주인은 받아들이겠다는 말이다.


"궁의 위사가 다 도망쳤습니다."

승지 양현이 말했을 때 선조가 다급하게 물었다.

"훈련원 장교는?"

"궁 밖에 10여 명이 있습니다."

"그럼 그들이 호위하게 하라."

"전하, 아직 대신들이 모이지 않았습니다."

"어허! 내가 대신들을 기다리란 말이냐? 어서 출발해라!"

"예! 전하."

"내 말은 어디에 있느냐?"

"대령하겠사옵니다."

"어서!"

선조가 발을 굴렀다.

4월 30일, 축시(오전 2시) 무렵.

선조가 마침내 파천을 결심하고 서울을 떠난다. 우의정 이양원에게 유도대장 (留都大將)을 맡겨 서울을 지키도록 하고 도원수 김명원을 한강 방어 책임자로 임명했다.

그러나 파천 시각이 되자 위사는 물론 호위대 장교들이 다 도망쳤기 때문에 도망가지 못하고 남은 장교 10여 명만 임금 주위에 남아있다.

선조가 말에 탔을 때 내의 조영선, 승정원의 신덕진 등 10여 명이 어둠 속에서 달려왔다. 말단 관리들이라 이제야 파천 소문을 듣고 온 것이다.

"전하! 왕도를 버리시면 안 됩니다!"

신덕진이 선조의 발을 잡고 꿇어앉았다.

"백성들은 어찌하란 말씀입니까? 모두 전하께서 여기 계신 줄 알고 남아있습니다!"

그때 승문원 서원(書員) 이수겸이 다시 소리쳤다.

"승문원 문서는 다 어떻게 합니까?"

그때 선조가 발을 뻗어 신덕진의 어깨를 찼다.

"무엄한 놈! 비켜라!"

신덕진이 뒤로 자빠지자 선조가 말고삐를 잡은 장교에게 소리쳤다.

"어서 가지, 뭘 하느냐!"

선조가 허겁지겁 왕비, 왕자들을 이끌고 궁을 나갔을 때 유성룡이 이수겸에게 말했다.

"긴요한 것만 수습해서 따라오게."

그때 이수겸이 우두커니 유성룡을 보았다. 어둠 속에서 두 눈이 번들거리고 있다.

"대감."

"왜 그러는가?"

"저런 임금의 족보는 이것으로 끝내야 하지 않겠습니까?"

"네, 이놈."

유성룡의 목소리가 약했다. 그러자 이수겸이 한 발짝 다가섰다.

"백성이 있어야 임금이 있는 것 아닙니까? 백성을 버리고 저 혼자만 살겠다고 도망치는 임금 가문의 기록을 지고 가느니 아예 불을 질러버리겠소."

"이보게, 이 서원, 진정하게."

유성룡의 눈이 흐려졌다.

"나는 임금의 뒤를 따를 테니 그대는 뜻대로 하게나."

"제가 불을 지르지 않더라도 임금이 야반도주를 한 걸 알면 백성들이 다 태울 겁니다, 대감."

이수겸이 눈물범벅이 된 얼굴로 유성룡을 보았다.

"조선은 이번에 망해야 하오."


"돌이 안에 있느냐?"

밖에서 부르는 소리에 돌이가 눈을 떴다.

깊은 밤.

목소리는 대감, 이 판서다. 벌떡 일어선 돌이가 대답부터 했다.

"예, 나리."

잠시 후에 둘은 산막에서 조금 떨어진 바위 옆으로 옮겨갔다.

이곳은 청주에서 서북방으로 60리쯤 떨어진 석장골, 이윤기 일가의 피란처다.

골짜기 위쪽 가파른 산 중턱의 산막 3채를 피란처로 사용하고 있다. 오래전부터 이 판서 가문이 여름철 휴양지로 삼고 있던 곳이어서 양곡도 저장되었고 산막이 3채여서 수십 명이 거주할 수 있다. 더구나 산세가 험해서 왜군은 이쪽에 눈길도 주지 않을 것이었다.

바위에 앉은 이윤기가 앞에 선 돌이를 보았다.

"그래, 그놈은 떠날 때 아무 말도 하지 않았단 말이냐?"

"예, 나리."

돌이가 바로 대답했다.

이산과 헤어져 가순이를 데리고 이곳에 온 후에 대충 사연을 말했다. 김 씨가 왜군에게 끌려가서 죽고 이산이 찾아서 묻고 왔다고만 했다.

이산이 떠날 때 '양반 세상이 다 망할 것이라고 전하라'고 했다고 말할 수는 없는 노릇이다.

그때 이윤기가 다시 물었다.

"그놈, 어떻더냐?"

"뭘 말씀입니까?"

"견뎌낼 수 있겠더냐?"

"예, 나리."

고개를 든 돌이가 이윤기를 보았다.

"엄청난 무사(武士)로 성장하셨습니다."

"여기로는 오지 않는다고 했어?"

"예, 어머니 복수를 하신다면서……."

"……"

"왜군 부대를 따라가셨습니다."

"그놈이."

이윤기가 어둠에 덮인 옆쪽 산등성이를 보았다.

"제 외조부를 닮았어."

이윤기가 돌이를 보았다. 두 눈이 번들거리고 있다.

"너는 아느냐?"

"모릅니다."

"산이 외조부가 경성 부사로 종3품 무반(武班)이었다."

"……"

"김경업이라고 6척 장신의 이름난 무장이었다. 여러 번 전공을 세운 무장이었지. 그런데 여진족에 투항하는 바람에 반역자가 되었다."

"……"

"병마절제사 유근수를 죽이려다가 미수에 그치고 호위병 셋만 죽이고 도망을 쳤지."

"……"

"그래서 반역자로 몰려 집안이 풍비박산된 것이다."

그때 돌이가 고개를 들었다.

"나리."

"뭐냐?"

"지금 도련님한테는 그런 말씀이 소용없을 것 같습니다."

"아니."

고개를 저은 이윤기가 돌이를 보았다.

"산이한테 알려줘야 한다. 제 외조부는 병마절제사 유근수의 모함을 받았어. 내가 그 증거를 안다."

"……"

"유근수가 지금 종2품 도원수야. 유근수가 파당 정치의 핵심이고 간신이다. 그것을 산이에게 알려줘야 해."

"예, 나리."

마침내 돌이가 길게 숨을 뱉었다.

"나리께서 직접 전해주시는 것이 낫겠는데요."

그럴 가망이 희박하니 돌이 자신이라도 전해줘야 하지 않겠는가.


"주인, 저 부대는 3번대 구로다 나가마사의 우측군입니다."

조병기가 눈으로 앞쪽을 가리키며 말했다.

앞쪽 5백 보쯤 거리에서 1개 부대가 북상하는 중이다. 약 2백여 명. 말을 탄 지휘관들과 앞쪽 조총부대, 창부대, 보군으로 치중대는 없다.

이곳은 황무지다. 좌측은 폭이 1백 보쯤의 소래강이다.

지금 이산과 조병기는 왜군 부대를 발견하고 뒤를 따라가는 중이다. 조병기가 살펴보고 돌아온 것이다.

이산이 바위 뒤에 멈춰 섰다.

"그렇다면 우측으로 가야겠다."

우측에 1번대 고니시 유키나가의 대군이 북상하고 있다.


사시(오전 10시) 무렵.

산 중턱에 오른 이산과 조병기가 아래를 보았다.

왜군 부대가 진진하고 있다. 이번에는 수천 병이다. 왜군 1번대의 중군인 것이다.

나무에 몸을 숨긴 조병기가 말했다.

"저기, 초승달 깃발은 중군 부대장 오카다의 깃발입니다."

고니시군 향도였던 조병기가 고니시 군 내막을 아는 것이다.

그때 이산이 말했다.

"야마시다 깃발을 찾아라."

"야마시다 깃발은 도끼 문장이 그려져 있습니다."

"도끼라……, 찾기 쉽겠군."

"주인, 저것을 보십시오. 깃발이 수백 개올시다."

조병기가 아래를 손으로 가리키며 말했다.

"중군만 해도 오카다의 가신이 수백 명입니다. 제각기 깃발을 들고 있지요. 눈이 어지러울 지경이오."

과연 그렇다. 그때 조병기가 말을 이었다.

"어두워졌을 때 제가 내려가서 물어보겠습니다. 부대가 넓게 퍼져있으니까 야마시다 부대가 어디 배치되었는지부터 알아야지요."

맞는 말이다.


말고삐를 잡아챈 고니시가 말 걸음을 늦추더니 옆을 따르는 가토에게 말했다.

"한강에 김명원이 데리고 있는 조선군은 몇이냐?"

"3만 정도입니다."

가토가 바로 대답했다.

"경기도, 강원도에서 모은 군사인데 오합지졸이오."

"군(軍)은 무장(武將)이 지휘해야 돼. 김명원도 문신(文臣) 아니냐?"

"군(軍)을 지휘한 경력이 없습니다."

"휘하에 무장이 있나?"

"방어사 등 서너 명이 있지만 모두 이일, 신립의 아류입니다."

"어떻게 이런 나라가 이제껏 지탱될 수 있었는지 모르겠다."

"명(明)의 속국이었기 때문이지요. 북쪽 국경의 여진족과 사소한 전투가 있을 뿐이었습니다."

그때 옆으로 야마시다가 다가왔다.

"주군, 지금 후위대로 가겠습니다."

야마시다가 말하자 고니시가 고개만 끄덕였다.

야마시다는 이제 후위대에 편성된 것이다. 지금까지 중군(中軍) 예비대였다가 후위대로 옮겨졌다. 야마시다가 고니시의 옆얼굴에 대고 말을 이었다.

"제 명예회복을 위해 최선을 다하겠습니다."

그때 고니시가 입을 열었다.

"부하 단속을 잘 해라, 야마시다."

"예, 주군."

고개를 든 야마시다가 고니시의 시선을 받지 못하고는 몸을 돌렸다.


"첨병이오."

조병기가 말했는데, 왜말이다.

미시(오후 2시)경.

왜군을 따라 북상하던 둘 앞에 왜군 1개 조가 나타난 것이다.

모두 8명. 말을 탄 조장 뒤로 조총수 2명, 창수 2명, 칼을 찬 병사 셋까지다.

이곳은 원주 남방의 보술령 아래쪽이다.

"이곳으로 옵니다."

바위 뒤에 몸을 숨긴 조병기가 다급하게 말했다. 말을 탄 조장이 말 머리를 이쪽으로 돌린 것이다.

거리는 2백여 보.

그때 이산이 등에 멘 활을 빼내 들더니 살통을 옆에 놓았다.

"주인, 어떻게 하시려고."

불안해진 조병기가 물었지만, 이산이 시위에 화살을 끼었다. 살통에는 화살이 50여 개 담겨 있다.

"먼저 말에 탄 조장부터 떨어뜨리고 나서 조총수를 맞추겠다."

조병기가 숨을 들이켰고 이산이 말을 이었다.

"그러면 나머지는 하나씩 처리하면 돼."

"주인, 저도 한 놈쯤은 없앨 수 있습니다."

조병기가 말했을 때 이산이 시위를 당겼다. 활이 만월처럼 부풀었다.

말을 탄 왜군과의 거리는 2백 보로 가까워졌다.

만월처럼 시위를 당겼을 때 살촉 끝부분이 왼손 검지에 닿았다. 살촉 끝을 왜군의 머리 위쪽 한 치(3센티) 지점으로 겨누었던 이산이 조금 낮췄다.

왜군이 점점 가까워지고 있다. 속보로 말을 몰고 뒤를 부하들이 따른다.

거리가 180보, 170보로 가까워졌을 때 이산이 팔을 내리고는 시위를 늦춰 숨을 골랐다. 그러고 나서 다시 활을 들고 시위를 당겼을 때는 왜군과의 거리가 150보로 가까워져 있다.

이산이 이번에는 와락 시위를 만월로 만들어 겨눈 후에 살을 날렸다.

"쌕!"

살이 날아가는 소리가 그렇게 났다.

"앗!"

다음 순간, 뒤쪽에 몸을 숨기고 있던 조병기의 입에서 낮은 탄성이 일어났다.

화살이 왜군의 턱 밑을 뚫고 들어간 것이다. 목이 뚫린 왜군이 뒤로 벌떡 넘어지면서 말에서 떨어졌다. 그런데 한쪽 발이 발고리에 걸려 매달렸다. 놀란 말이 펄쩍 뛰었을 때다. 이산이 두 번째 겨누고 쏜 살이 날아갔다.

"쌕!"

"명중이오!"

조병기가 다시 소리쳤다.

이번에는 조총을 쥔 왜군의 가슴에 살이 박혔다. 말을 탄 조장이 살에 맞자 당황하고 있던 왜병은 조총을 내동댕이치면서 엎어졌다.

이산이 세 번째 살을 시위에 끼었다.

거리는 130보.

6년 동안 비가 오나 바람이 부나 하루에 300사(射)씩 쏘았던 터다. 살을 먹이고, 당기고, 겨누고 놓는 동작이 물 흐르는 것처럼 자연스럽다.

"쌕!"

다시 날아간 살이 이번에는 바위 뒤에 몸을 웅크리고 머리만 내놓은 조총병의 이마에 박혔다.

"됐다."

어깨를 늘어뜨린 이산이 고개를 돌려 조병기를 보았다.

"이제 천천히 없애면 돼."


말에 끌려다니던 조장은 결국 말에서 떨어졌고 말은 아래쪽에서 한가롭게 풀을 뜯는 중이다. 주변 바위와 나무 뒤에 엎드린 왜군들은 서로 어지럽게 고함을 치고 있다.

5명이 남았다.

"주인, 왼쪽으로 한 놈이 빠져나가고 있습니다."

조병기가 소리쳤다.

이제 왜군과의 거리는 1백 보 정도로 가까워져 있다. 이산과 조병기가 더 접근해갔기 때문이다. 아직 왜군은 이산을 발견하지 못했다.

이산이 다시 시위에 살을 먹이고는 왼쪽으로 기어나가는 왜군을 겨누었다.

"쌕!"

파공음을 내면서 날아간 살이 왜군의 뒷머리에 박혔다.

"넷이오!"

흥이 난 조병기가 소리쳤을 때다. 왜군들이 벌떡 일어서더니 일제히 몸을 돌려 도망치기 시작했다.

"쌕!"

이산도 벌떡 일어나 살을 겨누고는 날렸다. 그러고는 박히기도 전에 또 먹였다.

"쌕!"

두 번째 화살.

"쌕! 쌕!"

세 번째, 네 번째는 거의 동시에 발사되었다.


8명 중 등과 허리에 살을 맞은 둘이 살았다. 그러나 중상이다. 겨우 입을 뗄 수 있을 정도다. 조병기가 허리에 살을 맞은 왜병에게 물었다.

"넌 어느 부대냐?"

"1번대 우군의 척후대 소속이오."

왜병이 신음을 뱉으면서 말했다.

"살려주시오. 난 코도 모으지 못했어."

"말해, 야마시다는 지금 어디에 있느냐?"

"누구 말입니까?"

"선봉대장이었던 야마시다 말이다."

"아, 야마시다 님은 지금 후위대장으로 옮겨갔소."

"지금 어디 있느냐?"

"이곳에서 30리(12킬로)쯤 동남방에 있을 것입니다."

왜군이 다시 신음을 뱉으면서 말했다.

그때 조병기의 통역을 들은 이산이 고개를 들고 옆쪽에 쓰러진 왜군을 보았다. 20보쯤 떨어져 있어서 이쪽 이야기는 들리지 않을 것이다.

"저놈한테도 확인해."


"너는 뭔가 숨기는 것이 있어."

쓴웃음을 지은 야마시다가 세끼를 보았다.

유시(오후 6시) 무렵.

부대는 막 정지한 상태다. 야마시다가 앞에 선 세끼에게 물었다. 진막 안이 조용해졌다.

"그놈이 치중대에 있던 향도하고 같이 있다고 들었다. 아느냐?"

"소문은 들었습니다."

한쪽 무릎을 꿇고 앉은 세끼가 말을 이었다.

"오가사와라 조장을 벤 것도 그놈이라는 소문도 있습니다."

"조선인이고. 그렇지?"

"옛."

그때 야마시다가 어깨를 부풀렸다. 어느덧 얼굴이 굳어져 있다.

"세끼."

"옛."

"네 녹봉이 몇 석이지?"

"60석입니다."

고개를 끄덕인 야마시다가 옆에 선 부장 사꾸마를 보았다.

"사꾸마, 네가 말해라."

그러자 사꾸마가 세끼에게로 몸을 돌렸다. 한 손으로 칼집을 누르고 있는 것이 발도의 자세다. 사꾸마가 세끼를 불렀다.

"세끼."

"옛."

"네 조장이었던 오가사와라가 죽은 이유를 너는 알고 있지?"

"예?"

숨을 들이켠 세끼가 사꾸마를 보았다. 눈동자가 흐려져 있다.

진막 안에는 숨소리도 들리지 않는다. 둘러선 7, 8명으로부터 살기가 뿜어지고 있다.

그때 사꾸마가 말을 이었다.

"대답해라. 너만 죽는 것이 아니다. 네 처자식, 네 부모, 네 친척 수십 명이 네 한 마디에 몰살당할 수 있다."

한마디 한마디가 칼로 내려치는 것 같다.

"대답하지 않아도 죽이겠다."

"……."

"바른대로 말하면 살길이 있을 거다."

"……."

"주군이 억울하게 선봉대장 자리에서 물러나 후위로 도는 치욕을 우리 가문이 겪어야 하는 원인이 어디에 있느냐?"

그때 세끼의 긴 얼굴에서 땀이 줄줄 흘러내렸다. 그것을 본 야마시다가 쓴웃음을 지었다.

"세끼, 네 부친 고지마는 내 호위대로 싸우다가 죽었다. 고지마가 쌓아놓은 명성에 침을 뱉지 마라."

"제가 조선녀를 데려온 것이 화근이 되었던 것 같습니다."

와락 세끼가 쏟아붓듯 말했을 때 모두 숨을 죽였다.

세끼가 말을 이었다.

"그 조선녀를 오가사와라 님께 바쳤고 다시 주군께 넘겨진 것입니다."

"거기까지는 우리도 안다."

사꾸마가 차갑게 말을 잘랐다.

"그 조선녀의 내력을 말해."

"청주 남쪽의 산속 은신처였습니다. 우리 1번대 통로 우측이었소."

"조선녀 내력을 말하라니까?"

"모릅니다. 남녀 7, 8명이 있었지만 다 죽이고 그 여자만 업고 왔으니까요."

"너는 오가사와라 진막을 기습한 놈이 누군지 알고 있었지?"

"그 조선녀의 가족인 것 같았습니다."

"그런데도 넌 모른다고 주군께 말씀드렸지?"

"예, 걱정 끼쳐드리고 싶지 않았습니다."

"좌군 척후대 1개 조가 몰살당했다는 것도 알고 있지?"

"예, 사꾸마 님."

"그 척후대를 몰살시킨 놈이 그놈과 비슷하다는 생각은 안 했느냐?"

"나중에야 그런 생각이 들었습니다."

"오늘 오후에 우군 척후대 소속의 1개 조 8명이 살을 맞아 몰사했다. 넷은 살을 맞은 후에 칼로 숨을 끊었고."

사꾸마가 말을 이었다.

"이번에는 살로 죽였지만 조선군의 기습 같지가 않아."

세끼가 숨을 죽였을 때 사꾸마가 결론을 냈다.

"네가 업고 온 여자의 원수를 갚으려고 소선 놈이 오가사와라를 쳤다. 그놈은 곧 그 여자가 주군님 진막에서 죽어서 나갔다는 것을 알게 되었는지도 모른다."

"……."

"그리고 그 조선 놈은 지금도 우리 주변에 숨어 있을 가능성이 있다는 거다. 그렇지 않으냐?"

"그렇습니다."

고개를 든 세끼가 야마시다를 보았다.

"주군, 제가 찾겠습니다. 저에게 기회를 주십시오."

사꾸마가 야마시다의 눈치를 보았고 세끼의 목소리가 진막을 울렸다.

"제가 일으킨 일이니 제가 마무리를 하도록 해줍시오. 제가 주군께 목숨을 바쳐 사죄하겠습니다."

그때 야마시다가 말했다.

"네가 비기검의 사범이라고 들었다. 1개 조를 이끌고 뒤를 수색해라. 우리는 전진하느라고 뒤가 소홀하다."


2번대장 가또 기요마사는 정예군 2만 2,900을 이끌고 있었는데 1번대 고니시군(軍)보다 4천 명이 더 많았다. 더구나 2번대는 1번대가 앞질러서 조선군을 격파해버리는 바람에 손실이 거의 없는 상태다.

고니시군(軍)이 전공을 무수히 세웠기 때문에 그것이 가또의 호승심에 상처를 주기는 했다.

술시(오후 8시) 무렵.

진막에서 저녁을 마친 가또가 안으로 들어서는 두 사내를 맞는다.

조선인 상민 차림의 두 사내. 머리에는 패랭이를 썼고 등짐을 메었는데 하나는 호리호리한 체격이고 또 하나는 어깨가 넓은 장신이다.

그때 진막 안에 있던 가로(家老) 마쓰다가 둘에게 말했다. 왜말이다.

"주군께서 기다리셨다. 가깝게 다가앉도록."

둘이 세 걸음 앞까지 다가가 꿇어앉았을 때 가또가 물었다.

"서울은 어떠냐?"

그때 호리호리한 사내가 대답했다.

"예, 지금 폭동이 일어나 이곳저곳이 불에 타고 있었습니다."

놀랍게도 여자 목소리다. 여자인 것이다. 그리고 미모다.

여자가 말을 이었다.

"임금이 도망갔다는 소문이 퍼지자 백성들이 궁궐부터 달려가 불을 질렀습니다. 궁궐부터 시작해서 장예원, 노비 문서를 보관했던 형조 건물, 홍문관, 승정원도 불에 타서 재가 되는 것을 보고 나왔습니다."

"흥. 당연하지."

쓴웃음을 지은 가또가 여자를 보았다.

"기노, 한양의 방어 상황을 말해라."

"예, 도원수 김명원이 조선군을 모아 한강에 방어선을 쳤고 성안에는 유도대장 이양원이 있으나 전의(戰意)를 상실한 상태입니다. 총 병력이 3만 남짓이었는데 하룻밤 사이에 3천여 명이 도망쳤다고 들었습니다."

기노는 가또가 파견한 밀정이다.

가또의 가신 다케우치의 딸인 기노는 밀정 교육을 받고 작년에 조선으로 잠입했다. 그리고 조선 왕실에 접근했다가 이번에 몰래 빠져나온 것이다.

기노가 말을 이었다.

"인빈 김씨의 무수리한테서 들었는데 임금은 곧장 명(明)으로 넘어갈 작정이라고 합니다. 거기서 명군(明軍)을 요청해서 조선으로 내려보낸다는 것입니다."

"어린애가 애비한테 매달리는 꼴이군."

"이일이 도망쳐 와서 임금 옆에 붙어있는데 승전 장군 행세를 합니다."

"내가 이틀간 이곳에서 군사를 정비하고 나서 한양에 먼저 입성할 거다."

정색한 가또가 말을 이었다.

"기노, 너는 수하를 이끌고 먼저 떠나도록 해라. 조선 왕을 따라붙으려면 서둘러야겠다."

"예, 주군."

"1번대는 양주의 북한강 쪽이야. 아직 조선군의 진용이 불확실하다. 서둘러라."

"예, 주군."

절을 한 기노가 자리에서 일어서더니 사내와 함께 진막을 나왔다.


"기노 님, 모리가 병참에 갔으니 조금만 기다리시지요."

진막을 나왔을 때 하라다가 말했다. 하라다는 기노의 경호 역이다.

"주군이 곧 떠나라고 하셨지만 저녁은 먹고 떠나야 되지 않겠습니까?"

"내가 막사에 들어가 있을 테니 조원을 모아라."

"예, 기노 님."

이곳은 가또의 본진 안이다. 하라다가 어둠 속으로 사라졌을 때 기노는 막사 안으로 들어섰다. 기노 일행을 위해 준비해 준 막사다.

안쪽 땅바닥에 앉은 기노가 패랭이를 벗고 긴 머리를 풀어 늘어뜨렸다. 그러자 머리칼에 싸인 얼굴이 드러났다.

기름 등에 비친 얼굴은 절색이다. 여자의 본모습이 된 것이다.

다시 머리를 빗어 올린 기노가 동여매고는 패랭이로 덮어 썼다. 그리고 발에 신었던 버선을 벗어 새것으로 갈아 신었다. 그때 막사의 헝겊 문이 젖히더니 마쓰다가 들어왔다.

"기노."

자리에서 일어선 기노에게 마쓰다가 가죽 주머니를 내밀었다. 묵직한 주머니다.

"주군께서 주신 금붙이다."

주머니를 받은 기노에게 마쓰다가 말을 이었다.

"1번대장 고니시 님도 밀정단이 있겠지만 우린 너를 믿는다."

"자주 연락드리겠습니다."

"군자금은 수시로 줄 테니까 풍족하게 쓸 수 있을 거다."

마쓰다가 웃음 띤 얼굴로 기노를 보았다.

"조선 왕실은 내부에서도 무너지고 있는 것 아니냐?"

해시(오후 10시) 무렵.

2번대 선봉군의 수색조장 이시무라에게 부하 시베이가 달려왔다. 이곳은 2번대
의 우측 지역으로 골짜기 안이다.

"조장, 산 중턱에 산막이 있어, 산막이 3채야!"

시베이가 말을 이었다.

"양반 집안이 피란 온 것 같아."

"옳지."

이시무라의 눈에 생기가 돌아왔다.

"코를 모으게 되었다."

고개를 든 이시무라가 뒤에 선 조원들에게 말하면서 웃었다.

칼을 빼든 이시무라가 발을 떼면서 말했다.

"자, 놈들은 독 안에 든 쥐다."

돌이는 창고로 사용하는 뒤쪽 산막의 옆쪽 동굴에서 내일 먹을 양식을 꺼내는
중이었다.

본래 본가의 집사는 허 생원이었고 실무는 오가였지만 지금은 없다. 허 생원은
석장골로 따라오지 않았고 오가는 심부름을 나갔다가 돌아오지 않았기 때문이다.

그래서 지금은 작은댁 마름이었던 돌이가 집사를 맡고 있다.

자루에 쌀을 퍼 담던 돌이가 문득 고개를 들었다. 밖에서 억누른 신음이 들렸기 때문이다.

숨을 들이켠 돌이가 먼저 동굴 벽에 붙여놓았던 기름 등을 껐다. 다음 순간 동굴 안은 먹물 속처럼 어두워졌다.

돌이가 발끝으로 걸어 문 쪽으로 다가갔다. 창고로 사용되는 동굴의 문은 바위로 가려진 데다 통나무 문이 검어서 밤에는 구별되지 않는다.

그때 밖에서 날카로운 비명이 들렸다. 여자의 비명.

돌이는 이를 악물었다.

왜적.

그 순간이다.

왜말이 울렸다. 어지러운 왜말의 외침. 이어서 사내의 비명.

돌이는 통나무 문을 한 뼘쯤만 밀치고 밖으로 나왔다.

앞쪽의 어른거리는 그림자들, 왜군이다.

모두 이쪽에 등을 보이고 있다.


한 시진이 지난 후다.

어둠에 덮인 산 중턱에서 불길이 오르더니 곧 불이 번졌다. 산막이 불타오르고 있다. 산막 3채가 모두 불타오르는 것이다. 그때 산 아래쪽에서 목소리가 울리더니 곧 조용해졌다.

왜말이다.

왜군이 돌아가고 있다.


불길에 싸인 산막으로 사내 하나가 접근하고 있다.

돌이다. 산 위쪽에 숨어 있다가 내려온 것이다.

"나리."

돌이가 힘 빠진 목소리로 불렀지만 대답이 나올 리가 없다.

가운데 위치한 산막으로 다가간 돌이가 곧 안방 입구에 쓰러진 이윤기를 보았다. 반듯이 누운 이윤기는 이미 칼을 맞은 시체다. 시체의 얼굴에는 코가 떼어져 있다.

"나리."

다가간 돌이가 이윤기의 두 손을 가슴에 모아놓고는 서둘러 절을 했다. 불길이 지붕까지 번져가고 있기 때문이다.

"나리, 화장을 시켜드려야겠소."

절을 하고 일어선 돌이가 몸을 돌렸을 때 지붕이 무너졌다. 불길에 환하게 드러난 마당, 산막에 시체들이 널브러졌다.

왜군은 남녀 할 것 없이 다 죽였고 여자들은 겁탈한 후에 죽였다. 이윤기의 정처(正妻) 강 씨도 예외가 아니다. 옷이 벗겨진 채 시체로 누워있다. 코 없는 시체다.

돌이가 밖에 있는 시체를 불타는 산막 안으로 끌고 가 넣었다. 마치 화장장의 불길 속에 던지는 것 같다.

불구덩이에 넣으면서 확인했더니 일가(一家)는 모두 죽었다.

이윤기와 정처 강 씨, 아들 이정남과 이균, 딸 준까지 살해당한 것이다. 남녀 하인 12명까지 17명이 코가 떼어진 시체가 되어서 불구덩이 속으로 들어갔다.

그중에는 돌이와 함께 합가(合家)했던 가순이까지 포함되어 있다.


"주인, 저것 보시오."

조병기가 손으로 앞쪽을 가리켰다.

마을 앞 주막이다. 주막 앞에는 남녀 30여 명이 모여 있었는데 사내 하나가 떠들고 있다.

이곳은 여주군의 신상리. 30여 호의 민가가 모인 작은 마을이다.

사시(오전 10시) 무렵.

이산과 조병기는 패랭이를 쓴 상민 차림으로 등짐을 메었다. 둘이 다가갔을 때 사내가 목소리를 높여 말했다.

"코 떼 간다는 소문은 사실이 아냐. 다 코를 떼는 게 아니고 반항하는 조선인만 그래. 그러니까 걱정할 것 없어."

30대쯤의 건장한 체격. 긴 총각 머리를 감아서 수건으로 동여맨 하인 행색이다. 그리고 왼쪽 팔목에 검정 헝겊을 찬 것이 드러났다. 향도다. 사내가 말을 이었다.

"곧 일본군이 올 테지만 당신들은 피란 가지 않아도 돼. 그래서 내가 먼저 이곳에 온 거야."

"이보시오."

듣던 50대쯤의 사내가 향도에게 물었다.

"보는 족족 왜군이 조선인의 코를 뗀다고 들었소. 가만있다가 당하면 끝나는 것 아니오?"

"내가 믿으라고 하지 않았어?"

바위 위에 서 있던 사내가 버럭 소리쳤다.

"내가 일본군 대장의 지시를 받고 온 사람이야! 나는 1번대 선봉대장님의 척후대 향도라구!"

그때 조병기가 이산 옆으로 바짝 붙더니 낮게 말했다.

"맞습니다. 저놈 낯이 익습니다."

고개를 끄덕였던 이산이 옆으로 다가오는 두 사내를 보았다. 상민 차림이었는데 허리에 장검을 찼다. 종아리는 각반으로 두른 것이 왜군 식이다.

그때 다가온 사내가 이산에게 물었다.

"검을 찼고 활과 살통을 메었구려. 어디 가시오?"

"한양성."

짧게 대답한 이산이 되물었다.

"그건 왜 묻소?"

"관(官)에 계시오?"

"내가 그런 사람 같소?"

"아니면 누구요?"

"나한테 묻는 당신은?"

"난 향도야."

사내가 반걸음 물러서면서 이산을 보았다. 그때 바위 위의 사내가 말을 그쳤고 주위의 시선이 모였다. 반대쪽에 서 있던 사내가 상반신을 조금 숙였다. 어느새 손에 쥔 칼의 손잡이를 쥐고 있다.

그때 이산이 말했다.

"난 이 마을을 지나갈 뿐이야."

"나하고 같이 가야겠다."

사내 하나가 말한 순간이다. 반대쪽 사내가 칼을 후려치듯 뽑아 이산의 허리를 후려쳤다.

"옛!"

다음 순간 허리를 젖혀 칼날을 피한 이산이 칼을 빼내면서 베었다.

"억!"

허리에서 반대쪽 어깨까지가 베어진 사내가 뒤로 넘어졌다. 그때 주민들이 우르르 흩어졌다.

"옛!"

옆쪽 사내가 어느새 칼을 치켜들고 다가섰다. 그러고는 장작 빠개듯이 내려친 순간이다.

이산이 칼등으로 칼날을 받았다. 날카로운 금속음이 일어났다.

"쨍강!"

다음 순간 칼날이 떨어지면서 이산이 몸을 틀었다.

"억!"

이산의 칼날이 사내의 목을 긋고 지나갔다. 그때 바위 위에 서 있던 향도가 껑충 뛰어내리더니 달려왔다. 어느새 손에 칼을 빼 들었는데 기세가 흉포했다. 세 걸음 만에 달려온 사내가 이산에게 칼을 내려쳤다.

"엣!"

그 순간 이산이 몸을 비끼면서 다리를 내밀어 사내의 발을 걸었다. 그러자 발에 걸린 사내가 그대로 곤두박질을 치면서 앞으로 엎어졌다.

그때다. 이산이 칼을 휘둘러 엎어진 채 고개를 들었던 사내의 목을 쳤다.


"주인, 놈들이 쫓아올 것 같습니다"

가쁜 숨을 뱉으면서 조병기가 말했다. 둘은 마을을 가로질러 북쪽으로 뛰는 중이다. 이제 마을에서 3리(1.2킬로) 떨어진 황무지로 나왔다.

"우리가 꼬리를 붙인 셈이다."

뒤를 돌아보면서 이산이 말했다.

"왜군이 우리 둘을 지목하고 쫓을 테니까."

이쪽 방면으로 오는 부대는 2번대 가또군(軍)이다.

이윽고 둘은 황무지를 가로질러 산 쪽으로 뛰었다. 산이 은신하기에 좋다.


미시(오후 2시) 무렵.

마을로 들어선 돌이가 피란 보따리를 등에 지고 가는 중늙은이 하나에게 물었다.

"이보시오, 여긴 왜 급하게 피란들을 갑니까?"

중늙은이가 대답 대신 발을 더 빨리 놀렸기 때문에 돌이가 역정을 내었다.

"아니, 귀머거린가? 아랫마을은 왜군을 맞는다고 향도가 길까지 치우고 있던데, 여긴 왜 피란을 가느냐니까? 모두 의병에 나가기로 한 건가?"

"이 사람아, 빨리 이곳을 벗어나게."

중늙은이가 겨우 말을 뱉었다. 그것을 놓치지 않고 돌이가 따라붙으면서 물었다.

"왜? 왜군이 이곳에서는 다 죽인대여?"

"그려. 몰살당할 거여."

"아니, 왜?"

"오면서 주막 앞쪽 길가에 버려진 시신 셋 못 보았어?"

"난 옆쪽 길로 들어왔어. 아랫마을에서 지름길로 오려고 개울을 건넜기 때문에."

"어떤 놈이 나타나서 왜군 향도 셋을 단칼에 베어 죽였다구."

이제는 노인 주위로 피란 짐을 진 남녀 7, 8명이 걷는다. 모두 허겁지겁 길을 벗어나 오른쪽 산을 향하고 있다. 돌이가 중늙은이 옆으로 바짝 붙었다.

"단칼에 죽였다고 했소?"

"그래. 나도 북방에 수자리를 살다 왔지만 그런 검객은 처음 보았어."

"조선 군관입디까?"

"아녀. 스무 살 남짓의 청년이었어. 6척 장신에 눈이 어글어글한 장부였어. 군관은 아니었어."

"코가 굵고 목소리가 우렁차지 않습디까?"

"맞아. 내가 옆에서 다 보았어."

"일행이 있습디까?"

"있더구만. 좀 나이 먹은 사내였는데 시종 같았네. 둘이었어."

"아이구!"

갑자기 비명 같은 탄성을 뱉은 돌이가 눈물을 쑥 뽑았다. 그러고는 눈물범벅이 된 눈으로 중늙은이를 보았다.

"둘이 어디로 갑디까?"

산막에 불을 지른 돌이도 정처 없이 이산을 찾으러 나온 것이다.

이곳은 고달산이다.

작은 산이었지만 숲이 무성했고 가파른 데다 국도에서 10리(4킬로) 정도나 떨어져 있어서 나무하는 초동이나 오가는 곳이다.

이산과 조병기가 고달산 기슭에 닿았을 때는 신상리 마을에서 빠져나간 지 두 시진이 지난 후다. 조병기가 산길을 바라보면서 말했다. 둘이 있을 때는 왜말로 한다.

"주인, 산으로 올라가시지요. 날씨도 선선하니 오늘 밤은 산에서 지내시는 것이 낫겠습니다."

고개를 끄덕인 이산이 발을 떼었다.

1번대의 뒤를 따르기로 작정한 터다. 지금은 왜군도 진군을 멈췄을 것이었다. 그리고 이쪽이 앞질러 와 있는 셈이다. 초동 하나가 겨우 다닐 수 있는 산길을 오르면서 이산이 말했다.

"내가 앞뒤에서 왜군을 죽이고 있으니 지금쯤 내 존재가 왜군 측에 드러나 있을 것이다."

말이 길고 어려워서 왜말과 조선말을 섞어서 썼다. 그때 조병기가 대답했다.

"맞습니다. 특히 첨병들을 죽였으니 지휘부에도 금방 보고가 되었을 것입니다."

이산이 알아듣지 못한 왜말을 물었고 조병기가 되풀이해 대답했다. 이산의 왜말이 많이 늘었다.


산은 작았지만 바위가 돌출되고 소나무가 무성한 험산이다.

앞장선 조병기가 잡초를 헤치고 나가다가 우뚝 발을 멈췄다. 그 순간 뒤를 따르던 이산이 앞쪽 바위 위에 서 있는 사내를 보았다. 손에 칼을 쥐었다.

시선을 돌린 이산이 긴장했다. 바위 아래쪽에 6, 7명의 사내들이 서 있다.

그때 조병기가 낮게 말했다.

"주인, 산적 같소."

험산이어서 시야가 가린 상황이다. 사내들과의 거리는 15보 정도.

그때다.

바위 위에 선 사내가 소리쳤다.

"그 자리에 꿇어앉아라!"

그 순간 이산이 활의 시위에 살을 먹였다. 그러고는 맞받아 소리쳤다.

"너희들은 누구냐?"

"이놈, 우리가 누군지 모른단 말이냐?"

사내가 발을 굴렀다. 장신에 수염투성이의 얼굴. 머리에 수건을 동였다.

이산이 다시 묻는다.

"누구냐고 물었다."

"이놈, 우리는 산중군자다!"

"산적이구나."

"에이, 이놈이 죽으려고 발광을 하는군!"

버럭 소리친 사내가 칼을 앞으로 내뻗었다.

"쳐라! 죽여라!"

그 순간이다. 이산이 활을 쳐들자마자 시위를 당기고 쏘았다.

161

“쌕!”

살이 시위를 떠나자마자 사내의 목을 관통했다. 뒤쪽 꿩 털만 보였고 살촉은 뒤쪽으로 빠져나왔다.

“악!”

사내가 뒤로 넘어지자 주위의 산적들이 놀라 웅성거렸다. 그때 이산이 다시 시위에 살을 먹이면서 소리쳤다.

“모두 무릎을 꿇고 엎드려라! 일어선 놈은 쏴 죽인다!”

이어서 조병기가 소리쳤다.

“어서!”

움찔거리던 사내 하나가 한 발짝 내딛었을 때다.

“쌕!”

다시 날아간 살이 사내의 가슴에 박혔다. 신음을 뱉은 사내가 앞으로 엎어졌다. 이어서 또 한 발의 살이 날아가 조금 앞에 나가 있던 사내의 목을 뚫었다.

“이놈들! 꿇지 못하겠느냐!”

다시 조병기가 소리쳤을 때다.

이미 셋이 쓰러진 터라 남은 사내들은 넷이다. 넷이 일제히 무릎을 꿇었다.


산적의 소굴은 산 중턱의 동굴이다.

산적 무리는 모두 14명. 그중에서 셋이 살을 맞아 죽었기 때문에 11명이다. 모두 근방의 마을에서 온 종이었지만 수괴 노릇을 하던 옥동은 탈영한 장교 출신이었다. 그 ‘옥동’이 살을 맞고 죽은 것이다.

이산은 사내들을 이끌고 소굴로 들어왔다.


술시(오후 8시) 무렵.

산채 중심부에 위치한 초막 마루에 앉은 이산에게 산적 하나가 마당에서 말했다. 늙수그레한 사내다.

"나리, 저녁 진지를 이곳으로 가져오리까? 술도 있습니다요."

"이리 가져와."

조병기가 대신 대답했다.

"밥이나 술에 독을 타지는 않았느냐?"

"아이구, 제가 먼저 먹지요."

질색한 사내가 두 손을 저었다.

"제가 죽을 짓을 하겠습니까?"

그때 이산이 말했다.

"산채 식구들을 다 데려와라. 마당에서 같이 먹자."

"예, 그럽지요."

사내가 물러가더니 곧 저녁상과 함께 산적들이 우 몰려왔다.

"나리, 초병 둘만 빼놓고 다 왔습니다."

늙수그레한 사내가 말했다.

"돼지 삶은 것도 있어서 다 가져왔습니다."

고개를 끄덕인 이산이 마당으로 내려왔다. 선선한 날씨다.

늙수그레한 사내는 정복남. 44세.

고당리 김 진사 댁 마름이었다가 산채로 온 경우다. 그래서 두목 옥동의 집사 노릇을 하고 있었다.

정복남이 돼지갈비를 뜯으면서 말했다.

"대장님께서 우리를 지휘해주시면 인근 산채를 통합할 수가 있습니다."

산적들이 모두 이산을 보았고 주위가 조용해졌다.

그때 이산이 물었다.

"주변에 이런 산채가 있어?"

"30리 주변에 4곳이 있습니다."

정복남이 바로 대답했다.

"모두 고만고만한 놈들인데 서쪽 한등산 산채의 장군파가 가장 세지요."

"장군파?"

"예, 조선군 판관을 지낸 무장(武將)이 산채로 들어왔기 때문입니다."

정복남이 말을 이었다.

"부하 장교 대여섯 명을 끌고 왔기 때문에 산채 기강이 병영 같고 근처 산채를 무너뜨려서 졸개들을 끌어들였습니다."

"수하가 몇이냐?"

"40여 명이나 됩니다."

"왜군에게 패해서 산채로 왔나?"

"그건 모릅니다."

이산이 잠자코 고기를 집어 입에 넣었다.

왜군이 밀려오는 바람에 산적이 늘어났다. 백성들은 왜군과 산적 양쪽에서 당하는 셈이다. 그때 이산의 옆쪽에 앉아있던 사내가 불쑥 말했다.

"서동현에서 의병이 일어났는데 고 승지 댁 자제와 인근 상민들이오."

사내가 말을 이었다.

"나는 의병이 되겠다고 갔다가 쫓겨나왔소. 그래서 산적이 된 것이오."

이산의 시선을 받은 사내가 얼굴을 일그러뜨리며 웃었다.

"나는 백정이오. 천민은 천민 의병에 가담하든지 하라는 것이었소."

고개를 끄덕인 이산이 앞에 놓인 술잔을 들어 사내에게 건네주었다.

"나도 서자다. 천민 차별하는 양반 놈들은 왜군보다 더 나쁜 놈들이다."

"대장님이 여기 남아서 우리를 이끌어주시오."

술잔을 받은 사내가 욱하는 목소리로 말을 이었다.

"우리는 의병이 될 수도 있소."

이산의 시선이 옆에 앉은 조병기와 마주쳤다.


도원수 김명원은 부원수 신각과 함께 임진강을 지키고 있었는데, 좌불안석이다.

이때 김명원은 58세. 정여립의 옥사를 수습한 공으로 경림군에 봉해진 문신(文臣)이니 전략이 있을 리가 없다. 부원수 신각은 무인(武人)으로 경상도 방어사를 지냈기 때문에 왜구를 많이 겪었다.

"이보게, 부원수. 이쪽으로 가또군(軍)이 온다고 했지?"

김명원이 눈썹을 모으고 신각에게 물었다.

강이 내려다보이는 언덕 위다.

진막 밖에 선 김명원이 건너편 강변을 둘러보면서 말을 이었다.

"강폭이 너무 좁아. 왜군이 나무다리를 놓는다는 소문이 있어."

"대감, 강가에 궁수를 배치시켰으니 쉽게 건너지는 못할 것이오."

신각이 말고삐를 쥐면서 김명원을 보았다.

"제가 강변을 둘러보고 오겠소."

"고니시군이 이미 서쪽에서 강을 건넜으니 우리 뒤쪽을 칠 수도 있어."

"이곳까지 와서 협공할 리는 없소."

이제는 거칠게 말을 뱉은 신각이 말에 올랐다.

5월 2일, 미시(오후 2시)쯤 되었다.


강가로 나온 신각이 궁수부대를 둘러보고 있을 때 종사관 심우정이 말을 달려 다가왔다.

"영감, 도원수가 도망갈 궁리를 하고 있소."

말에서 내린 심우정이 말했다.

"무슨 말인가?"

이맛살을 찌푸린 신각이 목소리를 낮췄다.

"도망갈 궁리라니?"

"데리고 온 훈련원 장교한테 들었소. 말에 안장을 놓고 기다리라고 했다는 겁니다."

"그것이 왜?"

"심복 도순찰사 한응인하고 둘이 함께 도망칠 예정이라고 합니다."

"싸우지도 않고?"

마침내 신각이 어깨를 부풀렸다.

"1만 군사를 신립처럼 사지에 몰아넣고 말인가?"

"앞에 왜군이 보이면 바로 도망칠 것입니다. 장교한테 들었소."

"역적."

신각이 잇새로 말하고는 흐린 눈으로 심우정을 보았다.

"이보게, 종사관."

"왜 그러시오?"

"나는 도원수 놈이 도망가더라도 이곳에서 군사들과 함께 싸우겠네."

"영감, 도망가서 산 놈이 싸우다가 죽은 자를 모함하고 공신이 된다오. 지금 이 일이 그렇소."

심우정이 눈을 치켜뜨고 말했는데 목소리가 떨렸다.

"왜 억울하게 죽으려고 하시오?"

"내 이름에 부끄럽지 않으려고."

고개를 든 신각이 흐려진 눈으로 강 건너를 보았다.

"나는 무인(武人)이네. 내 자신에게 부끄럽지 않게 죽으면 되네."

166

"임금은 생각지 않으시오?"

"백성 버리고 도망간 임금 따위는 머릿속에서 지운 지 오래야."

그때 앞쪽에서 군사들의 외침이 울렸다.

"왜군이다!"


"주인, 이곳에 머무실 겁니까?"

문득 조병기가 물었기 때문에 이산이 고개를 들었다.

산채의 뒤쪽 바위 위에 선 이산이 산세를 둘러보는 중이다.

신시(오후 4시) 무렵.

이산은 한 손에 활을 쥐었고 등에 살통을 메었다. 허리에는 왜검을 찼고 다리에
는 각반을 동여매었다.

이산이 입을 열었다.

"야마시다는 내 손으로 꼭 죽인다."

"그놈은 지금쯤 한강에 닿아있을 것입니다."

"천천히 쫓아도 돼."

"그럼 어떻게 하시렵니까?"

"서동현의 양반 의병을 치겠다."

"옛!"

놀란 조병기가 입을 떡 벌렸다.

"양반 의병을 말씀이오?"

"그렇다."

이산이 지그시 조병기를 보았다.

"그놈들을 치기 전에 먼저 주변의 산적들을 모아야겠다."

"주인, 그래서 어쩔 작정이시오?"

"산적들을 의병으로 만들어 놓고 떠나는 것이지."

"대장 노릇은 안 하시려오?"

"야마시다를 찾아가야지."

이산이 어느덧 흐려진 눈으로 조병기를 보았다.

"나는 서둘지 않을 거다."


"쏘아라!"

신각이 소리치자 빗발 같은 화살이 날았다. 궁수는 모두 400여 명. 4개 대로 나뉘어서 각각 1백여 보 간격을 두고 배치되어 있다. 그래서 2리(800미터) 정도의 강변이 궁사들로 채워져 있다.

"맞았다!"

궁사들의 함성이 울렸다.

강폭이 이쪽은 1백여 보 정도여서 살이 닿는 것이다. 신각의 눈에도 10여 명의 왜군이 살에 맞아 쓰러지는 것이 보였다.

왜군은 지금 문짝이나 기둥을 엮어서 만든 뗏목으로 강을 건너려고 한다. 강가에 새까맣게 덮인 왜군은 부산하게 움직이고 있다. 왜군 장수의 외침도 선명하게 들린다.

무수한 깃발. 말을 탄 왜장이 이쪽을 가리키며 소리친다.

그때 신각이 활을 들어 왜장을 겨눴다가 쏘았다.

"쌔!"

살이 날아갔지만 왜장은 맞히지 못하고 그 옆 군사의 얼굴에 맞았다. 이곳저곳에서 함성이 일어났다. 그 순간이다.

"타타타타타타탕!"

요란한 조총 소리와 함께 신각 주위의 군사들이 우수수 쓰러졌다. 왜군들 사이

168

에 조총대가 숨어 있었다. 총소리에 놀란 신각이 소리쳤다.

"모두 몸을 숙여라!"

이쪽에서는 몸을 드러내놓고 쏘고 함성을 지르는 중이었다.

"타타타타타타탕!"

다시 일제 사격. 이제는 군사들 사이에서 신음이 터졌고 모두 강가의 풀숲에 몸을 숙였다.

"쏘아라!"

신각이 소리쳤다.

"놈들도 살에 맞는다! 쏘아라!"

조총이나 살은 사정거리가 비슷하다. 다만 살의 속도가 늦어서 눈에 보일 뿐이다.

그때다. 뒤에서 외침 소리가 났다.

"도원수가 도망친다!"

"이런."

깜짝 놀란 신각이 저도 모르게 갈대숲 사이에서 벌떡 일어섰다. 다시 외침이 울렸다.

"도원수가 장비를 다 팽개치고 근위대만 이끌고 도망친다!"

"이 역적 놈."

신각이 외쳤을 때 주위의 군사들이 일제히 일어나더니 몸을 돌려 도망치기 시작했다.

"타타타타타타탕!"

다시 조총의 일제 사격이 울렸을 때 강가의 조선군은 장비를 내던지고 도망치기 시작했다.

"이놈! 김명원!"

신각이 칼을 빼 들고 소리쳤다.

"타타타타타탕!"

조총의 발사음과 함께 왜군의 함성이 강을 울렸다. 왜군도 조선군이 일제히 도망치는 것을 본 것이다.


"저런."

쓴웃음을 지은 기노가 고개를 들고 하라다를 보았다.

"총소리를 듣고 도망가는 새떼 같다."

"이건 이일이나 신립보다 더 엉망인 지휘관입니다."

둘은 한강 북쪽의 산 중턱에 서 있었는데 조선군과 왜군의 움직임이 한눈에 내려다보인다.

왜군이 강을 건너려고 몰려들자 조선군 궁수대가 일제히 살을 날렸다. 그러자 왜군 조총대가 반격했다. 바야흐로 접전이 시작될 순간이다. 그때 강 건너 조선군 지휘부에서 돌발 사건이 일어났다.

중군(中軍)의 진막에서 일단의 기마군이 북쪽으로 달려간 것이다. 그 순간부터 조선군에서 대혼란이 일어났다. 중군의 조선군이 일제히 북쪽으로 도망치는 것이었다.

그것이 금세 강변에서 접전하던 조선군에게로 전파되었다. 지금은 조선군이 놀란 고기떼처럼 사방으로 흩어지는 중이다.

"장관이다."

흩어져 도망치는 조선군을 내려다보면서 기노가 말했다.

"그런데 저 꼴을 보니 우습기도 하고 슬프기도 하구나."

"조선이 썩었다지만 이 정도일지는 몰랐습니다."

"도망친 도원수 김명원이는 이일처럼 다시 임금 옆에 붙어서 호가호위하겠지."

"곧 망할 왕조니까요."

하라다가 말했을 때 왜군이 강을 건너기 시작했다. 건너편 조선군이 싹 없어진 터라 여유 있게 문짝을 엮은 뗏목을 타고 건너온다. 옷을 벗고 헤엄쳐 오는 군사들도 있다. 서둘지도 않고 웃음소리도 난다.

"가자."

기노가 발을 떼면서 말했다. 가또군은 병력 손실도 거의 없이 강을 건넌 것이다.

# 4 장
# 역 적 과 충 신

"누구냐?"

바위 뒤에서 나타난 사내가 소리쳐 물었다. 손에 환도를 쥐었다. 뒤쪽에도 또 한 사내가 있다.

그때 정복남이 나섰다.

"우린 소래산 옥동파다. 대장 옥동이 죽어서 한등산에 온 거다."

"뭐라고? 옥동이 죽어?"

사내가 소리쳐 묻더니 아래쪽을 굽어보았다.

사시(오전 10시) 무렵.

이곳은 '장군파'의 소굴인 한등산 중턱이다. 다시 사내가 묻는다.

"그런데 무슨 일로 온 거야?"

"우리 옥동파를 장군파가 받아들이라고 온 것이지."

정복남이 말을 이었다.

"우린 모두 6명이야."

"그것밖에 안 돼?"

"나머지는 산채에 있어."

"가만. 거기서 기다려."

그러더니 사내가 몸을 돌려 사라졌고 바위 위에는 하나만 남았다. 이쪽과의 거리는 50보 정도다.

한등산은 험산이다. 가파른 바위산이어서 산채로 동굴을 사용하고 있다.

그때 정복남이 고개를 돌려 이산을 보았다.

"두령, 괜찮을까요?"

은근히 겁이 났기 때문이다.

"저놈들은 40명이 넘습니다."

이쪽은 6명인 것이다. 제각기 무기는 쥐었지만, 범의 입 안으로 들어가는 기분이었을 것이다.

"산채 안으로 들어가면 돼."

이산이 주위를 둘러보며 말했다.

"너희들은 내 뒤에 붙어 있어."

그때 조병기가 말했다.

"두령님을 믿으라구."

잠시 후에 다시 나타난 사내가 소리쳐 말했다.

"올라와!"

한 사람만 겨우 바위틈에 발을 딛고 올라가는 통로다. 이산이 앞장을 섰고 뒤를 조병기, 정복남의 순으로 6명이 바위산을 올랐다.

이산이 다가가자 초병 하나가 앞장을 서면서 물었다.

"옥동이 어떻게 죽은 거야?"

"살에 맞아서."

"저런, 관군인가?"

"그런가 봐."

"언제 죽었나?"

"어제."

고개를 돌린 사내가 이산을 보았다.

"잘 생각한 거야. 우리 산채는 험한 데다 대장이 판관을 지낸 무반(武班)이다. 옥동 같은 놈 밑에 있는 것보다 낫다."

이산이 고개를 끄덕였다.

바위산은 험해서 빈 몸으로 오르기에도 힘겹다. 뒤를 따르는 조병기의 거친 숨소리가 들린다.


천연 바위 동굴 안이다.

폭이 20자(6미터) 가깝게 되었고 높이는 30자(9미터), 길이가 측량이 안 되는 깊은 동굴 안. 안은 들어갈수록 깊고 넓어져서 천혜의 요새다. 천장에서 고드름 같은 석영 덩어리가 번들거리고 있다.

이산 일행은 안쪽 벽에 기대앉은 '장군' 앞으로 안내되었다. '장군' 주위에는 세 사내가 둘러앉아 있었는데 부장(副將)급 같다.

이산이 다가갔을 때 부장 하나가 물었다.

"너희들이 옥동파라구?"

"그렇소."

이산의 시선이 '장군'에게 옮겨졌다.

30대쯤으로 건장한 체격. 턱수염이 짙었고 앉은키도 크다. 관복 차림에 옆에는 장검을 내려놓았다.

그때 시선을 받은 '장군'이 입을 열었다.

"그래, 너희들이 내 밑으로 오겠다는 말이냐?"

"조건이 있소."

이산이 한 발짝 다가서면서 말했다. 이제 '장군'과의 거리는 다섯 보.

그때 모두의 시선이 모였다. 이쪽은 동굴 안쪽의 넓은 부분으로 어느덧 20명 가

174

까운 부하들이 모여서 있다. '장군'의 얼굴에 쓴웃음이 번졌다.

"조건이 무엇인가?"

"우리하고 같이 의병으로 나갑시다."

"의병?"

'장군'의 눈빛이 강해졌다.

"우리하고 같이 의병을 나가자고?"

"왜적을 쳐서 먹고 삽시다."

"왜적을 쳐?"

"양반들의 의병도 쳐서 우리 휘하에 둡시다."

"양반 의병을?"

"그렇소."

"너, 누구냐?"

마침내 '장군'이 옆에 놓인 장검을 쥐고 일어섰다. 그러자 옆에 선 부장들도 따라 일어섰다. 동굴 안이 조용해졌고 둘러선 부하들도 몸을 굳혔다.

그때 이산이 '장군'의 시선을 맞받았다.

"내가 소래산의 옥동을 죽인 사람이다."

"뭐라고?"

"네가 판관 벼슬의 관리라고 들었다. 나하고 같이 부하들을 데리고 의병이 되겠느냐?"

"아니, 이놈이?"

그때 좌측의 부장 하나가 허리에 찬 장검의 손잡이를 쥐었다. 이산과의 거리는 두 발짝밖에 되지 않는다.

"네가 누구냐고 물었다."

'장군'이 이번에는 잇새로 말했다.

그때 이산이 한마디씩 대답했다.

"나는 이산. 종의 아들로 내 어머니를 죽인 왜군 장수를 쫓는 사람이다."

"네 이놈."

장군의 외침이 동굴을 울렸다.

"감히 뉘 앞이라고 나대느냐? 에이."

'장군'이 더 물을 것이 없다는 듯이 발을 굴렀다.

"이봐라, 저놈을……."

"잠깐!"

이산의 목소리도 동굴을 울렸다. 그때 막 오른쪽 어깨를 올리면서 장검을 뽑으려던 부장 하나가 움찔했다.

이산이 소리쳤다.

"칼을 뽑지 마라. 그랬다가는 '장군'까지 다 죽는다!"

"이 미친놈이."

'장군'이 이를 드러내고 웃었다.

"저놈을 베어라!"

그 순간이다.

이산이 껑충 뛰어오르면서 허공에서 허리에 찬 장검을 후려쳐 뽑았다.

"에잇!"

허공에서 날아간 왜검이 막 장검을 절반쯤 뽑았던 부장의 목을 쳤다. 목이 젖혀질 만큼 베인 부장이 소리도 지르지 못하고 쓰러지기 전이다.

"에잇!"

이쪽으로 덮쳐오는 이산을 향해 '장군'이 장검을 빼 들고는 내려쳤다. 육중한 검세다. 그러나 이산은 어깨만 비틀고 '장군'의 칼을 피했다.

다음 순간 땅바닥에 발을 딛은 이산이 칼을 휘둘러 '장군'의 머리를 쳤다.

"악!"

'장군'의 입에서 비명이 터졌다. 머리통이 수박처럼 절반으로 갈라진 것이다.

이산이 몸을 돌려 벽을 등지고 섰다. 그제야 뒤쪽의 '장군'이 땅바닥으로 쓰러졌다.

그때 살아남은 부장 둘과 부하들이 웅성거렸다.

"들어라!"

이산이 버럭 소리치자 부하들의 웅성거림이 멈췄다.

"너희들의 '장군' 놈은 이미 머리통이 조각이 나서 죽었다!"

이제는 모두 숨을 죽였다.

"모두 내 수하가 되겠느냐? 말해라!"

아직 대답하는 부하들은 없다.

"대답하지 못하겠느냐!"

다시 버럭 소리친 이산이 장검을 고쳐 쥐었을 때다. 부장 하나가 허리에 찬 장검을 뽑았기 때문에 이산이 빙그레 웃었다.

"장하다."

"따라 죽겠다."

부장이 두 손으로 장검을 고쳐 쥐며 말했다. 두 눈이 번들거리고 있다.

"그래야지."

고개를 끄덕인 이산이 한 걸음 다가섰을 때다. 거리가 두 걸음 간격으로 좁혀졌고 이끌리듯이 부장이 치켜올린 장검을 내려쳤다.

"챙강!"

이산이 장검으로 부장의 칼날을 받자 날카로운 쇳소리가 동굴을 울렸다. 다음 순간 부장이 몸을 비틀면서 발길로 이산의 다리를 찼다. 실전을 겪은 능숙한 몸놀림이다.

그 순간 이산이 부장의 발목을 잡으면서 옆으로 몸을 틀었다. 그러자 부장의 몸이 홀떡 뒤집혔고 내려친 이산의 칼날이 허리를 베었다.

"으악!"

부장의 비명이 동굴을 울렸다.

그때 몸을 돌린 이산이 다시 부하들을 둘러보았다. 눈이 번들거렸고 입은 굳게 닫혀있다.

"없느냐?"

입을 연 이산이 소리쳤을 때다.

"없소."

부하들 사이에서 하나가 소리쳤다.

"대장이 되어주시오."

"우리는 누가 대장이 되어도 좋소."

다른 사내가 말했고 또 하나가 말을 받는다.

"그럽시다. 의병이 되겠습니다."


"저는 서 판관 휘하의 장교였소."

죽은 '장군'의 부장(副將)이었던 오막수가 말했다. 오막수는 저항하지 않고 살아남은 유일한 '장군'의 측근이다.

오막수가 말을 이었다.

"장군은 성주 판관 서주만이오. 이번에 왜란이 일어나자 휘하 군사와 함께 이일의 휘하에 들었다가 도망쳐 나와서 이곳에 자리를 잡았던 것입니다."

"그렇군."

이산이 고개를 끄덕였다.

"그래서 의병이 되자고 했더니 망설였구나."

"본래 장교 7명이 따라왔다가 넷이 빠져나가고 셋이 남았던 것입니다."

동굴 안은 다시 평온을 찾았다.

시신 셋을 치우고 피까지 닦아낸 다음 산적들이 모두 이산에게 상견례까지 올린 후다. 이곳 산채가 더 험한 데다 규모가 컸기 때문에 정복남이 소래산으로 돌아갔다. 남아있는 동료들을 데려오려고 간 것이다.

오막수가 말을 이었다.

"서 판관은 산적 노릇을 하면서 왜란이 끝나기를 기다릴 작정이었소. 식구가 성주 근처에 살고 있는데 곧 사람을 시켜서 산채로 데려온다고 했습니다."

이산의 얼굴에 쓴웃음이 번졌다.

"너는 어떠냐?"

"의병이 되지요."

오막수가 금방 대답했다.

"관군이 되기는 싫소."

이산이 시선을 들었다가 내렸다. 이유를 물을 필요는 없다.


"전하, 도원수 김명원이 왔소이다."

승지 이성규가 말하자 선조가 고개를 들었다.

해주 감영의 객사 안, 선조가 한숨 돌리고 있던 참이다.

유시(오후 6시) 무렵.

잠시 후에 먼지투성이의 갑옷을 입은 김명원이 다가왔다.

"전하."

김명원이 눈물범벅이 된 얼굴로 선조를 보았다.

"신(臣) 김명원이 왜적을 맞아 죽기를 무릅쓰고 분전했지만 중과부적이었습니다."

이미 전령을 통해 패퇴한 사실을 아는 터라 선조는 외면한 채 대꾸하지 않았다.

김명원이 울음 섞인 목소리로 말을 잇는다.

"더구나 부원수 신각이 왜군을 보자마자 도주하는 바람에 군사가 대거 이탈했습니다. 그 바람에……."

"무엇이?"

선조가 고개를 들었고 둘러선 대신들이 웅성거렸다. 선조의 시선이 김명원의 무릎에 닿았다. 피투성이가 되어있다. 오다가 말에서 떨어지는 바람에 무릎이 까진 것이다. 그것을 일부러 옷을 찢어서 드러내었다.

선조의 눈빛이 부드러워졌다.

"신각이 먼저 도망쳤다구?"

"예, 사수하라는 명령을 듣지 않고 도망치는 바람에 그것을 본 군사들이 흩어졌습니다."

"이놈, 신각."

어깨를 부풀렸다가 내린 선조가 김명원을 보았다.

"그대는 남은 군사를 모아 내 곁을 지켜라. 내가 그 공을 잊지 않겠다."

"목숨을 바치겠습니다."

김명원이 울먹이며 고개를 숙였다.

그때 우의정 유홍이 선조에게 말했다.

"신각이 지금 양주 근처에 있다고 하니 선전관을 보내 참해야 합니다."

"그런가?"

선조의 두 눈이 번들거렸다.

"그렇다면 선전관을 보내 참하라."


그때 신각은 임진강에서 살아남아 양주로 옮겨가 있었다. 마침 함경남도 병사 이혼이 군사 5백여 명을 끌고 와 있었기 때문에 신각과 합류했다.

"이보게, 부원수."

이혼이 신각에게 말했다.

"오면서 임진강에서 흩어진 군사들을 만났는데 모두 도원수 김명원을 죽일 놈이라고 욕하더군. 지금 김명원은 어디 있는가?"

"임금께 달려갔겠지."

"그놈이 제일 먼저 도망질을 하는 바람에 전군(全軍)이 흩어졌다고 군사들 사이에 소문이 다 났어."

"역적이야."

신각이 흐려진 눈으로 이혼을 보았다.

"내 군사들이 원통하게 죽었어."

그때 군사 하나가 달려와 보고했다.

"장군, 왜군들이 앞쪽 마을을 뒤지고 있습니다. 3백 명 가깝게 됩니다."

신각과 이혼이 동시에 일어섰다.

신각이 먼저 이혼에게 말했다.

"왜적부터 쳐부수고 나서 이야기 하세."


도탄골의 산적 무리는 20여 명.

상주 싸움에서 살아남은 장교 둘이 주동이 되어서 무리를 모은 것으로 포악하기로 소문이 났다. 장교 둘이 닥치는 대로 살상을 하고 부녀자들을 납치했기 때문이다.

술시(오후 8시) 무렵.

도탄골의 소굴은 떠들썩했다. 방금 상주 근처까지 '원정'을 나갔던 부두목 일명의 무리 8명이 여자 둘에다 쌀 2자루, 패물 한 주머니를 약탈해왔기 때문이다. 양반 가족이 숨어 있는 산속 민가를 찾아서 남자와 어린애까지 다 죽이고 젊은 여자 둘만 끌고 온 것이다.

"자, 술독을 꺼내 와라!"

두목 석필이 호기 있게 소리쳤다.

석필과 일명은 장교 짓을 하다가 산적의 두목, 부두목이 되었다.

"오늘은 잔치다."

"돼지고기 남은 것도 다 갖고 와!"

일명이 소리쳤다. 여자 둘 중 반반한 양반 처자는 석필에게 바치고 일명은 여종을 차지했다. 산채에는 이미 여자가 넷이나 있었으니, 모두 납치해 온 처자들이다.

마당에 모닥불이 타올랐고 산채는 금방 떠들썩해졌다.

석필과 일명이 이곳에 터를 잡은 지 엿새밖에 되지 않았다. 인근의 산적 무리도 길어야 열흘이다. 왜군이 조선 땅에 발을 디딘 지 20일. 이제 조선 땅은 왜군과 산적 떼가 백성들을 쫓고 있다.

"오늘 같은 날만 있으면 좋겠어."

여종을 끼고 앉은 일명이 술잔을 들면서 웃었다.

"골짜기로 들어갔다가 글쎄 개울가에서 빨래를 한 흔적을 찾아낸 거야."

"왜군은 그런 거 못 찾지."

석필이 이를 드러내며 웃었다.

"그래, 다 죽였냐?"

"일곱 명, 아니 아이까지 여덟인가?"

고개를 돌린 일명이 석필의 옆에 앉아있는 여자를 보았다.

여자는 아직도 넋이 나간 얼굴로 눈이 흐리다. 입도 반쯤 벌린 채 숨만 쉬고 있지만 미색이다. 여자가 낮게 신음했다. 일곱 살짜리 아들이 눈앞에서 일명에게 살해당한 것이다.

눈치를 챈 석필이 여자의 허리를 당겨 안았다.

"자, 내가 아이를 다시 만들어주지."

그 순간이다.

석필의 옆에 앉아있던 일명의 머리가 훌떡 뒤로 젖혀졌다.

"앗!"

고개를 돌렸던 석필이 외침을 뱉었다.

일명의 목에 화살이 박혀있었기 때문이다. 화살은 목을 뚫고 살촉이 뒤로 빠져나왔다.

놀란 석필이 벌떡 일어났을 때다. 다시 날아온 화살이 석필의 눈에 박혔다.

"아악!"

화살 끝을 움켜쥔 석필이 털썩 주저앉았다.

그때는 주위에 있던 산적들이 이리 뛰고 저리 뛰었다.

"으악!"

산적 하나가 뒤통수에 화살을 맞고 처절한 비명을 질렀다.

모닥불이 환하게 밝혀진 마당이다. 주위는 짙은 어둠에 덮인 깊은 골짜기 안.

"으아악!"

다시 비명이 이어진다.


"명궁이시오."

옆에 선 오막수가 탄성을 뱉었다.

그때 다시 산적 하나가 가슴에 살을 맞고 엎어졌다. 비명이 울렸다.

이곳은 산채가 내려다보이는 옆쪽 산 중턱. 거리는 1백 보 정도였는데 백발백중이다

이산이 시위에 살을 먹이면서 말했다.

"저놈들은 의병이 될 수도 없는 놈들이다. 다 죽인다."

다시 화살이 날아가 머리를 숨기고 등만 나와 있는 산적의 등판에 꽂혔다.


잠시 후에 이산을 중심으로 10여 명의 수하가 산채로 내려갔을 때 살아남은 산적은 7, 8명이다. 13명이 살에 맞아 죽은 것이다. 도망치다가 3명이 칼에 맞아 죽었기 때문에 마당에 꿇어앉은 산적은 5명이 되었다.

이산이 산채를 둘러보면서 말했다.

"잡혀 온 부녀자들은 모두 돌려보내라."

이산의 시선이 산적들에게 옮겨졌다.

"이놈들은 산적질에 재미를 붙인 놈들이다. 죽여라."

그때 산적 하나가 소리쳤다.

"아니오! 살려주시오!"

사내의 말이 더 이어지지 않았다. 오막수가 철퇴로 머리를 부쉈기 때문이다.


산채가 불에 탄다.

산적들의 시체를 집 안에 던져 넣고 화장을 시키고 있다.

산채를 뒤져 귀중품을 빼낸 후에 끌려온 여자들에게 금붙이 한 주먹씩을 나눠주고 돌려보냈다.

이산이 무리를 이끌고 도탄골 산채를 떠났다.


"소래산의 옥동이 죽었다네."

산비탈의 동굴에 누워있던 돌이가 옆쪽에서 울리는 목소리를 듣는다.

깊은 밤.

이곳은 피란민들이 모인 동굴 안이다. 마을에서 10리(4킬로)쯤 떨어진 이름도 없는 바위산. 드문드문 동굴이 있어서 왜군과 산적을 피한 피란민들이 숨어 살고 있다. 돌이도 피란민 사이에 끼어있는 것이다.

둘러앉은 사내 하나가 말을 받았다.

"고달산 옆 소래산 말인가?"

"그렇지. 그곳의 텁석부리 대장 말이야."

"그놈 흉악하더니 잘 죽었구만. 왜군한테 잡혔나?"

"아니, 젊은 장사가 활로 쏘아 죽이고는 산채를 장악했다네."

그때 돌이가 벌떡 일어나 앉았다. 두 눈을 치켜뜨고 있다.

미륵산 중턱에 있는 용천파의 산채는 나무껍질로 지붕을 올린 '돌집'이다. 벽을 돌로 쌓았기 때문이다.

진시(오전 8시) 무렵.

용천파 두목 김용천이 아침상을 물리고 나서 밖으로 나왔다. 맑은 날이다.

김용천은 33세. 충청도 공산현의 박 부사 댁 종이었다가 산적이 되었다. 6척 장신에 힘이 장사였고 머리도 좋은 데다 포용력이 있어서 수하가 20여 명이다. 용천파는 양반집만 털었고 일반 백성은 건드리지 않기 때문에 평판도 좋다. 살육이나 납치도 거의 하지 않았다.

"대장, 장군파는 '대장파'에 합류했고 도탄골의 무리는 몰살당했다고 합니다."

다가선 부두목 윤한이 말했다.

"이제 남은 건 우리하고 옆쪽 조서방파입니다."

"그자가 무술이 뛰어나다지?"

김용천이 묻자 윤한이 고개를 끄덕였다.

"예, 장군파는 대장 이하 부장들을 단칼에 베어 죽였다니까요."

김용천이 고개를 들고 주위를 둘러보았다.

"그자의 목적이 뭐야?"

불쑥 김용천이 묻자 윤한이 눈을 껌뻑이다 말했다.

"산적들을 다 소탕하는 것 아닙니까?"

"도탄골은 악명이 높았어, 그렇지?"

"그렇지요. 당해도 싼 놈들이었소."

"장군파는 대장과 심복들만 죽이고 다 수하로 삼았다지?"

"옥동파도 그렇습니다. 집사였던 정복남이가 측근이 되었다니까요."

그때 김용천이 고개를 들었다.

"네가 한등산에 가라."

"한등산에 말이오?"

"가서 그 대장을 만나."

숨을 참은 윤한을 향해 김용천이 말을 이었다.

"가서 우리가 합류하겠다고 해라."

"항복한다는 말이오?"

"무조건 휘하에 들겠다고 전해."

윤한의 시선을 받은 김용천이 버럭 소리쳤다.

"이놈아, 내가 양반 등쌀에 더 이상 못 살겠다고 뛰쳐나온 놈이다. 수하들을 다 넘기고 난 향도나 될 거다!"


오시(낮 12시) 무렵이 되었을 때 산 아래에서 번을 서던 초병이 땀을 뻘뻘 흘리면서 산채로 들어왔다. 뒤를 따라온 사내가 바로 돌이다.

"두령 어디 계셔?"

초병이 묻자 사내 하나가 안쪽을 가리켰다.

한등산의 본거지 안.

이제는 옥동파, 장군파가 합쳐 50여 명으로 늘어난 세력이 되었다.

초병과 함께 동굴로 들어선 돌이는 곧 안쪽에 앉아있는 이산을 보았다.

"도련님!"

소리친 돌이가 펑펑 울었기 때문에 이산이 이맛살을 찌푸렸다.

잠시 후에 주위를 물리친 둘이 마주 보고 앉았다.

한낮이었지만 동굴 안은 어두워서 사방에 기름 등을 켜 놓았다. 밖은 후덥지근 했지만, 동굴 안은 서늘하다. 그때 돌이가 입을 열었다.

"다 죽었습니다."

이산은 예상한 것처럼 시선만 주었고 돌이가 말을 이었다.

"왜군이 기습해왔지요. 이번에도 저만 살았습니다."

"……."

"왜군 2번대의 수색대라는 것만 알아냈습니다."

그때 돌이가 고개를 들고 이산을 보았다.

"도련님."

"……."

"대감 나리께서 가시기 전에 하신 말씀이 있습니다."

"……."

"언제 어떻게 될지 모르는 형편이라 도련님께 전해드릴 말씀을 저한테 하신 것 같습니다."

"나한테?"

이산이 갈라진 목소리로 묻자 돌이가 커다랗게 고개를 끄덕였다.

"예, 도련님의 내력이올시다."

"종의 아들이 무슨 내력이 있나?"

"도련님의 외조부께서는 종3품 무반인 경성 부사 김경업이시오. 꼭 외워두시오."

돌이가 번들거리는 눈으로 이산을 보았다.

"외조부께서는 병마절제사 유근수의 모함을 받고 반역자로 몰리게 되신 것이오. 그래서 유근수를 죽이려다가 호위무사 셋만 죽이고 여진으로 도망쳤다는 것이오."

"……."

"부친께서는 그 증거를 안다고 하셨소."

"……."

"지금 유근수는 종2품 도원수라고 합니다. 아마 나이 들어서 낙향했겠지요."

돌이가 다시 번들거리는 눈으로 이산을 보았다.

"도련님, 저는 이 말씀을 전해드리려고 도련님을 찾아다녔습니다. 이제 전해드렸으니 여한이 없습니다."

"고생했어."

마침내 이산이 가라앉은 목소리로 말했다. 이산이 길게 숨을 뱉었다.

"우선 여기서 할 일이 있다. 그리고 어머니의 한(恨)을 풀어야지."


미시(오후 2시) 무렵에 산채로 미륵산의 용천파 부두목 윤한이 찾아왔다.

이산 앞에 선 윤한이 두 손을 모으고 말했다.

"용천파는 장군께 복속하겠습니다. 우리 두령이 그렇게 말하라고 저를 보냈습니다."

이산은 시선만 주었고 윤한이 말을 이었다.

"받아주신다면 김용천과 함께 21명의 수하가 모두 이곳으로 오겠습니다."

"모두 사내들이냐?"

이산이 묻자 윤한이 고개를 끄덕였다.

"예, 대장님. 그저 보따리 하나씩만 메고 오면 됩니다."

"납치한 여자는 없고?"

"우리는 납치한 적 없습니다."

"오라고 해라."

마침내 이산이 말했다.

"환영한다고도 전해."

"예, 대장님."

윤한이 환해진 얼굴로 허리를 숙였다.


윤한이 떠났을 때 이산이 둘러앉은 간부들을 보았다.

오막수와 정복남, 그리고 조병기다.

"그러면 조서방파만 남았나?"

"조서방파는 20여 명으로 광대, 무당, 중들이 모인 천민들입니다."

정복남이 말을 이었다.

"조 서방은 무당으로 떠돌다가 근처의 천민들을 모아 산적 두목이 되었는데 주로 관가만 털었습니다. 백성들은 거의 건드리지 않습니다."

"그렇다면 정 두목, 그대가 조서방파에 가서 합류하라고 전해."

"예, 그러지요."

순순히 대답한 정복남이 고개를 들고 이산을 보았다.

"의병이 되자고 해야겠지요?"

"그래."

"그럼 서동현의 의병과는 다른 의병이겠지요?"

그때 이산의 시선이 뒤쪽에 서 있는 꺽쇠에게 머물렀다. 꺽쇠는 서동현에 의병이 되려고 갔다가 백정이라고 쫓겨난 것이다.

이산이 고개를 끄덕였다.

"그렇다."

그러고는 덧붙였다.

"서동현 의병 놈들도 봐서 죽이든지 흡수하든지 할 것이다."

모두 숨을 죽였고 입을 열지 않는다.


"대승이야."

이혼이 어깨를 부풀리며 말했다.

"왜적의 수급이 77개야."

"모두 이 병사의 공이야."

땅바닥에 놓인 왜군의 머리를 내려다보면서 신각이 말했다.

양주성 밖의 동하현은 이제 조선군이 장악했다. 이쪽으로 노략질을 나왔던 왜군 1개 부대를 기습, 이혼의 함경남도 병사와 신각의 부하들이 격멸한 것이다.

대승이다.

지금까지 왜군과 수십 번 대소(大小) 접전을 치렀지만 가장 큰 전과를 올린 것이다. 왜군 장수급의 수급만 해도 6개나 된다. 부상당해 도주한 왜군이 1백여 명이다.

이혼이 둘러선 군사들에게 소리쳤다.

"대승이다! 너희들에게 논공행상이 있을 것이다!"

"와앗!"

군사들의 함성이 울렸을 때다.

"선전관이 오고 있소!"


다가온 선전관은 정4품 조길용이다.

장교 셋과 함께 기마로 달려온 조길용이 마상에서 소리쳤다.

"어명이오!"

현의 관아 안.

마당이 순식간에 조용해졌고 조길용이 말에서 내리더니 어명이 적힌 교지를 펴고 읽는다.

"부원수 신각은 임진강 싸움에서 도원수 김명원의 명을 어기고 먼저 도주했다. 이로 인하여 아군이 패퇴하여 막대한 손실을 입혔다. 따라서 부원수 신각을 참형에 처한다."

읽기를 마친 선전관 조길용이 고개를 들었을 때다.

"저놈을 죽여라!"

둘러선 군사들 사이에서 벽력같은 외침이 울리더니 수십 명의 군사가 일제히 칼을 뽑고 창을 겨누고 달려들었다.

"죽여라!"

이제는 수십 명이 외쳤다.

"도망친 것은 김명원이다!"

"내가 두 눈으로 똑똑히 보았다!"

"부원수는 우리하고 끝까지 싸우다가 후퇴했다!"

"김명원, 한응인이 왜군의 총성만 듣고 도망친 것이다!"

"그놈들이 도망치는 바람에 조선군이 무너졌다!"

군사들의 칼끝, 창끝이 선전관, 장교들의 몸에 닿아서 쿡쿡 찌르고 있었지만 깊게 박히지는 않았다. 장교들은 물론 조길용도 새파랗게 질려서 입도 떼지 못한다. 눈도 흐려져서 넋이 다 나갔다.

"죽여라! 죽여라!"

군사들의 아우성이 마당을 가득 메웠다. 뒤늦게 소동을 들은 군사들이 더 몰려와서 마당은 수백 명의 외침으로 가득 찼다.

"임금도 죽여라!"

이제는 임금으로 분노가 옮겨졌다.

"저런 임금 놈은 필요 없다! 다 죽이고 새 세상을 만들자!"

그때 신각이 소리쳤다.

"그만 그쳐라!"

이혼도 따라서 소리친다.

"그쳐라! 그치고 내 말을 들어라!"

신각이 이제는 마루 위로 뛰어올라 소리쳤다.

"군사들이여! 그쳐라! 내 말을 들어라!"

그제야 소동이 조금씩 진정되더니 곧 주위가 조용해졌다.

그때 신각이 다시 마당으로 내려서자 주위가 갈라졌다. 마당 복판에 신각과 조길용이 마주 보고 섰다.

신각이 붉게 충혈된 눈으로 조길용을 보았다.

"선전관, 김명원이 가장 먼저 도망쳤다네."

그러고는 신각이 이제는 마당에 어지럽게 흩어진 왜군들의 수급을 눈으로 가리켰다.

"난 후퇴하고 나와서 왜군과 싸웠어."

그때 선전관 조길용이 말했다.

"부원수 영감, 나는 아무것도 모르고 그저 왕명만 받들고 왔소이다."

조길용의 얼굴에서 진땀이 배어 나왔다. 수염 끝을 떨면서 조길용이 말을 잇는다.

"도원수가 먼저 도망질을 했다는 건 여기 와서 처음 듣습니다."

그때 군사들이 와락 소리쳤다.

"역적 놈 말만 듣는 임금을 쳐 죽여야 한다!"

함성에 섞여 장교 하나가 악을 썼다.

"어찌 도망간 김명원 말만 듣고 왜적을 쳐서 공을 세운 부원수를 죽이려고 선전관을 보낸단 말이냐!"

"죽여라!"

다시 군사들이 아우성을 쳤다.

"임금을 죽여라!"

"입을 다물어라!"

신각이 버럭 소리쳤기 때문에 군사들이 입을 다물었다. 모두 신각을 따르는 것이다.

그때 신각이 다시 소리쳤다. 얼굴이 붉게 상기되어 있다.

"나는 조선군 부원수다. 왕명을 받고 죽을 테니 너희들은 갈 길을 가라!"

신각의 목소리가 현청 마당을 울렸다.

"선전관이 내 머리를 들고 가도록 놔두어라!"

"부원수 영감."

선전관 조길용이 신각의 옷자락을 잡았다. 눈이 번들거리고 있다.

"내가 왕명을 어기겠소. 영감께선 몸을 피하시오."

"이보게, 선전관 말을 듣게."

병사 이혼이 옆에서 거들었다.

"나리, 피하시오!"

장교 하나가 소리쳤다.

"나리, 억울하지도 않습니까?"

나이든 군사가 울면서 발을 굴렀다. 임진강에서부터 신각을 따라온 군사다.

그때 신각이 고개를 저었다.

"억울하지만 나는 왕의 신하다. 나는 왕명을 받고 죽겠다."

신각의 목소리가 마당을 울렸다.

"그래야 내가 내 자신에게 떳떳하다."

그러고는 주위의 군사들에게 다시 소리쳤다.

"그러니 너희들도 들어라!"

신각의 목소리가 쩌렁쩌렁 울렸다.

"너희들도 내 명(命)을 받으라! 내 머리를 가져가는 선전관을 놔두어라!"

신각이 그대로 땅바닥에 앉더니 옆에 선 이혼에게 말했다.

"이보게, 병사. 내 어머니가 90이시네. 부탁이니 내 어머니께 내가 명(明)에 사신으로 갔다고 전해주시게나."

이혼이 눈물만 흘렸고 신각이 말을 이었다.

"명에 간 아들을 기다리다가 가시는 것이 나을 것 같아서 그러네. 내가 죽었다면 금방 돌아가실 것 같아서 말이네."

"알겠네. 걱정 마시게."

마침내 이혼이 말했을 때 선전관 조길용이 고개를 저었다.

"영감, 나는 못 하겠소."

조길용이 붉어진 눈으로 신각을 보았다.

"이 썩은 조정의 선전관 노릇을 더 이상 하지 못하겠소. 영감은 이 한(恨)을 갚으셔야 하오."

"허, 이 사람."

신각이 앉은 채로 고개를 저었다.

"어서 베게. 지금은 왕명(王命)이 살아야 나라가 살고 백성이 사네."

그러고는 소리쳤다.

"어서!"

선전관이 데려온 도부수에 의해 신각의 머리가 떨어졌다.

수백의 군사들이 발을 구르며 울었고 관아는 통곡 소리로 덮였다. 도부수도 울었고 선전관도, 이혼도 통곡했다.

곧 이혼의 재촉을 받은 선전관이 피를 닦은 신각의 머리를 보자기에 싸고 임금이 도망가고 있는 북쪽으로 떠났다.


만 하루가 지난 후다.

양주현 관아로 선전관 일행이 들이닥쳤다.

"어명이오!"

붉은 띠를 맨 종3품 선전관이다. 관아 안에 있던 장교들이 시큰둥한 표정으로 선전관의 낯짝만 본다. 기분이 상한 선전관이 다시 소리쳤다.

"어명이라고 하지 않았느냐!"

"또 어명? 이제는 함경도병사 목을 가지러 왔느냐!"

안쪽에서 장교 하나가 버럭 소리쳤을 때다. 마루로 이혼이 나왔다.

"난 함경도병사 이혼이오. 무슨 일이오?"

"어명을 받으시오."

"내가?"

그러자 선전관이 마당에서 이맛살을 찌푸렸다.

"부원수 신각은 어명을 받으시오!"

"도대체 무슨 일이야!"

이제는 이혼도 맞받아 소리쳤다.

"죽은 신각이 어떻게 어명을 받아!"

"엣!"

놀란 선전관이 말에서 내렸다. 두 눈이 둥그렇게 되었다.

"아니, 그렇다면."

"어제 선전관이 머리를 베어가지 않았는가! 이번에는 몸통을 베어서 오라더냐!"

"아이구!"

선전관이 신음을 뱉었을 때는 마당을 군사들이 가득 둘러쌌다.

그때 선전관이 눈을 치켜뜨고 물었다.

"선전관이 다녀갔소?"

"어제 부원수 머리를 갖고 갔어!"

"아이구, 빨리도 다녀갔구나."

"무슨 일이야!"

"양주에서 왜군을 격파했다는 전령을 받고 주상께서 부원수 신각의 죄를 사해주셨소."

선전관의 목소리가 마당을 울렸다.

"내가 늦었구려."

어깨를 늘어뜨린 선전관이 둘러선 군사들을 보았다.

"내려오면서 선전관과 마주치지 않아서 행여나 했더니……."

"……."

"길이 어긋났나 보오."

이혼이 고개를 돌리더니 가래를 긁어 요란하게 땅바닥에 뱉었다. 말은 하지 않았다.


미륵산의 김용천이 수하를 이끌고 한등산에 왔을 때는 미시(오후 2시) 무렵이다.

모두 21명. 한 명도 빠지지 않고 합류한 것이다.

이산이 정색하고 용천파를 반겼다.

"잘 왔어."

"의병이 되겠소."

절을 한 김용천이 이산을 보았다.

"장군을 뵙게 되어서 영광이오."

"난 장군이 아냐."

"말씀 들었습니다."

이산이 둘러앉은 간부들을 김용천에게 소개했다. 이제 산적 무리는 80명이 넘는 세력이 되었다. 그때 오막수가 말했다.

"조서방파만 남았습니다."


조병기가 다가와 말했다.

"주인, 이 무리가 의병이 되어도 전력(戰力)이 되기는 어렵습니다."

동굴 안에는 둘이 남아있다. 조병기가 말을 이었다.

"제가 보니 무기를 들어본 적도 없는 자들이 대부분이오. 그저 소리나 지르다가 세가 불리하면 도망질을 칠 겁니다."

이산이 고개만 끄덕였고 조병기가 목소리를 낮췄다.

"그리고 첫째, 의병이 될 의욕이 없소. 조선 왕조에 대한 충성심이 없다는 말씀입니다."

"내가 그렇다."

쓴웃음을 지은 이산이 말을 이었다.

"내가 의병이 되려는 게 아니야. 이 무리를 모두 의병으로 만들고, 난 떠날 터이다."

그러더니 고개까지 저었다.

"조선 왕을 위해서 의병을 만드는 것이 아냐. 불쌍한 백성들을 위해서 산적을 의병으로 만드는 거야."

"알겠습니다, 주인."

조병기가 고개를 끄덕였다.

"틈틈이 왜말 공부를 하시지요."


저녁 무렵이 되었을 때 정복남이 사내 하나를 데리고 산채로 돌아왔다.

사내는 조서방파의 두목 조대길이다.

"장군을 처음 뵙습니다."

이산을 보자마자 조대길이 넙죽 엎드려 절을 했다.

40대쯤의 조대길은 검은 얼굴에 눈이 번들거렸다. 주위에는 김용천까지 포함한 간부들이 둘러서 있다.

고개를 든 조대길이 말했다.

"저희는 식구가 여럿 딸려 있어서 데리고 오기가 불편합니다. 여자와 아이들은 놔두고 와도 되겠습니까?"

"그러도록 하지."

이산이 선선히 대답했다.

"식구들이 먹을 양식은 대주도록 할 테니까."

"예, 장군. 그러면 오늘 밤이라도 출발시키겠습니다."

"내일 와도 돼."

"예, 장군."

"모두 몇 명이냐?"

"의병이 될 장정이 22명이오."

"네가 그 22명의 소두목이 되어라."

"예, 장군."

고개를 든 조대길이 똑바로 이산을 보았다.

"장군은 영웅의 상(相)이시오."

"나는 관상을 안 믿어."

"틀림없습니다."

"글쎄, 안 믿는다니까."

그러자 동굴 안에서 웃음소리가 일어났다.

그때 오막수가 나섰다.

"그럼, 조 두목한테 술과 밥을 먹이고 돌려보내겠습니다."


한양 도성은 왜군이 점령한 후에 금세 평온을 찾았다.

왜군은 백성들에게 통행증을 발급했고 가게도 문을 열었다. 왜군들을 상대로 물건을 팔았는데 거래는 조선식으로 빼앗은 엽전을 내밀거나 물물교환을 했다. 왜군 지휘부에서 엄격히 규율을 잡았기 때문이다.

대신 향도들이 위세를 부렸다.

임금이 도망을 치는 바람에 궁궐과 관청에 불을 지른 백성들이다. 소문과 달리 왜군이 코를 떼거나 만행을 부리지 않자 백성들의 호감도가 높아졌다.


경복궁 근처의 민가 안.

기노가 가또를 만나고 있다.

신시(오후 4시) 무렵.

가또에게 절을 한 기노가 고개를 들었다.

"조선 왕이 분조(分朝)를 했습니다."

"조정을 나눴단 말인가?"

가또가 눈을 가늘게 뜨고 물었다.

"아니면 왕위를 물려주었단 것이냐?"

"둘로 나눴습니다."

"왕이 둘이란 말인가?"

"세자 광해군에게 조정을 맡기고 왕은 명(明)으로 도망가려는 것 같습니다."

"그렇군."

쓴웃음을 지은 가또가 고개를 끄덕였다.

"급하게 세자를 광해로 정한 것은 그 때문이군."

"지금 광해가 내륙으로 향하고 있습니다."

"광해를 잡아야겠군."

혼잣소리처럼 말한 가또가 기노를 보았다.

기노는 북상하는 선조의 옆까지 따라붙었다가 다시 보고하려고 이곳에 온 것이다.

그때 기노가 입을 열었다.

"인빈 김씨의 무수리한테서 들었는데, 조선 왕이 명에 입국시켜달라고 사신을 보냈다고 합니다."

"그건 들었다. 명 황제가 들어오라고 했다냐?"

"예, 주군."

"흥. 그런 놈이 왕이라니. 백성을 놔두고 저만 살겠다고 나라를 떠나는군."

"그런데 명 황제가 왕을 포함해서 1백 인만 들어오라고 했답니다."

"1백 인?"

"예, 주군."

"가만. 조선 왕의 처자식은 몇이냐?"

"부인 8명에 14남 11녀입니다."

"으음. 그럼 처자식만 몇 명인가?"

"33명입니다."

"처자식만 데리고 들어오라는 것이군."

"예, 주군."

"그래, 들어간다더냐?"

"숫자를 좀 늘려달라고 하는 것 같습니다."

"왕은 그것 때문에 정신이 없겠군."

"다급하면 처자식만 데리고 들어갈 것 같습니다."

"명(明)의 원군은 언제 올 것 같으냐?"

"요동총병이 5천쯤 군사를 모았다고 합니다. 그러나 언제 출발할지는 알 수 없습니다."

고개를 끄덕인 가또가 기노를 보았다.

"너한테 새 임무를 주겠다."

"예, 주군."

"인빈 김씨와의 관계는 그대로 긴밀하게 유지하되 광해를 찾아라."

"예, 주군."

"고니시 첩자들이 조선 왕 주변에 흩어져 있어. 그래서 나한테도 정보들이 쏟아져 들어온다."

가또가 말을 이었다.

"반대로 광해에 대한 정보는 빈약해. 고니시 측이 소홀하게 대응하기 때문이지."

가또의 얼굴에 웃음기가 떠올랐다.

"고니시의 성품이 그렇지. 그놈은 정치적이지 전략은 모른다."

"예, 주군."

금세 말뜻을 알아차린 기노가 고개를 숙였다.

"광해를 찾아 접근하겠습니다."


서동현의 의병대 본진은 고 승지의 본가를 사용하고 있다.

고 승지 고종영은 58세.

일찍 낙향하여 서원을 세우고 후학을 양성한 때문에 따르는 제자가 많다. 고종영은 장성한 아들이 셋 있었는데 타지에 나가 있던 두 아들이 왜란이 일어나자마자 귀향해서 의병에 합류했다.

의병의 숫자는 160여 명.

주축은 근처 양반 집안의 자제 10여 명이었고 상민이 50여 명, 그리고 양반댁 종들이 1백 명이다. 따라서 '양반 의병'이다.

사시(오전 10시) 무렵, 마을 밖 초소에서 근무하던 초병이 본진으로 달려왔다.

"나리, 한등산에서 전령이 왔습니다."

"뭐? 한등산?"

지휘관 중 하나인 셋째 아들 고석주가 물었다.

"거긴 도적의 소굴 아니냐?"

"예, 거기 두목 중 하나라고 합니다."

초병이 가쁜 숨을 몰아쉬며 말했다.

"의병에 가담하고 싶다면서 나리를 뵙자고 합니다."

"도적떼가 의병을 해?"

눈을 치켜떴던 고석주가 다시 물었다.

"혼자 왔느냐?"


잠시 후에 나타난 오막수가 고석주 앞에 섰다.

마당에는 이미 20여 명의 의병이 둘러서 있었는데 모두 오막수를 주목하고 있다.

"네가 한등산에서 왔다구?"

토방에 선 고석주가 오막수를 내려다보면서 물었다.

"그렇소."

오막수가 똑바로 고석주를 보았다.

"우리 대장께서 보내셨소."

"무슨 일이냐?"

"대장께서 의병과 합세하고 싶다고 하셨소."

그때 둘러선 의병들이 웅성거렸다. 손을 들어 조용히 시킨 고석주가 오막수를 내려다보았다.

"너희들은 산적이 아니냐?"

"그렇소. 산적이었소."

어깨를 편 오막수가 말을 이었다.

"그런데 4개 무리가 모두 합세했소. 우리 대장이 통합시킨 것이오."

"너희들 대장이라는 놈, 이름이 뭐냐?"

"이것 보시오."

오막수의 목소리가 높아졌다.

"이놈이 무슨 말이오? 우리 대장은 1백 명이 넘는 무리를 이끄는 대장이오!"

"허, 이놈 봐라."

고석주의 눈썹이 치켜 올라갔다.

"산적 주제에 말을 들어준 것만 해도 엎드려 고맙다고 해야 될 놈이 눈을 치켜 뜨고 소리를 쳐?"

"우리를 의병으로 받아줄 거요 말 거요?"

"이놈!"

마침내 고석주가 발을 구르며 소리쳤다.

"저놈을 묶어라!"

의병들이 우 몰려와 금방 오막수를 사방에서 붙들었다.

"이놈들! 안 놓을 거냐!"

오막수가 몸부림을 쳤지만 역부족이다.

그때 고석주가 말했다.

"저놈을 묶어서 광에 처넣어라! 주둥이도 틀어막고!"


"오막수가 잡혔습니다."

덕쇠가 헐떡이며 말했다. 덕쇠는 오막수와 함께 간 부하다. 오막수만 혼자 의병
진지로 들어갔고 덕쇠는 숨어서 기다렸던 것이다.

한 시진을 기다려도 오막수가 돌아오지 않았기 때문에 마을 근처에서 서성대
다가 의병들이 지껄이는 말을 듣고 잡혔다는 것을 알았다.

"잡혀서 광에 갇혔는데 곧 처형될 것이라고 들었습니다."

"무어?"

이산의 입술 끝이 비틀렸다.

고개를 든 이산이 주위에 둘러선 두목들을 보았다. 눈이 번들거리고 있다.


"저놈을 어떻게 하면 좋겠느냐?"

고종영이 묻자 고석주가 어깨를 부풀리며 말했다.

"제 입으로 산적 두목이라고 했으니 묶어두었다가 처형해야지요."

"아니, 그놈이 의병이 된다고 했다면서?"

"산적을 의병으로 받는단 말입니까?"

"1백 명이 넘는다면서?"

"그놈들을 받아들이면 우리는 산적 무리가 됩니다."

"그건 맞습니다."

듣고 있던 둘째 아들 고영주가 말했다.

"우리하고 비슷한 전력(戰力)이니 우리가 밀릴 수가 있습니다."

"왜군을 상대하는데 가릴 것이 있느냐?"

고종영이 묻자 고영주는 고개를 저었다.

"의병에 천민이 섞이면 혼탁해집니다. 천민은 천민끼리 활동하는 것이 낫습니다."

"맞습니다."

고석주가 맞장구를 쳤다.

"감히 산적이 우리하고 합류하다니요? 그놈들은 양민을 죽이고 부녀자를 겁탈했던 놈들입니다."

그때 첫째 아들 고일주가 말했다.

"그렇다고 합세를 제의하러 온 사자를 잡아 죽이는 건 안 된다. 돌려보내라."

"안 됩니다."

고석주가 고개를 저었다.

"놈이 우리 의병 내부를 다 보았습니다. 잡아두었다가 오늘 밤에 죽여 묻겠습니다."

"그놈들이 복수하지 않겠느냐?"

고일주가 물었을 때 고석주는 단호하게 말했다.

"산적이 연합했다지만 거짓말일 수도 있습니다. 만일 복수를 한다면 오히려 잘된 일입니다. 이 기회에 산적을 소탕하는 것이지요."

고일주와 고종영이 서로의 얼굴을 보았지만 입을 다물었다. 의병은 셋째인 고석주와 둘째 고영주가 지휘하고 있다. 둘이 성품이 급한 데다 젊었기 때문이다.


이전의 분조 안.

세자 광해가 앞에 앉은 유성룡을 보았다. 유성룡은 선조 옆에 있다가 광해에게 밀행해 온 것이다.

술시(오후 8시) 무렵.

이천 분조는 광해의 조정이다. 명으로 도망갈 예정인 선조가 조정을 광해에게 맡긴 것이다. 이래서 조정을 나눴다는 의미로 분조(分朝)라고 불렀지만 옹색하다.

이때 광해는 17세. 아직 어리지만 영민하고 용기도 있다. 그리고 선조가 왜란이 일어난 후에야 세자로 책봉하고 분조를 맡긴 이유도 안다.

"대감, 웬일이시오?"

"저하, 제가 밀행해왔습니다. 전하도 모르십니다."

유성룡이 말을 이었다.

"저는 오늘 밤에 다시 전하께로 돌아가야 합니다."

광해는 잠자코 시선만 준다.

"저하, 곧 전(前) 도원수 유근수가 집정 직책으로 저하 측근에 올 것입니다."

"유근수라면 낙향했던 이가 아니오?"

"그렇습니다."

"집정이라니?"

"정2품 직책으로 저하 측근에서 보필하는 역할입니다."

광해는 시선만 주었고 유성룡이 목소리를 낮췄다.

"그런데 저하, 유근수는 인빈 마마의 밀지를 따로 받았습니다."

"……."

"내궁 위사로 있는 별장의 보고를 받았습니다. 유근수가 인빈 마마를 은밀히 만난 후에 집정이 된 것입니다."

"……."

"저하, 유근수를 조심하십시오."

유성룡이 번들거리는 눈으로 광해를 보았다.

"저하께서 조선 왕조와 백성을 등에 짊어지고 계십니다."

유성룡이 길게 숨을 뱉었다.

"유근수 앞에서는 언행을 조심하십시오. 유근수는 인빈의 첩자나 다름없습니다. 인빈은 신성군이 죽은 후에 이제는 정원군을 왕위에 올리려고 공작을 하고 있습니다."

"......"

"그리고 전하께서도 그쪽으로 쏠리고 계십니다."

유성룡이 번들거리는 눈으로 광해를 보았다.

"난이 끝나면 전하께서 정원군으로 세자를 교체한다는 소문이 인빈 주변에서 흘러나오고 있습니다."

광해가 고개를 들고 벽에 걸린 양초 불을 보았다. 입이 굳게 닫혀있다.

유성룡이 광해의 옆모습을 향해 고개를 숙였다.

"저하, 유근수를 조심하시고 옥체를 보전하십시오. 저는 다시 떠나겠습니다."


"들어라!"

갑자기 외침이 울렸기 때문에 방에서 자던 고종영이 눈을 떴다. 다시 사내가 소리쳤다.

"의병 놈들은 들으라!"

굵은 사내의 목소리다. 자리를 차고 일어선 고종영이 벽에 걸린 환도를 집어 들었을 때다. 옆쪽 방문이 열리는 소리가 거칠게 나더니 곧 마루를 울리면서 달려갔다. 셋째 아들 고석주다.

"잡아간 우리 두목을 내놓아라!"

그때 방문 앞에서 첫째 아들 고일주가 말했다.

"아버님, 뒤채로 피하십시오."

고종영이 방문을 열고 밖으로 나왔다.

"어떤 놈이냐?"

"산적들이 온 것 같습니다."

고일주가 마루에 서서 대답했다.

그때는 이미 밖으로 고석주와 고영주가 뛰어나와 소리쳐 의병들을 부르는 소리가 떠들썩했다.


"다 나온 것 같습니다."

조서방파 두목 조대길이 이산에게 말했다.

조대길과 이산은 고종영 본가가 내려다보이는 뒷동산에 서 있었는데 이미 이쪽을 지키는 초병 둘을 제거한 후다.

그때 앞쪽에서 다시 외침이 울렸다. 산채에서 목청이 큰 부하가 지금 본가 정면에서 소리를 지르고 있다.

"이놈들! 너희들이 사람이냐! 의병이 되겠다는 사람을 잡다니!"

이산이 손에 쥐고 있던 활에 살을 먹였다.

이곳에서는 본채 건물이 손바닥처럼 내려다보인다. 거리는 150보 정도.

본가는 안채, 사랑채, 행랑채로 나뉘어 있고 각각 좌우에 부속채가 딸려 있다. 행랑채 앞에 대문, 사랑채 앞에 중문, 안채 앞에도 담장과 문이 붙어 있다.

이곳에서 안채가 가장 가깝다. 80보 정도.

그때 안채 마당으로 사내 하나가 들어왔다. 뒤에 사내 셋이 따르고 있다. 곳곳에 횃불을 든 사내들이 있었기 때문에 마당은 환하다.


고영주가 손에 칼을 쥐고 마루에 선 고종영에게 말했다.

"아버님, 앞에 산적들이 몰려와 있습니다. 대략 30인쯤 되는데 몰살하겠습니다."

"대문 앞이냐?"

고종영이 묻자 밖에 나갔다가 온 부하가 대답했다.

"대문 앞 1백 보쯤 거리에 놈들이 모여 있습니다."

본가에는 160명 가까운 의병이 모여 있는 것이다. 그때 고종영이 물었다.

"주변 확인도 했느냐?"

"지금 확인 중입니다."

"조심해야 된다. 30명이 아닐지도 모른다."

"걱정하지 마십시오."

고영주는 33세. 6척 장신에 건장한 체격이다. 문과에 급제하고 홍문관 학사로 있다가 낙향해있던 참이다. 어깨를 부풀린 고영주가 번들거리는 눈으로 고종영을 올려다보았다.

"이 기회에 산적 놈들을 몰사시켜버리겠습니다."

그 순간이다. 고영주가 입을 쩍 벌렸다.

"아앗!"

주위에서 외침이 울렸다. 화살이 고영주의 얼굴에 박혔기 때문이다. 콧잔등 위에 깊숙이 박혀버렸다.

"저런!"

고종영이 마루 위에서 발을 굴렀다. 그때다. 고영주가 뒤로 벌떡 넘어졌을 때 그 옆에 서 있던 사내가 가슴을 움켜쥐고 쓰러졌다. 화살이 가슴에 박힌 것이다.

"저런, 저런!"

마루 위에 서 있던 고종영이 소리쳤을 때다. 다시 사내 하나가 등에 화살이 박혀 쓰러졌다. 그때부터 사내들이 어지럽게 도망치기 시작했다. 돌멩이를 던지면 새들이 흩어지는 것 같다.

"와앗!"

이제는 대문 앞으로 다가온 산적들이 일제히 불화살을 쏘았다. 살 끝에 기름 뭉치를 매단 후에 불을 붙이고는 일제히 본채를 향해 쏜 것이다. 행랑채, 사랑채, 안채에까지 날아온 불화살이 이곳저곳에 박혔고 금세 불길이 일어났다.

"나가라!"

고영주가 살에 맞아 죽은 후에 의병대는 혼란에 빠졌다. 그때 의병 대장 격인 막내 고석주가 사랑채 마당에 있다가 안채로 뛰어 들어왔다. 고영주가 죽었다는 말을 듣고 온 것이다.

"형님!"

그때는 이미 7, 8명이 살을 맞고 쓰러진 후다. 마당에 쓰러진 고영주의 시신은 치우지도 못했다.

"아이구!"

그때까지 고종영은 마루에서 펄쩍펄쩍 뛰고만 있었는데 고석주를 보니 소리쳤다. 마당 구석에 피운 화톳불에 현장이 드러났다. 고석주를 본 고종영이 소리쳤다.

"저리 가거라! 뒷산에서 쏘는 것 같다!"

고종영은 집 안에 있었기 때문에 뒷산에서는 보이지 않는다. 그때 고석주가 고영주에게 달려들었다.

"형님!"


"저놈, 두목급입니다."

쓰러진 사내에게 달려든 사내를 보자 조대길이 말했다.

이제 대문 안으로 다가온 산적들의 함성이 밤하늘을 울리고 있다.

그때 시위를 만월처럼 당겼던 이산이 도로 늦추고 조대길을 보았다.

"저놈은 놔두자."

정문을 맡은 두목은 김용천과 정복남이다.

정면에 30명 정도가 배치되었지만, 어둠 속에 좌우로 20명씩 40명이 숨어있는 것이다. 그리고 뒤쪽 동산에는 이산이 조대길파 20명을 이끌고 있다.

"이놈들! 나오너라!"

목소리가 큰 꺽쇠가 버럭버럭 소리쳤지만 저택 대문은 열리지 않았다. 이제 수 없이 쏘아댄 불화살로 저택은 불길에 휩싸여 있다.

그때 김용천이 잇새로 말했다.

"이놈들이 겁이 난 모양이다. 이런 것들이 의병이라니."

"저런! 도망칩니다!"

조대길이 소리치면서 옆쪽을 가리켰다. 불길이 솟는 행랑채 옆쪽 담장을 사내들이 넘고 있다. 그것을 본 사내들이 담장으로 몰려들기 시작했다.

"의병은 끝났습니다."

조대길이 어깨를 늘어뜨리면서 말했다.

"왜군과 접전 한 번 못 하고 의병이 무너집니다."

이산이 사내들을 내려다보다가 고개를 들었다.

"도망치는 놈들은 죽이지 말라고 해라."

"예, 대장."

조대길이 옆에 선 부하에게 지시하자 부하가 어둠 속으로 사라졌다.

그때 이산이 말했다.

"전쟁은 화살 몇십 발로 끝났구나."

이산이 쏜 화살로 14명이 맞았다.

잠시 후에 대문이 열리더니 의병들이 쏟아져 나왔다.

그런데 앞쪽에 늘어서 있는 산적들을 공격하는 것이 아니다.

앞장선 의병이 창끝에 흰 천을 매달고 있다. 항복한다는 표시다.

그리고 의병의 중심에 부자 셋이 서 있다. 고종영과 고일주, 고석주 형제다.

그때 산적들이 의병을 둘러쌌다. 의병은 담장을 넘어 태반이 도망친 후라 나온 숫자는 40, 50명뿐이다. 의병을 둘러싼 산적은 그 두 배가 된다.

"협상합시다!"

의병 측에서 소리치자 이쪽에서 둘러쌌다.

산적의 두목인 김용천, 정복남, 윤한, 조대길 넷이 나란히 서서 의병을 맞는다.

이산과 조병기는 두목들을 앞세우고 뒤에 서 있다. 양측의 거리가 10보쯤 되었을 때 김용천이 소리쳐 물었다.

"무슨 협상인가? 먼저 우리 오 두목을 내놔라!"

"광에 가둬놓았는데 불에 타 죽었어!"

양반 차림의 사내가 말을 받았는데 바로 고석주다. 뒤쪽 저택은 아직도 화광이 충천하고 있다.

"우리도 30여 명이 죽었으니 싸움은 그만두기로 하세. 나도 형님을 잃었어."

고석주가 소리치듯 말했을 때다.

이산이 두목들을 헤치고 앞으로 나갔다. 활은 졸개에게 맡기고 지금은 허리에 장검만 찬 상태다. 이산이 고석주를 보았다.

"왜 두목을 가둬놓았는지 이유를 대라!"

이산이 소리치자 고석주는 헛기침부터 했다.

"반항을 해서 그랬네."

"같이 의병을 하자고 간 것이야. 그런데 잡아 가뒀다구?"

"따로 의병을 하자고 했더니 반항했어."

"내가 다 듣고 온 거야."

이산이 눈을 치켜떴다. 꺽쇠한테서 이쪽에 지원했다가 쫓겨났다는 말을 들었다.

"양반, 천민 의병이 제각기 따로 왜군을 상대한다는 것이냐?"

이산의 목소리가 어둠 속에서 울렸다.

"왜군도 양반 왜군이 있고 천민 왜군이 있단 말이냐?"

"이보게."

이번에는 고종영이 나섰다.

"자네 말이 맞네. 하지만 산적 출신이라고 해서 받아들이기가 힘들었네."

고종영의 두 눈이 흐려졌다.

"난 전(前) 승지 고종영일세. 이번 싸움에서 내 둘째 아들도 화살을 맞고 죽었네. 더 이상 아군끼리 싸우지 말도록 하세."

"이것으로 당신의 의병은 해산된 것이나 같소, 다 도망갔으니까."

이산이 똑바로 고종영을 보았다.

"이런 전력(戰力)으로 왜군을 상대할 수 있겠소?"

고종영이 외면했을 때 이산이 허리에 찬 칼을 쑥 빼 들었다.

"나는 내 휘하의 두목 목숨값으로 당신의 아들 하나로는 부족하오. 아들이 셋이라니 하나를 더 내놓으시오."

고종영이 입을 딱 벌렸고 뒤에 선 의병들이 주춤거렸다. 그러자 이산 뒤쪽의 두목들이 낮게 외치더니 졸개들이 '우' 의병들을 둘러쌌다. 제각기 창과 칼을 겨누었다.

그때 고종영 뒤에 서 있던 고일주가 나섰다.

"내가 장남이네. 내 목숨을 가져가게."

"셋째 아들이 누구냐?"

이산이 소리쳐 물었다. 고개를 든 이산이 고일주 뒤쪽을 보았다.

"셋째 아들이 주모자라고 듣고 왔다. 비겁하게 숨지 말고 나서라!"

그때 고석주가 앞으로 나섰다.

"나다."

그 순간이다. 이산이 와락 다가갔다. 10보 거리였지만 네 걸음에 뛴 이산이 칼을 후려쳤다. 모두 입만 딱 벌린 채 몸이 굳은 상황이다. 고석주도 다가온 이산을 보았다. 그러고는 무의식중에 손에 쥔 장검의 손잡이를 쥐었지만 늦었다.

"앗!"

외침은 둘러선 의병 사이에서 울렸지만 이미 끝났다. 그때 목이 껍질 하나만 남기고 베어진 고석주의 머리통이 뒤로 홀떡 젖혀졌다.

"으음!"

고종영의 입에서 낮은 신음이 터졌을 뿐 아무도 움직이지 않는다.

그때 칼을 내린 이산이 번들거리는 눈으로 고종영을 보았다.

"이것으로 청산하자. 당신들은 양반 의병으로 나가든지 말든지 해라. 우리는 산적 의병이 될 테니까."


한등산으로 돌아왔다.

그러나 '산적단'의 사기는 하늘을 찌르고 있다. 오막수가 잡혀 죽었지만 잘난 척하던 의병대를 격멸시킨 것이다. 의병대장 고 승지 아들 둘을 죽여 오막수의 원수를 갚았다.

다음 날 아침.

이산이 두목들을 모아놓고 말했다.

"이젠 너희들이 상의해서 의병이 되도록 해라."

예상한 두목들이 듣기만 했고 이산이 말을 이었다.

"나는 갈 곳이 있으니 너희들한테 맡기고 지금 떠나겠다."

"대장."

조대길이 이산을 보았다.

"어디로 가십니까?"

"왜군을 따라간다."

이산의 시선이 옆에 앉은 조병기와 돌이를 보았다.

"할 일이 있다."

"대장, 기다리겠습니다."

이번에는 김용천이 말했다.

"대장 말씀대로 백성들을 건드리지 않고 왜군이나 악질 양반을 털겠습니다."

고개를 끄덕인 이산이 자리에서 일어섰다. 이곳에 미련은 없다.


산적들의 배웅을 받으며 산을 내려온 이산이 뒤를 따라온 돌이에게 말했다.

"너도 돌아가."

"도련님."

다가선 돌이가 흐린 눈으로 이산을 보았다. 돌이도 이미 예상했다.

"부디 조심하십시오. 저는 고향 마을에서 소식 기다리고 있겠습니다."

"너도 몸조심하거라."

이산이 몸을 돌리면서 말했다.

"내가 연락할 것이다."


이제 둘이 북상한다.

이산과 조병기다. 등에 등짐 하나씩 지고 이산은 활과 살통까지 메었다. 먼 길을 가는 여행객 차림이라 둘 다 등짐이 옆으로 길쭉했는데 안에 장검이 들어있다.

이미 한양성은 왜군에게 점령되었고 임금 선조는 평양성에 머물고 있다.

"주인, 제가 이 길을 좀 압니다."

조병기가 앞쪽을 가리키며 말했다.

"제가 한양성을 여러 번 왕래했거든요. 30리쯤 가면 신풍현이 나옵니다. 거기서 한강이 1백 리 거리지요."

고개를 든 이산이 하늘을 보았다. 해는 중천에서 한 뼘쯤 기울어 있다. 신시(오후 4시)가 되어가는 중이다.

"신풍현도 이미 왜군이 점령했을 테니 향도가 지배하고 있겠군요."

향도 출신인 조병기는 점령지 관리를 잘 안다.

조병기가 말을 이었다. 다시 조병기는 왜말을 쓴다.

"주인, 오늘은 신풍현에서 묵고 가시지요."

이산이 고개를 끄덕였다.

우선 왜군을 쫓아가야 한다. 1번대 고니시군의 부장 야마시다가 목표다.


"저곳이 이천입니다."

하라다가 눈으로 아래쪽 마을을 가리키면서 말했다.

"중앙의 관가에 지금 세자 광해가 묵고 있습니다."

기노가 고개를 끄덕였다.

이천현은 내륙의 중심부로 아직 왜군의 발길이 닿지 않았다. 왜군의 선봉대인 1번대, 2번대, 3번대의 통로에 포함되지 않은 것이다.

관가 주위로 2백 호 정도의 가옥이 배치되어 있는데 도로에는 주민의 왕래가 빈번했다. 분조(分朝)가 설치된 곳이어서 세자를 수행해 온 관리, 군사들이 수백 명이다.

유시(오후 6시) 무렵.

마을 한쪽은 이미 그늘이 졌다. 기노가 자신의 옷차림을 훑어보고는 하라다에

216

게 말했다.

"어두워지면 들어가자."


세자의 거처는 이천 현감의 관저다.

관저 사랑채의 방 안에서 광해가 앞에 앉은 유근수를 보았다.

유근수는 65세. 5년 전에 은퇴했다가 이번에 왜란이 일어나자 임금에게 불려왔다. 유근수는 문반(文班)이지만 병마절제사, 도원수까지 지낸 무장(武將)으로 대부분을 보냈다.

"대감, 오시느라 고생했소."

"황공합니다."

무릎을 꿇고 앉은 유근수가 엎드리더니 이마를 방바닥에 붙였다가 떼었다. 유근수는 70 가까운 나이지만 어깨가 넓고 아직 혈색도 좋다.

유근수가 고개를 들고 광해를 보았다.

"저하, 제가 신명을 다해서 보필하겠습니다."

유근수는 조금 전에 이곳에 도착한 것이다.

"고맙소. 많이 의지가 됩니다."

고개를 끄덕인 광해가 유근수의 뒤에 앉아있는 경기 순찰사 최경훈을 보았다.

"순찰사가 대감의 거처를 안내해드리게."

"예, 저하."

고개를 숙인 최경훈이 말을 이었다.

"대감이 오셔서 든든하오."

유근수가 다시 절을 하더니 자리에서 일어섰다.


주막에는 손님이 들끓었다. 여행객이 반, 주민이 반이다.

이곳은 왜군이 지나갔지만 코를 떼지 않아서 모두 얼굴이 멀쩡하다. 구석에 자리 잡은 둘에게 주막 서방이 다가왔다.

"돼지고기도 있고 술도 있소. 돼지고기 한 근에다 술 한 병이 무명 10자요."

"어이구, 5배나 올랐구나."

깜짝 놀란 조병기가 서방을 보았다.

"아무리 난리가 났지만 이건 도적놈 심보지. 우리가 양반 부자로 보이는가?"

"싫으면 나가."

"은자 하나면 돼?"

"어디?"

서방이 보자는 듯 바짝 다가섰기 때문에 조병기가 허리에 두른 전대에서 은자 한 개를 꺼냈다. 은자를 본 서방이 고개를 끄덕였다.

"돼지고기 한 근 반을 주지."

서방이 몸을 돌렸을 때 옆쪽 평상에 앉아있던 사내 셋이 일제히 외면했다. 지금까지 이곳을 주시하고 있었던 것이다.

그때 이산이 왜말로 말했다.

"옆쪽 놈들이 우리를 보고 있어. 왜군 첩자인 것 같다."

"예, 아까부터 우리를 힐끔거리고 있었습니다."

목소리가 컸기 때문에 손님들의 시선이 모였다. 이쪽을 응시했던 사내 셋의 표정이 굳어졌다. 그것을 본 조병기가 사내들에게 물었다.

"너희들은 누군가? 향도인가?"

그때 사내 하나가 고개를 저었다.

"아닙니다."

이미 기가 죽은 표정이다. 나머지 둘은 제대로 시선을 마주치지도 못한다. 조병기가 턱을 치켜들고 다시 묻는다.

"그럼 누구냐?"

"우리는 향도 막석이의 보조원입니다."

"그렇군. 수고한다."

거만한 표정으로 고개를 끄덕인 조병기가 말을 이었다.

"우리는 3번대장을 찾아가는 전령이다."

"예, 고생 많으십니다."

"근데 이곳 물가가 비싸군."

"제가 서방 놈한테 말해서 잘 대접해드리라고 하겠습니다. 은자는 넣어두시지요."

"그러면 고맙고."

조병기가 전대에서 은자를 꺼내 사내에게 내밀었다.

"그럼 이건 네가 가져라."

"예, 전령님."

두 손으로 은자를 받은 사내가 허리를 꺾어 절을 하더니 서둘러 주방으로 다가갔다.


잠시 후에 이산과 조병기는 주막 안채의 방에서 상을 받아놓고 돼지고기에 술을 마시는 중이다. 주막 주모와 서방이 이곳으로 모신 것이다.

오늘 하룻밤을 여기서 묵고 내일 한강을 건널 작정이다. 이산이 왜말로 말했다.

"왜말을 배운 덕분에 호강하는구나."

"주인의 왜말이 늘었습니다."

"내 서툰 왜말을 듣고도 저놈들이 왜인인 줄 아는 걸 보니 우습다."

"이제 조선이 왜놈 세상이 되면 모두 왜말을 배워야 되겠지요."

"야마시다를 잡으려면 왜군 진영 안으로 들어가야 될 테니까."

그때 문밖에서 인기척이 나더니 사내의 목소리가 울렸다.

"안에 계십니까? 향도가 전령님께 문안 여쭈려고 왔습니다."

말을 멈춘 조병기와 이산이 서로의 얼굴을 보았다. 그리고는 조병기가 문을 열었다.

이미 문밖은 어둡다. 마당에는 사내 넷이 서 있었는데 앞에 나선 사내는 농민 복색이지만 허리에 칼을 찼다. 머리에는 수건을 동여매었고 다리에 왜군처럼 각반을 감았는데 30대쯤이다.

안을 들여다본 사내가 허리를 꺾어 절을 했다.

"신평현을 맡은 향도 홍막석입니다."

"오, 그래?"

조병기가 방에서 앉은 채로 대답했다.

"수고가 많소. 난 구로다 님 휘하의 전령이오."

"아, 그러십니까? 저는 1번대 고니시 님의 예비대 야마시다 님 소속입니다."

"오, 그렇군."

고개를 끄덕인 조병기가 힐끗 이산을 보았다.

그때 이산이 상반신을 기울여 향도를 보았다.

"내가 야마시다 님을 좀 알지. 지금 야마시다 님은 어디 계시오?"

"한양성에 계십니다. 후비대로 남아 한양성을 지키는 임무를 맡으셨지요."

"오, 그렇군."

그러자 조병기가 손짓으로 향도를 불렀다.

"들어오시오. 싸움 이야기나 들읍시다."

"예, 감사합니다."

기다리고 있었는지 향도가 부하한테서 바구니를 받아들더니 방으로 들어왔다. 바구니에는 술병과 삶은 돼지고기가 들어있다.

자리에 앉은 향도가 웃음 띤 얼굴로 둘에게 고개를 숙였다.

"뵙게 되어서 영광입니다."


"두 분은 본국(本國)에서 오셨습니까?"

술을 한 잔씩 돌리고 났을 때 홍막석이 넌지시 물었다. 홍막석은 신평현에서 고진사 댁 종으로 있다가 왜군을 찾아가 향도를 자원한 경우다.

"아니. 우리는 부산진 왜관에서 주군 구로다 님의 물품 관리를 맡고 있었네."

조병기가 그렇게 대답했다. 부산진 왜관에서 지낸 터라 조병기는 왜국 물정에 환하다.

"그러다 이번 전쟁에 주군의 연락관 역할이 된 것이지."

"아, 그러시군요."

"이곳은 1번대 지역이라 1번대 연락관이 된 자들도 내가 잘 알지. 부산 왜관에서 같이 일했으니까."

조병기가 말을 이었다.

"내가 이 길을 자주 오갔어. 왜관에서 직접 물품을 날라다 한양성에서 팔면 이윤이 두 배 남았지."

고개를 끄덕인 홍막석이 이산의 잔에 술을 채웠다.

"현청 안 현감 객사에 1번대 부장 야마시다 님의 별동대가 머물고 계십니다."

"야마시다?"

이산이 눈을 가늘게 뜨고 홍막석을 보았다. 조병기도 움직임을 멈췄다. 그때 홍막석이 말을 이었다.

"예. 조선인 검객을 찾고 있다는 것입니다. 조선인 검객과 1번대의 향도, 둘이라고 했습니다."

"그런가?"

이산이 쓴웃음을 지었다.

"그래서 우리를 의심했겠군."

"두 분이 왜말을 하시는 것을 듣고 의심을 풀었지요."

그때 조병기가 물었다.

"무슨 일로 그 둘을 찾는다던가?"

"그건 모릅니다만 별동대는 그 둘을 찾으려고 사방을 휘젓고 다닙니다."

"그 두 놈이 무슨 죄를 지었는지 모르지만 이렇게 대로(大路)를 다닐 리가 있나? 편하게 찾는군."

이산이 그렇게 마무리를 했다.


홍막석이 방을 나간 후에 조병기가 따라 나갔다가 돌아와서 말했다.

"저놈이 부하 10여 명을 데려왔군요."

쓴웃음을 지은 조병기가 말을 이었다.

"주인이 왜말을 배우지 않으셨다면 큰일이 날 뻔했습니다."

고개를 끄덕인 이산이 자리에서 일어섰다.

"나를 찾는 놈이 있다니 잘되었어."


세끼 곤자에몬은 현령 관아에 투숙하고 있었는데 야마시다의 명(命)을 받고 이산을 추적하는 중이었다.

세끼가 이끄는 조원은 7명, 첨병조원으로 모두 정예다.

자시(밤 12시) 무렵.

술을 좋아하는 세끼가 부하 오카다와 함께 마루에서 술을 마시고 있다. 마루 기둥에 기름 등을 매달아 놓아서 주변은 환하다.

"주군이 다시 중군(中軍)에 편입된 걸 보면 이제 슬슬 대주군(大主君)의 신임을 얻어가는 모양이다."

대주군은 1번대장 고니시를 말한다. 세끼는 고니시의 가신(家臣)인 야마시다의 가신(家臣)이기 때문이다. 그때 오카다가 말했다.

"대장, 그놈이 어디로 숨었는지 이제는 흔적도 보이지 않습니다. 우리도 이렇게 부대 뒤만 따라다닐 수는 없지 않겠습니까?"

오카다가 벌게진 얼굴로 말을 이었다.

"주군도 우리를 잊고 계실지도 모릅니다. 대장이 사꾸마 님께 넌지시 물어보시지요."

"네가 내일 사꾸마 님께 가봐라."

"그러지요."

"우리가 다시 첨병조로 뛰는 것이 주군의 전력에 도움이 될 거라고도 말씀드려."

"내일 일찍 떠나지요."

"전장(戰場)에서 목숨을 바치겠다고도 말씀드려."

오카다가 고개를 끄덕였다.

"우리가 허송세월만 했습니다. 딴 놈들은 조선군 코를 수십 개 떼었을 겁니다."


"저놈이 대장이군."

담장에 등을 붙이고 선 이산이 마루를 응시하며 말했다.

상석에 앉은 세끼는 조선옷 차림으로 머리에는 수건을 동여매었다. 어깨가 넓고 앉은키도 크다.

이곳은 현령 관아의 안채다.

이산과 조병기가 관아 안까지 잠입한 것이다. 관아 경비는 허술하다. 세끼와 부하늘은 안채에 투숙하고 있는데 경비도 담장 밖에 한 명이 서 있을 뿐이다. 마루 방과의 거리는 20보 정도. 이쪽은 어둠에 묻혀 보이지 않는다. 그때 조병기가 이산에게 말했다.

"주인, 얼굴은 익혔으니 돌아가시지요."

조병기가 말을 이었다.

"우리를 아직 찾지 못했는데 여기서 저놈을 베면 우리 흔적이 드러나게 될 것입니다."

"그렇지."

이산이 고개를 끄덕였다.

"놈들을 긴장시킬 필요가 없지."

담장에서 몸을 뗀 이산이 조병기를 보았다.

"이건 인내심이 필요한 일이다."

# 5 장
# 한양성 침입

같은 시간의 이천 분조(分朝).

현 관아에서 1리(400미터)쯤 떨어진 민가의 안방에 둘이 마주 보고 앉아있다. 하나는 나이든 노인이고 하나는 미소년이다. 바로 유근수와 기노다. 남장한 기노가 미소년으로 보인다.

벽에 붙은 기름 등 불꽃이 흔들려 둘의 그림자가 흔들렸다. 그때 기노가 입을 열었다.

"인빈의 말씀을 들으셨지요?"

"들었어."

유근수가 눈썹을 모으고 기노를 보았다.

"그대의 역할이 대단히 중요하다."

"제가 당분간 이곳에서 머물게 되었습니다."

기노가 말을 이었다.

"이곳에서 인빈과 가또 님께 연락하고 지시를 받을 것입니다."

유근수가 고개를 끄덕였다.

"인빈은 오직 정원군을 왕위에 올리는 것이 목표야. 그것을 가또 님께 말씀드리도록 해."

"가또 님도 알고 계십니다. 제가 인빈으로부터도 직접 들었으니까요."

기노의 얼굴에 웃음이 떠올랐다.

"조선 왕 나리는 제가 양측의 연락관 노릇을 하고 있는지 모르시겠지요?"

"전혀."

고개를 저은 유근수가 말을 이었다.

"주상께서는 인빈 마마의 말씀만 철석같이 믿고 계시지."

"무능한 왕이죠."

기노가 정색하고 유근수를 보았다.

"조선은 이것으로 망하는 것이 백성을 위해서라도 낫지 않겠습니까?"

"이순신의 수군이 대승했어."

불쑥 유근수가 말하고는 눈의 초점을 잡았다.

"그리고 의병이 조선을 살리고 있어."

"대감께서는 어떻게 생각하세요?"

"조선은 명(明)의 속국이야."

"그렇습니다."

"왕이 되려면 명(明) 황제의 승인을 받아야 하고, 조공을 바쳐온 속국이야. 일본과 형제국이 되면 대등한 관계가 되겠지. 차라리 그게 낫다는 생각이다."

"우리는 명(明)을 정벌하려고 조선에 온 겁니다, 대감. 조선 왕 따위는 꿈도 못 꿀 일이죠."

기노가 쓴웃음을 지었다.

"조선은 명(明)에 눌려서 생각도 작아져 있습니다."

그때 유근수가 고개를 끄덕였다.

"내가 인빈의 은밀한 지시를 받고 이곳에 왔지만 나는 본래부터 이 왕조(王朝)에 대한 애착이 없는 사람이야."

"압니다."

기노가 고개를 끄덕였다.

"대감께서 동북면 병마절도사로 계셨을 때 여진과 결탁하셨던 것도 압니다."

유근수의 얼굴에 웃음이 떠올랐다.

"나에게 기회가 온 것이지."

그러고는 유근수가 자리에서 일어섰다.


한강 나루터에는 강을 건너려는 군중 수백 명이 모여 있다.

사시(오전 10시) 무렵.

나룻배는 30명쯤 태울 수 있는 규모였는데 늘어선 사람은 1백 명도 넘는다. 나룻배 앞에는 사공이 서서 뱃삯을 받는데 옆에 칼을 찬 두 사내가 서 있다. 팔에 검정 천을 매고 있는 것은 향도라는 표시다.

이산과 조병기가 다가서자 사공보다 먼저 향도가 앞을 가로막았다.

"어딜 가는 거야?"

"한양성."

대답한 조병기가 왜말로 말했다.

"이 빌어먹을 놈아, 비켜."

그 순간 깜짝 놀란 향도가 한 걸음 비켜섰다. 왜말은 모르지만 왜말이 어떤 억양이라는 것은 안다.

"아, 왜인이십니까?"

"이 개 같은 놈."

여기까지 왜말을 한 후에 조병기가 조선말로 바꿨다.

"비켜라. 바쁘다."

"예, 나리."

향도가 허리를 굽혔고 사공도 비켜섰다. 그때 조병기가 이산에게 왜말로 말했다.

"가십시다, 주인."

"왜말이 통행증이구나."

왜말로 대답한 이산이 배에 오르면서 웃었다. 먼저 타고 있던 승객들이 우르르 비켜섰다.


나룻배에서 내린 둘이 한양성에서 20여 리 떨어진 남천리에 닿았을 때는 신시 (오후 4시) 무렵이다.

이제는 길목마다 왜군 초소가 있어서 산길로 피해 가느라고 이동 거리가 늘어 났다. 남천리는 한강 지류를 끼고 이루어진 마을로 전화(戰火)로 타지 않아서 온전 했다.

왜군의 통로에서 떨어졌기 때문인지 밭에 나와 있는 농부도 보였는데, 나이든 노인이다.

"주인, 이곳에서 점심이나 얻어먹지요."

아직도 땡볕이 내리쬐는 한낮이다. 땀범벅이 된 조병기가 앞장서 가더니 그중 행랑채까지 있는 기와집 대문을 두드렸다.

"주인장! 쌀 드릴 테니 요기 좀 합시다."

두어 번 문을 두드렸더니 신발 끄는 소리가 나면서 대문이 열렸다. 중늙은이 여 자다. 여자가 둘의 행색을 보고 나서 들어오라는 듯 비켜섰다.

"찬은 된장에 나물밖에 없소."

"그만하면 됐소."

조병기가 등짐에서 쌀이 든 자루를 꺼내면서 말했다.

"여긴 왜군의 향도도 오지 않았소?"

"남자는 피란 가고 남아있는 사람은 노인과 아이들뿐입니다."

바가지에다 쌀을 받은 여자가 돌아서며 말을 이었다.

"왜인이 코를 떼어간다고 하지만 할 수 없지요. 코만 내주고 살아야지요."

그때 토방에 앉아있던 이산이 안채 마루방을 지나가는 사내를 보았다.

날씬한 몸매에 머리는 수건을 동여매었는데 얼굴이 희다. 마루방까지는 10보쯤 거리였지만 힐끗 이쪽을 스쳐 가는 눈빛까지 선명했다.


"어디까지 가십니까?"

마루방에 상을 차려준 여자가 밥을 떠먹는 조병기에게 물었다. 조병기가 꼬박꼬박 말을 받아주었기 때문에 대화는 그쪽하고만 했다.

"한양성으로 가오."

"누구 찾아가십니까?"

"남대문 안 김 첨지라고 거간꾼에게 갑니다."

"행색을 보니 상민이시구려."

"부산포에서 무역상을 했소."

"옳지. 그래서 거간꾼 친지가 계시군요."

"아, 밥 좀 먹읍시다."

조병기가 짜증을 냈더니 여자가 부엌으로 서둘러 갔다가 소금에 절인 조기를 접시에 담아왔다. 귀한 찬이다.

"아이구, 고맙소."

놀란 조병기가 조기 그릇을 이산 앞으로 밀어놓으면서 치사했다. 그것을 눈여겨본 여자가 다시 묻는다.

"주인 모시고 가시오?"

"그렇소."

그때 고개를 든 이산이 여자를 보았다.

"안채 방에 있는 사람이 누구요?"

"안채라니요?"

되물은 여자의 얼굴이 굳어졌다.

"누가 있다고 그러시오?"

"우리를 피할 이유가 있소?"

"피하다니요?"

"상민 남자던데, 그 사람이 우리를 상대해야 할 것 같아서 하는 말이오."

"내가 밥을 차렸으니까 그렇지요."

그러자 의심이 일어난 조병기가 말했다.

"그 사람 좀 나와 보라고 하시오."

"안 돼요."

여자의 얼굴이 굳어졌다.

"밥 해주었더니 별소리를 다 하는구려. 어서 밥 먹고 가시오."

이곳 마루방에서 옆쪽 안채까지는 열 발짝 거리다. 다 들렸을 것이다. 그때 수저를 내려놓은 조병기가 이산에게 물었다.

"주인, 제가 데리고 나올까요?"

"아니, 놔둬라."

이산이 고개를 저었다.

"내가 얼핏 보았지만 남장을 한 여자다. 무슨 사연이 있겠지."

그때 하얗게 얼굴이 굳어진 여자에게 이산이 말했다.

"이곳으로도 곧 왜군이 올 테니까 오늘 안으로 떠나는 게 좋을 거요."


"저 좀 보세요."

뒤에서 부르는 목소리에 둘은 고개를 돌렸다. 늦은 점심을 시켜 먹고 인사까지 마친 둘이 대문 밖으로 나왔을 때다.

여자 목소리였지만 남자가 서 있다. 키가 커서 남자로 보였으나 남장녀. 머리에 수건을 둘렀고 상민 복색이다. 이산이 안채에서 본 여자다. 그때 다가온 여자가 이산을 보았다.

"부탁드릴 일이 있습니다."

"뭐요?"

"저를 한양성으로 데려가 주십시오."

이산이 눈만 크게 떴을 때 조병기가 나섰다.

"여보시오, 우리가 당신 길 안내요? 밥 지어 줬다고 그런 부탁을 해도 되는 것이오?"

"한양성에 제 본가가 있어요."

여자가 붉어진 얼굴로 말했다.

"제가 길을 잘 아니까 옆에 계셔주시기만 하면 됩니다."

"이건 도무지."

어깨를 부풀렸다가 내린 조병기가 이산을 보았다.

이산의 결정을 기다리는 것이지.

"당신은 누구야?"

그때 이산이 물었다.

"누군지는 알아야 같이 가든지 말든지 할 것 아니오?"

"저는 이조참판 정선규의 서녀(庶女) 지연이라고 합니다."

"서녀(庶女)라……."

이산이 눈을 가늘게 떴다.

"참판의 서녀가 왜 이곳에 와 있소?"

"왜란이 일어나자 저는 이곳 유모의 집으로 피란을 나왔다가 다시 돌아가려는 것입니다."

"왜군이 지금 한양성을 점거하고 있는데 본가로 가겠다고?"

"본가에 가면 남아있는 하인을 만날 수 있을 테니까요."

정지연이 흐려진 눈으로 이산을 보았다.

"아버님이 계신 곳으로 따라가겠습니다."

"이런."

이산이 입맛을 다셨다.

"당신 부친이 반길 것 같소?"

"네."

"이곳에서는 유모하고 둘이 지냈소?"

"하인들하고 내려왔지만 다 도망갔습니다."

시선을 내린 정지연이 말을 이었다.

"유모가 같이 가려고 했지만 몸이 아파서 못 걷습니다."

그때 이산이 고개를 끄덕였다.

"갑시다."


정지연이 서둘러 집으로 돌아갔을 때 이산이 조병기를 보았다. 얼굴에 쓴웃음이 떠올라 있다.

"저 여자는 아버지를 잘 만난 것 같다."

조병기는 이제 이산의 내력을 안다. 돌이한테서 들었기 때문이다.

이산 또한 전(前) 호조판서 이윤기의 서자(庶子)인 것이다. 그러나 본가(本家)의 배척을 받고 생부 이윤기의 얼굴도 모른 채 지금까지 지내왔다. 이제 이윤기까지 왜군에게 살해당했으니 볼 기회도 없겠지.

그때 등에 보따리를 멘 정지연이 뛰어나왔다. 문을 잡고 선 유모가 정지연의 뒷모습을 보고 있다.

밤, 한양성 남대문 밖.

남대문 옆쪽 성벽이 3백 보쯤 앞에 검은 산처럼 가로막고 서 있다. 눅눅한 대기가 금방이라도 비를 뿌릴 것 같다. 성벽을 응시하던 조병기가 고개를 돌려 이산을 보았다.

"왜군 초병이 서 있지만 허술한 곳이 있을 것입니다. 성벽을 따라 가시지요."

앞쪽에 초병이 서 있는 것이다. 이곳은 국도에서 1리(400미터)쯤 떨어진 황무지다. 바위 사이로 실개천이 흐르고 있다. 잡초를 헤치면서 성벽을 따라 걷던 이산이 문득 걸음을 멈췄다.

"여기서 넘어가자."

"주인, 이곳 성벽이 높아서 오르기도 힘이 들겠습니다."

조병기의 시선이 정지연을 스치고 지나갔다. 정지연을 말하는 것이다.

그때 이산이 정지연에게 말했다.

"내가 먼저 올라가서 끈을 내려줄 테니 그대가 그걸 잡으라."

"그러지요."

"끈을 허리에 묶도록."

정지연이 입을 다물었기 때문에 이산이 조병기에게 말했다.

"네 등짐의 끈을 풀어서 내 끈과 묶자. 그러면 넉넉할 테니까."

"예, 주인."

"그리고 네가 묶어줘라."

"예, 주인."

등짐을 묶은 끈을 풀어서 조병기의 끈과 이은 이산이 먼저 성벽에 몸을 붙이더니 재빠르게 기어올랐다. 성벽 높이는 30자(9미터) 정도로 높지만, 바위틈이 있었기 때문에 이산의 몸은 금세 위쪽으로 사라졌다. 그러더니 곧 흰 끈이 밑으로 내려졌다.

"자, 묶읍시다."

조병기가 끈을 쥐고 다가가자 정지연이 손을 내밀었다.

"이리 줘요, 내가 묶을 테니까."

"이런."

눈을 치켜뜬 조병기가 거침없이 다가와 정지연의 허리에 끈을 묶었다. 정지연이 몸을 비틀었기 때문에 조병기가 잇새로 말했다.

"이 아녀자가 아직 정신을 못 차린 모양이구만. 얻다 대고 허세야? 가만있어!"

정지연이 주춤 멈췄을 때 다 묶은 조병기가 끈을 당겨 묶었다는 신호를 했다.

잠시 후에 정지연이 끌어 올려 졌고 이어서 조병기도 끈을 잡고 성벽 위로 올라왔다. 높고 올라오기 험한 곳이기 때문에 이곳에 초병은 세워두지 않았다.

1백 보쯤 떨어진 오른쪽에서 인기척이 났다. 왜군이다.

셋은 다시 반대쪽 성벽으로 내려갔다. 반대쪽은 비스듬한 경사지여서 허리를 숙인 셋은 걸음만 조심하면 되었다.

"내 등짐을 잡아요."

이산이 뒤에 선 정지연에게 낮은 목소리로 말했다. 정지연이 더듬거렸기 때문이다. 할 수 없이 정지연이 등짐을 잡았고 이산을 따라 아래쪽 길로 내려왔다.

그때다.

옆쪽 길에서 발소리가 들리더니 곧 왜군 셋이 나타났다. 순찰병이다. 앞장선 왜군은 칼을 찼고 뒤를 따르는 둘은 창을 쥐었다. 거리는 30보 정도.

이산이 재빨리 나무 뒤쪽으로 몸을 틀었고 정지연과 조병기가 뒤를 따랐다. 셋은 길 안쪽 산비탈의 나무숲 사이로 피한 것이다. 순찰병 셋이 발소리를 내면서 다가왔다.

이산의 뒤에 바짝 붙어선 정지연은 숨도 죽이고 있다. 갑옷의 쇠붙이가 덜그럭

거리는 소리가 앞쪽에서 들리더니 왜병 셋이 지나갔다.

그때 조병기가 한 발짝 앞으로 나갔다가 이산에게 어깨를 잡혔다. 조병기가 주춤 멈춰 섰을 때다. 이산이 속삭이듯 말했다.

"움직이지 마라."

조병기가 숨도 죽였고 숨을 세 번쯤 쉬고 났을 때다.

앞쪽 길 위로 어른거리는 물체가 보였다. 이산의 뒤에 붙어선 정지연도 검은 그림자 셋이 소리 없이 지나가는 것을 보았다.

왜군이다. 바로 7, 8보쯤 앞을 왜군이 지나가는 것이다.

앞쪽 왜군 셋은 미끼다. 갑옷 소리를 내면서 지나가게 해놓고 그 뒤로 20보쯤 떨어진 거리에서 고양이처럼 따르고 있다.

셋이 지나가고 나서 숨을 세 번이나 쉰 후에도 조병기는 움직이지 않았다.

그때 이산이 발을 떼면서 말했다.

"가자."


남대문 오른쪽으로 저잣거리가 펼쳐졌지만, 통금이 실시된 성안은 짙은 어둠만 덮여있다.

왜군 점령하의 한양성이다.

자시(밤 12시) 무렵.

거리의 군데군데 화톳불을 피워놓고 있었는데 주위에 서 있는 왜군들이 보였다. 이제 셋은 정지연을 앞세우고 이동했다.

정지연의 본가를 향해 가는 것이지.


누 식경쯤 지난 후에 셋은 불에 탄 저택 담장에 붙어 서 있다. 이곳은 고관들의 주택가였지만 대부분이 불에 탔거나 대문도 부서진 채 폐가가 되어있다.

"여기요?"

이산이 묻자 정지연이 고개만 끄덕였다. 어둠 속에서 정지연의 일그러진 얼굴이 드러났다.

"맞아요."

"집이 다 탔어. 식구들은 모두 도망쳤거나 당한 것 같은데."

집 안을 둘러본 이산이 말을 이었다.

"이 근처 저택들도 다 탔어."

그때 정지연이 문짝도 떨어진 집 안으로 들어섰다. 저택은 불에 타 무너져서 검은 잔해만 쌓여 있다. 정지연이 안으로 사라졌을 때 조병기가 이산에게 물었다.

"주인, 어떻게 하실 겁니까?"

"뭘 말이냐?"

"저 여자 말입니다."

"이곳에 놔두고 가야지."

힐끗 안쪽에 시선을 준 이산이 말을 이었다.

"어쨌든 저 여자 본가까지 데려다주었으니까."

그때다. 안쪽에서 외침이 울렸다. 왜말이지만 이산도 들었다.

"잡아라!"

이어서 여자의 비명. 정지연의 목소리다.

"놔! 이놈들아!"

그때 조병기는 숨을 들이켰다. 이산이 어느새 눈앞에서 사라진 것이다.

이산은 등짐 안에 든 장검을 빼들고 있다.

무너진 지붕이 산더미처럼 쌓여 있었기 때문에 모퉁이를 돈 순간 중문 옆에 둘러선 검은 무리가 보였다. 어둠 속에 드러난 머리는 넷. 그 중심에 정지연이 있다. 한 호흡에 달려간 이산이 장검을 후려쳤다.

"악!"

허리를 베인 왜군 하나가 비명을 질렀을 때 이어서 날아간 칼날.

"으악!"

어깨에서 허리까지 잘린 왜군이 엎어졌다. 풀려난 정지연이 뒤로 물러섰을 때다. 남은 왜군 하나가 칼을 내질렀다.

"엣!"

칼날이 이산의 허리를 스치고 지나갔다. 이산이 몸을 비틀었기 때문이다.

다음 순간.

이산이 내려친 칼날이 왜군의 목덜미를 쳤다. 성대까지 잘린 왜군이 소리 없이 엎어졌을 때 이산이 고개를 들고 정지연을 보았다. 정지연은 뒤로 물러난 채 나무 기둥처럼 서 있다. 어둠 속에 비친 정지연의 두 눈만 번들거리고 있다.

그때 이산이 말했다.

"따라와."


셋이 골목길을 돌아 서둘러 나아가고 있다.

깊은 밤.

이번에는 조병기가 앞장을 섰고 가운데에 정지연, 맨 뒤에 이산이 따른다. 목표는 남산 아래쪽의 거간꾼 천가의 집. 조병기가 여러 번 왕래한 곳이다. 깊은 밤, 주위의 주택은 모두 불이 꺼졌고 조용하다.


그 시간의 이천 분조(分朝).

세자 광해의 침소에 순찰사 최경훈이 들어와 있다.

최경훈은 45세. 무과 출신 무반(武班)으로 이번에 광해의 호위대장이 되었다. 유성룡이 천거해준 인물이다.

237

방의 불은 꺼놓았지만 어둠에 익숙해진 둘은 서로의 얼굴 표정도 읽는다.

그때 광해가 입을 열었다.

"가또가 함경도로 갔다고 그랬소?"

"예, 저하."

최경훈이 말을 이었다.

"1번대인 고니시군과 나눠서 함경도로 향하고 있습니다."

"이순신이 대승을 거뒀다니 다행이오."

"예, 저하."

전라 좌수사 이순신이 옥포 해전에서 대승을 거둔 것이다. 이순신은 옥포 해전에서 적선 26척을 격침했는데 이것이 왜군의 서진(西進)을 막았다. 그래서 전라도가 무사했다.

이순신은 전라 우수사 이억기, 경상 우수사 원균과 연합했지만, 전선(戰船) 대부분이 전라 좌수영 소속이었다. 이억기와 원균은 전선을 모두 잃고 거의 빈 몸으로 연합했기 때문이다.

광해가 말을 이었다.

"아래쪽 광진령에 의병이 일어났다니 내가 가봐야 되지 않을까?"

"저하, 안 됩니다."

정색한 최경훈이 목소리를 낮췄다.

"저하께선 몸을 보중하셔야 합니다."

"내가 이곳에서 앉아있기만 하란 말이오? 나는 세자의 역할을 해야겠어."

"유 대감께서 저한테 신신당부하셨습니다. 저하께서 외부에 노출되시면 안 됩니다."

최경훈의 눈이 어둠 속에서 번들거렸다.

"제가 호위 군관을 10여 인 데리고 왔지만 그것으로는 부족합니다."

"군사가 3백여 명이나 있지 않소?"

"유 집정이 이끌고 온 군사가 1백여 명입니다."

주위를 둘러본 최경훈이 목소리를 더 낮췄다.

"그놈들을 믿을 수가 없습니다."

"무슨 말인가?"

"유 집정이 회령 부사로 있을 때 휘하에 두었던 군사들입니다. 그놈들을 지휘하는 판관 두 명도 유 집정의 심복입니다."

"유근수를 믿지 말라고 유 대감이 말했지만 설마 나를 어쩌려고?"

"위험합니다."

최경훈이 말을 이었다.

"저하, 기다려보시지요."

광해가 어깨를 늘어뜨리면서 한숨을 쉬었다. 선조의 의중을 알고 있기 때문이다.


남산의 하방골은 거간들의 사택이 많았는데 이곳은 대부분이 온전했다. 거간들이 왜국과 거래를 많이 해왔기 때문이다.

이곳은 거간 천기종의 사택 안.

천기종이 앞에 앉은 셋을 둘러보았다.

"어렵게 오셨네."

천기종은 42세. 넓은 얼굴에 살찐 체격으로 지금까지 왜관의 물품을 받아 처리해왔다. 눈을 가늘게 뜬 천기종이 말을 이었다.

"이젠 왜인 세상이야. 조 서방도 군수나 최소한 현령쯤은 되지 않겠어?"

"그럴 수도 있겠지."

조병기가 건성으로 고개를 끄덕였을 때 천기종이 물었다.

"그런데 누구 만나러 온 거야?"

"1번대 부장 가토 님."

"창경궁에 가면 있을 거야, 고니시 님이 조선 임금의 침전을 차지하고 있으니까."

천기종의 시선이 이산과 정지연을 훑고 지나갔다. 지금까지 둘은 입을 열지 않았다. 조병기가 일행이라고만 소개했고 둘은 목례만 한 것이다.

그때 천기종이 자리에서 일어서며 말했다.

"그럼 밤도 깊었으니 쉬게나. 아침에 다시 보세."


행랑채의 방 하나를 치워주었기 때문에 셋은 방에 들었다. 넓고 깨끗한 방이다. 기름 등도 켜놓아서 방 안은 환하다.

구석 쪽에 앉은 정지연이 지친 표정으로 벽에 등을 붙인 채 고개를 숙이고 있다. 조병기가 앞에 앉은 이산에게 말했다.

"주인, 이곳을 거처로 삼고 야마시다의 향방을 찾으시지요."

조병기가 말을 이었다.

"왜군은 이곳을 건드리지 않습니다. 천가가 왜군과 줄이 닿아있거든요."

"그것이 문제다."

이산이 눈을 가늘게 떴다.

"네가 1번대에서 탈주한 수배자인 것을 알지도 모른다."

순간 조병기가 숨을 죽였고 이산이 말을 이었다.

"내가 1번대 참모라면 당장 이곳부터 수색할 거다. 네 생각은 어떠냐?"


달려온 왜장(倭將)은 니시무라.

야마시다의 가신으로 150석을 받는 무장이다. 휘하에 15명을 거느리고 질풍처럼 달려왔다. 그러나 용의주도하게 모두 경장 차림. 쇠붙이를 떼고 가죽 보호대만 찼고 말도 타지 않았다.

저택 앞 골목에서 기다리던 천기종이 니시무라를 맞았다.

아직 깊은 밤. 인시(오전 4시)가 아직 덜 되었다.

"행랑채 맨 끝 방입니다."

천기종이 목소리를 낮추고 말했다.

"셋입니다. 조금 전에 불을 껐으니 잠이 들었겠지요."

"조병기가 틀림없지?"

"틀림없습니다."

천기종이 눈의 흰자위를 더 드러내며 웃었다.

"같이 온 놈이 장신에 눈빛이 예사롭지 않았습니다. 찾으시는 조선 검객이 맞습니다."

"요시."

탄성을 뱉은 니시무라가 천기종의 어깨를 손바닥으로 쳤다.

"천가, 넌 이제 우리 치중대에 물건을 대어서 떼돈을 벌게 되었다."

고개를 돌린 니시무라가 손짓을 하자 그림자가 움직이는 것처럼 소리 없이 부하들이 다가왔다.

"죽여서 머리만 베어가도 된다."

니시무라가 간단하게 지시했다.


"우지끈!"

문짝이 부서지는 소리가 그렇게 났다.

"이얏!"

기합을 지르면서 군사 둘이 뛰쳐 들어갔다. 둘 다 칼을 치켜들고 있다. 방은 어둡다. 그러나 어둠에 익숙해진 눌의 눈에는 사물이 선명하게 보인다.

"앗!"

둘 다 검술의 고수다. 금세 방이 비어 있다는 것을 알아차렸다.

"비었다."

칼을 늘어뜨린 군사 하나가 고개를 돌려 뒤에 대고 소리쳤다.

"비었습니다!"

니시무라에게 보고한 것이다.


천기종의 사택 건너편에 양곡 도매상 박 씨의 사택이 있다. 박 씨의 사택은 임금이 도망친 다음 날 폭도에게 강탈당하고 불까지 질러서 폐가가 되어있다. 그 폐가의 무너진 지붕 서까래 사이에 선 조병기가 이산에게 말했다.

"저놈이 역시 배신했습니다."

이산은 잠자코 시선만 주었고 조병기가 말을 이었다.

"하마터면 큰일 날 뻔했습니다."

그때 이산이 발을 떼면서 말했다.

"가자."

"저놈을 내버려 두고 갑니까?"

"놔둬라."

이산의 시선이 잠자코 서 있는 정지연을 보았다.

"당연한 일이야. 저놈을 믿은 네가 잘못이다."


야마시다는 후군의 예비대장이 되어서 한양성에 남아있는 중이다. 주군(主君) 고니시 유키나가는 조선 왕을 추격하여 평양성으로 진군했기 때문이다.

한양성에는 이제 3번대장 구로다 나가마사가 주장(主將)이 되어서 속속 도착하는 왜군을 맞아들이고 있다. 이제 4번대장 시마즈, 후쿠시마가 이끄는 5번대, 고바야카와의 6번대까지 한양성에 진입한 상황이다.

6만 5천이 넘는 병력이 한양성에서 득실거렸고 16번대까지 편성된 왜군은 속속 부산진에 상륙하여 북상하는 중이다.

도요토미 히데요시는 이번 조선 정벌에 16번대, 총 29만 병력을 출동시켰는데 현재까지 바다를 건넌 병력은 하시바가 이끄는 9번대까지로 총 15만 8,700이다.

야마시다가 부장 사꾸마의 보고를 받았을 때는 진시(오전 8시) 무렵이다.

예비대 본진으로 사용하고 있는 창덕궁의 별청 안에서 사꾸마가 보고했다.

"주군, 거간꾼 천가의 집에 들어왔던 병참대 향도 조병기와 조선인 놈을 놓쳤습니다."

야마시다는 시선만 주었고 사꾸마가 말을 이었다.

"천가가 신고를 했지만 놈들은 눈치를 채고 도주했습니다."

"그놈들이 한양성까지 따라왔군."

야마시다가 쓴웃음을 지었다.

"조선에서 사무라이를 눈을 씻고 찾아봐도 없더니만 이제야 한 놈 만났다."

"주군, 그놈을 찾아야 되지 않겠습니까?"

"또 세끼를 보내란 말이냐?"

"그놈들이 한양성에 있을 테니 이젠 찾기 수월할 것 같습니다."

"세끼로는 부족하다."

"일도류(一刀類)의 고수 사카모토에게 임무를 주시지요."

고개를 든 야마시다의 눈이 흐려졌다.

"음, 사카모토가 지금 어디 있나?"

"장비부를 맡고 있습니다."

"음, 갑옷과 화약 담당을 맡기에는 어울리지 않는 직책이지."

"지금 불러오겠습니다."

야마시다가 고개를 끄덕였다.

사카모토는 300석을 받는 야마시다의 가신으로 검술의 명인이다. 야마시다 가문 제1의 검사(劍士)인 것이다.


"야마시다가 지금 한양성에 남아 있습니다."

밖에 나갔다가 온 조병기가 이산에게 말했다.

신시(오후 4시) 무렵.

이곳은 마포 강변에 늘어선 초가집 안이다. 조병기가 안면이 있는 사공의 집으로 온 것이다.

"3번대 향도를 만나 이야기를 들었습니다. 후군의 예비대장이 되어서 본대에 군수품을 조달해주고 있다는 것입니다."

"거처는 어디냐?"

"창덕궁 안 별청입니다."

고개를 든 조병기가 이산을 보았다.

"주인, 창덕궁은 왜군의 본진입니다. 지금은 3번대장 구로다 나가마사가 총수가 되어서 전군(全軍)을 지휘하고 있는 곳입니다."

"오늘 밤 정찰을 나가겠다."

"어디로 말씀입니까?"

"창덕궁."

"한양성 지리를 모르시니 제가 안내하지요."

조병기가 말을 이었다. 둘은 지금 왜말로 대화 중이다.

"나간 길에 향도증을 구하는 것이 낫겠습니다."


"그대는 이곳에 머무는 것이 나을 거요."


244

이산이 정지연에게 작은 주머니를 건네주면서 말했다. 사공이 빌려준 안방을 정지연이 차지하고 있다.

"나는 지금부터 할 일이 있어."

정지연이 주머니를 받더니 고개를 들고 이산을 보았다. 주머니는 묵직했다. 이산이 산채에서 나올 때 받아온 금붙이다.

"어디 가시나요?"

"내 원수를 갚으려고."

정지연의 시선을 받은 이산이 쓴웃음을 지었다.

"난 조선 조정, 조선 왕 따위에는 관심이 없어. 원수를 갚고 사라질 거야."

"은인의 성함은 어떻게 되십니까?"

그제야 정지연이 이산에게 묻는다.

"이산."

외면한 이산이 자리에서 일어섰다.

"나도 그대와 비슷한 처지요. 내 모친은 역적의 딸로 종이었고 아비는 정2품 판서였소."

이산이 문으로 다가가면서 말을 이었다.

"이제는 모두 왜군에게 피살당했으니 한(恨)도 미련도 버릴 때가 되었지. 하지만."

문고리를 잡은 이산이 정지연을 보았다.

"내 어머니의 원수는 갚아야지."


"조금 전에 전령이 왔어."

유근수가 목소리를 낮추고 말했다. 지금 평양성에 피신 중인 선조한테서 온 전령이다.

유근수가 말을 이었다.

"전령과 함께 온 별장이 내 수하야. 그 별장의 전갈이 있어."

기노는 시선만 주었다. 분조가 위치한 이천의 사가(私家) 안이다. 유시(오후 6시) 무렵이다.

"임금이 임해군을 강원도로, 순화군을 함경도로 보냈어. 민심을 가라앉히려는 수단이지."

그때 기노가 눈을 크게 떴다.

가또의 2번대는 지금 함경도로 향하고 있다. 고니시와 가또는 한양성을 함락한 후에 평안도로 가려고 다투었다가 결국 제비뽑기로 정했다. 그래서 고니시가 평안 도로, 가또는 함경도로 가게 된 것이다. 기노가 고개를 끄덕였다.

"바로 주군께 알려야겠습니다."

"인빈의 음모야. 정원군의 경쟁 상대는 다 전장(戰場)으로 보내는 것이지."

그렇다.

임금은 정원군을 옆에 두고 있다. 임해군은 공빈 김씨의 아들로 광해군의 동복 형이고 순화군은 순빈 김씨의 아들인 것이다.

유근수가 자리에서 일어서면서 말했다.

"무능한 왕조는 망해야 돼."


"사카모토, 조선 검객을 상대해본 적이 있느냐?"

야마시다가 묻자 사카모토는 고개를 들었다.

사카모토는 33세. 6척 장신에 각진 얼굴, 가는 눈에 입술은 꾹 닫혀 있다.

"조선에도 검객이 있습니까?"

야마시다의 본진 안이다. 주위에 둘러앉은 부하들 사이에서 웃음소리가 났다.

그때 야마시다가 말했다.

"오가사와라를 참살한 놈이 지금 우리를 따라오고 있다."

246

"그놈이 조선 검객입니까?"

"그렇다."

야마시다의 눈빛이 흐려졌다.

"내 진막에서 죽은 조선녀와 관계가 있는 놈 같다."

조용해진 청 안에 야마시다의 목소리가 울렸다.

"오가사와라의 조장이었던 세끼가 잡아온 조선녀."

"……."

"세끼가 오가사와라에 바쳤기 때문에 그 조선 놈이 오가사와라의 진막을 기습, 베어 죽인 것 같다."

"……."

"그러고 나서 그 조선녀가 내 진막에서 죽어 나갔다는 것을 알게 된 것이지."

야마시다의 얼굴에 쓴웃음이 번졌다.

"내가 죽인 것을 안 거야. 그래서 그놈이 이곳 한양성까지 따라왔다."

"그놈이 검사(劍士)라는 말씀입니까?"

"그렇다. 조선 검사."

그때 사꾸마가 거들었다.

"그놈 추적을 세끼 곤자에몬에게 맡겼지만 빈손으로 돌아왔어. 그래서 주군께서 그대에게 맡긴 거야."

그러고는 덧붙였다.

"어젯밤 남대문 근처의 불탄 고관 저택에서 구로다 님 휘하의 수색조 셋이 모두 단칼에 베여 죽었어. 그것도 그놈 소행인 것 같네."

"알겠습니다."

마침내 사카모토가 고개를 숙였다.

"제가 맡지요."

"우선 주군 신변을 경호하게."

사꾸마가 말을 이었다.

"그놈이 어젯밤 향도 놈하고 거간상 집에 들렀다가 도망쳤어."


주막에서 나온 박성이 대여섯 걸음을 떼었을 때다.

"잠깐만."

뒤에서 왜말로 부르는 소리에 박성이 몸을 돌렸다.

"누구요?"

이맛살을 모은 박성이 다가오는 사내에게 물었다. 물론 왜말이다.

술시(오후 8시) 무렵.

여름이라 해가 길어서 아직 주위는 환하다. 다가선 사내가 물었다.

"난 3번대 향도인데 거긴 어디 소속이오?"

"난 4번대 시마즈 님 소속이오."

"그럼 잘 되었어."

고개를 끄덕인 사내가 박성의 소매를 끌었다.

"저기 4번대 소속이라는 향도가 있는데 아는 얼굴인지 봐주시오."

"향도가 어디 하나둘이어야지."

투덜대면서도 박성이 옆쪽 골목으로 따라갔다. 앞장서 골목으로 들어서면서 사내가 말을 이었다.

"보따리를 들었는데 금붙이가 가득 들었어. 심부름을 간다는데 믿을 수가 있어야지."

"금붙이를?"

와락 호기심이 일어난 박성이 사내의 뒤로 바짝 붙어 섰다.

"보따리에 금붙이가 가득 들었다구?"

"그렇다니까?"

골목 모퉁이를 돌아간 사내가 멈춰 섰을 때 박성이 숨을 들이켰다. 바로 앞에서 사내 하나가 다가왔기 때문이다. 불길한 예감이 든 박성이 발을 멈췄을 때다.

사내가 한 걸음 다가서면서 들고 있던 장검을 후려치듯 뽑았다. 박성이 그것을 본 순간 주춤했지만 늦었다. 심장이 찔린 박성이 입을 딱 벌렸으나 폐로 숨이 들어가지 않았다.


"이게 '향도증'이오."

조병기가 둥근 쇠붙이를 내밀면서 말했다.

엽전만 한 크기에 시마즈라고 박은 쇠붙이다. 아래쪽에 78(七八)이라는 숫자가 박혀있다. 78번 향도다.

이산이 쇠붙이를 받아 소매 속에 넣었다. 이제 통행증은 쥔 셈이다.

고개를 든 이산이 조병기를 보았다.

"이제 넌 마포로 돌아가서 기다려라."

"주인, 같이 가기로 하지 않았습니까?"

조병기가 번들거리는 눈으로 이산을 보았다. 사공한테 작별도 한 것이다.

"제가 모시고 가지요. 방해는 되지 않을 것입니다."

"방해가 돼."

이산이 자르듯 말했다.

"나 혼자 들어가는 것이 낫다. 너까지 지켜줄 여유가 없어."

"그럼 밖에서 기다리겠습니다."

"내가 어디로 나갈지, 살아서 나갈지도 알 수가 없다."

"주인."

"마포로 돌아가 있거라, 내가 살아나온다면 너한테 갈 테니까."

"주인, 약속해주시오."

그때 이산이 조병기의 어깨를 움켜쥐었다가 놓고는 몸을 돌렸다.

"약속하마."


"누구냐?"

앞에서 외치는 소리가 나더니 어둠 속에서 왜군 셋이 나타났다.

이곳은 창덕궁 건너편의 호조 대문 앞.

불에 탄 건물은 다 무너졌고 문짝도 떨어졌다. 멈춰 선 이산 앞으로 다가온 왜군이 창끝으로 배를 겨눴다.

"어디 가는가?"

왜말이다. 그때 이산이 허리춤에서 줄에 매단 '향도증'을 꺼내 내밀었다.

"본진으로. 난 시마즈 님 향도야."

왜군이 손을 내밀어 향도증을 받더니 눈앞에 바짝 들여다보았다.

"시마즈 님 향도증이군."

고개를 끄덕인 왜군이 이산에게 향도증을 돌려주었다. 무엇보다 이산의 왜말이 증거가 되었기 때문이다.

"가보게."

"고맙소."

향도증을 받은 이산이 셋을 지나 창덕궁 정문 쪽으로 다가갔다. 정문 앞에는 화톳불이 켜졌고 왜군 10여 명이 둘러서 있다. 발걸음을 늦춘 이산이 왼쪽 담장으로 방향을 틀었다. 이곳은 왜군과 상민 복색의 향도가 많이 오가고 있었기 때문에 주목하는 사람은 없다.


담장을 따라 1백 보쯤 걸었더니 곧 인적이 끊겼고 1백 보쯤 앞에 모닥불이 보였다.

초소다.

걸으면서 주위를 둘러본 이산이 담장을 올려다보았다. 15자(4.5미터) 높이에 지붕이 뻗어 있어서 담장 윗부분을 막아놓았다.

이산이 걸음을 멈추고는 담장에 붙어 섰다. 그리고 허리에 찬 칼을 담장 안쪽으로 던져놓고 나서 곧 뒤로 네 발짝쯤 물러섰다.

다음 순간 담장으로 달려든 이산이 한쪽 발로 담장을 차면서 몸을 솟구쳤다. 두 손을 뻗치면서 솟아오른 것이다. 곧 손에 지붕 끝이 잡혔고 다시 두 발로 담장을 찬 이산의 몸이 훌쩍 뒤집히면서 담장 위쪽으로 날아올랐다.

그 순간 이산의 몸이 지붕 위에서 다시 뒤집혀 엎드린 자세로 떨어졌다. 낮은 충격음이 들렸지만 기왓장 하나 떨어지지 않았다.


사카모토가 별당 건너편의 창고 앞에서 부하 오시이에게 말했다.

"그놈이 이곳에 올 것 같나?"

오시이는 사카모토의 부하로 역시 일도류의 고수(高手)다. 사카모토가 일도류의 후계자가 되었을 때 도장의 사범을 맡았을 정도다. 오시이가 주위를 둘러보면서 말했다.

"끈질긴 놈입니다. 상주에서부터 따라온 것 아닙니까?"

"젊은 놈이지?"

"예, 세끼의 말을 들으면 납치해왔던 여자가 30대 후반쯤이라니 그 여자의 동생이나 친척이 되겠지요."

"조선 사무라이라고 주군이 말했는데."

사카모토가 쓴웃음을 지었다.

"조선에도 사무라이가 있나?"

"조선 검객이 있다는 말은 못 들었습니다. 중국에서 넘어온 허세뿐인 중국 검술 유파겠지요."

"손바닥으로 장풍을 일으키는 류(類) 말이지?"

"하지만 그놈의 검술은 날카롭습니다. 고관 저택에서 당한 구로다 님 수하 군사를 검시(檢屍)했더니 모두 단칼에 치명상을 입고 죽었습니다."

오시이가 말을 이었다.

"검세가 강하고 정밀합니다. 지금까지 칼에 맞은 시신을 수백 명 보았지만 가장 참혹했습니다."

밤이다.

해시(오후 10시)가 넘은 시간이어서 궁 안이 조용해졌다. 바로 앞쪽 마당을 건넌 별당에서 야마시다가 묵고 있다. 흐린 날씨여서 눅눅한 대기가 마당에 덮여 있다. 주위를 둘러본 사카모토가 혼잣소리처럼 말했다.

"조선 검이 나타나기 적당한 밤이다."


건너편 지붕 위에 엎드린 이산이 아래쪽을 찬찬히 훑어보았다.

안악산의 스승 슬하에서 나온 지 한 달밖에 안 되었지만 세파에 온몸이 젖어버렸다. 6년 동안 산속에서 오직 무술과 병법, 학문을 익히면서 세상을 등지고 살던 이산이다.

서자(庶子)로 태어나 14살 때까지 받아온 천대를 산속에서는 잊었지만 가슴에 맺힌 응어리는 더 굳어졌다. 그래서 조선 왕조가 왜군에게 망해도 눈 한 번 깜박이지 않을 이산이다.

그런데 어머니가 왜군에게 잡혀 수치스럽게 죽은 것이다. 어머니를 모욕한 왜장, 나아가 왜군을 용서할 수 없다. 그것이 이제는 사는 목적이 되었다.

별당 앞쪽 담장에 붙어서 있던 두 사내가 발을 떼더니 뒤쪽을 향해 걷는다. 그 순간 이산의 얼굴에 쓴웃음이 번졌다. 어둠에 묻힌 이쪽저쪽에서 사내들이 나타났기 때문이다. 둘은 그들을 지휘하고 있었던 것이다.

외부에 나타난 경비병 외에 숨어있는 호위무사다. 그 지휘관이 저 두 놈이다.


사카모토와 헤어진 오시이가 별당 뒤쪽의 건물로 다가갔다. 이쪽은 연못 건너편이어서 정원수로 가려져 있다. 연못 주위에 숲이 우거졌기 때문이다.

건물에는 야마시다의 위사대 50여 명이 투숙하고 있었는데 오시이의 숙소도 이곳이다. 건물 벽에 붙어서 있던 위사가 어둠 속에서 한 걸음 다가섰다. 그때 오시이가 숨을 들이켰다.

위사가 아니다.

그 순간 오시이가 반걸음 물러서면서 허리에 찬 칼을 후려치듯이 뽑았다. 그야말로 전광석화. 일도류(一刀類)의 장기가 바로 이것이다. 단칼에 승부가 나는 것이다. 일도류의 검사(劍士)는 8할 정도가 일 합(一合)에 상대를 벤다.

그러나 다음 순간 오시이는 공간을 베었고 심장이 철렁 내려앉는 느낌을 받는다. 이때가 허점인 것이다.

그때 오시이는 다시 숨을 들이켰다. 눈앞의 사내가 사라졌기 때문이다. 빈틈을 노리지 않고 사라졌다. 등이 서늘해진 오시이가 몸을 돌렸을 때다.

사내가 앞에 서 있다.

"이놈."

이제는 두 손으로 장검을 움켜쥔 오시이가 사내를 겨눴다. 숨을 내뿜으면서 자세가 잡혔고 머릿속이 맑아졌다.

됐다.

사내의 시선을 똑바로 받으면시 오시이가 사내의 머리를 칼끝에 놓았다.

그 순간 오시이는 이를 악물었다. 주위에 위사, 군사들이 널려있어서 한마디만

외치면 쏟아져 나올 것이다. 그러나 그렇게 못 했다. 바늘 끝만 한 틈도 없었기 때문이다. 입을 벌려 소리칠 때 허점이 드러날 수도 있다.

이산이 사내의 눈을 보았다.

고수(高手)다.

눈동자가 흔들리지 않는다. 산에서 나와 처음 부딪치는 검사(劍士)다. 눈앞에 사내의 칼날만 보인다. 그 순간 이산이 빙그레 웃었다. 온몸의 피가 급격히 식는 느낌이 들면서 아무것도 들리지 않는다.

그때다.

사내가 내밀었던 칼끝이 와락 앞으로 내질러졌다.

섬광과 같은 칼끝.

칼끝이 이산의 가슴을 향해 곧장 뻗어 온다.

칼끝을 내지른 순간 오시이의 눈빛이 강해졌다.

쳤다.

온몸에 전류가 흐르는 것 같은 희열. 칼끝이 심장을 뚫었다는 확신 때문이다. 그 순간 오시이는 다시 한번 칼끝이 공간을 꿰뚫었다는 것을 느끼고는 눈동자가 처음으로 흔들렸다.

"하."

저절로 오시이의 숨이 들이켜졌다. 그 순간 번쩍이는 칼 빛.

"악!"

몸을 비튼 오시이가 칼날을 비틀어 상반신을 막았다. 왼쪽이 비었기 때문이다.

"쨍!"

날카로운 금속음이 울리면서 오시이의 칼날이 중간 부분에서 뚝 부러졌다. 그 순간이다. 사내가 와락 부딪쳐오더니 칼 손잡이로 오시이의 턱을 옆으로 쳤다. 전혀 예상하지 못한 타격.

"턱!"

턱이 부서진 오시이가 주르르 뒤쪽으로 물러섰을 때다.

"여기다!"

외침이 일어나더니 요란한 발소리가 났다.

경비병들이다.

몸을 돌린 이산이 어둠 속을 향해 뛰었다.

다섯 걸음 만에 담장에 닿았고 몸을 솟구쳐 담장 위에 손을 짚은 후에 다리가 위로 들려졌다. 한 손에 칼을 들었는데도 몸이 깃털처럼 떠올라 곧 담장 위에 두 발이 얹혔다.

"저기다!"

외침이 들리더니 창이 날아와 옆쪽 기와를 깨뜨렸고 다음 순간 이산의 몸이 담장 밖으로 사라졌다.


"그놈이 20보 거리까지 접근했구나."

야마시다가 이를 드러내고 소리 없이 웃었다. 밖은 아직도 뒤숭숭했고 어지럽게 발소리가 들린다.

별당 안.

촛불을 밝힌 청 안에 야마시다와 사카모토가 앉아있다.

"오시이도 일류 검사(劍士) 아니냐? 그놈이 중상을 입었다구?"

"예, 주군."

고개를 숙였다가 든 사카모토가 야마시다를 보았다.

"턱이 부서졌습니다."

"부서져?"

"예, 주군."

"칼로 베인 것이 아니고?"

"예, 칼의 손잡이로 맞았기 때문에……."

"그런 검법도 있나?"

"예, 접근전에서 가끔, 하지만……."

"하지만 뭐야?"

"그놈은 오시이의 칼도 두 동강을 내었습니다. 동강 난 칼을 보았더니 엄청난 검세(檢勢)였습니다."

"음."

신음을 뱉은 야마시다가 고개를 끄덕였다.

"재미있다."

"주군, 조심하셔야 될 것 같습니다. 그놈이 이것으로 그칠 것 같지 않습니다."

"당연하지."

야마시다의 얼굴에 쓴웃음이 떠올랐다.

"그놈을 끌고 다니게 되었구나."

"예, 주군. 제가 잡지요."

"오랜만에 긴장이 된다. 이제야 전장(戰場)에 온 실감도 나고."

야마시다가 손바닥으로 팔걸이를 두드렸다.

"나는 이런 상황이 체질에 맞아."


"주인, 오셨군요."

반색한 조병기가 이산을 맞았다.

자시(밤 12시)도 넘은 시간이라 사공의 집은 조용하다. 이산이 잠자코 자리에 앉았을 때 조병기가 정색하고 물었다.

"주인, 안에 들어가셨습니까?"

"야마시다의 침소 30보 안쪽까지 접근했었다."

벽에 등을 붙인 이산이 말을 이었다.

"주변에 경호원이 깔려있었는데 그 지휘관 중 하나하고 칼부림을 하고 돌아온 거야."

"잘하셨습니다."

조병기가 커다랗게 고개를 끄덕였다.

"기회는 얼마든지 있을 테니까요."

"내가 쫓고 있다는 걸 알고 있겠지."

"오늘 밤이라도 이곳을 떠나시지요. 그것이 안전할 것 같습니다."

"그런데 그 처자는 방에 있나?"

"내일 아침에 떠난다고 했습니다."

고개를 끄덕인 이산이 조병기를 보았다.

"우리도 왜군을 따라 북쪽으로 떠나자. 야마시다도 제 주군을 따라 한양성을 떠날 테니까."


잠시 후에 조병기가 옆방에 있던 정지연을 데려왔다. 이산의 기척을 듣고 있었 는지 정지연의 얼굴은 밝다. 이산이 앞에 앉은 정지연에게 물었다.

"우리는 지금 떠날 거요. 그대는 갈 곳이 있소?"

"없습니다."

정지연이 금세 대답했다.

"아버님은 전하를 따라 피란을 가신 것 같습니다."

"난 임금의 피란 행차에 따라가려는 게 아냐. 그런 놈은 관심도 없어."

"어디를 가시든 따라가겠습니다."

이산의 시선을 받은 정지연이 말을 이었다.

"부담이 되실 테니까 저를 가는 길 아무 데나 데려다 주세요."

"어쨌든 이곳에 머물기는 불편하니까 떠납시다."

자리에서 일어선 이산이 보따리를 집어 들었다. 보따리 하나만 들고 나가면 된다.


운장현.

개성에서 동쪽으로 30리쯤 떨어진 소읍이다. 이곳은 왜군이 휩쓸고 지나가지 않았지만 관아 주변의 2백여 호 주민은 아직 절반 정도만 차 있을 뿐이다.

미시(오후 2시) 무렵.

관아가 보이는 주막에 셋이 둘러앉아 있다. 이산과 조병기, 정지연이다. 셋은 은자 한 닢을 내고 국밥을 시켜 먹는 중이었는데 안에는 여행자 차림인 사내 둘과 주민 셋까지 손님이 여덟이다.

그때 조금 전부터 이쪽을 힐끗거리던 여행자 하나가 조병기에게 물었다.

"어디 가시오?"

"금천으로 가오."

미리 준비해 놓았기 때문에 조병기가 금세 대답했다. 여행자 차림은 각각 등짐 옆에 환도를 내려놓았다. 짚신이 두 켤레씩 달려있는 것을 보니 먼 길을 걸은 것 같다. 사내가 다시 물었다.

"어디서 오셨소?"

"한양성 마포요."

대답한 조병기가 사내 둘을 번갈아 보았다.

"당신들은 어디로 갑니까?"

"그걸 알아서 뭐하게?"

듣기만 하던 다른 사내가 물었기 때문에 조병기가 주춤했다. 그때 이산이 들고 있던 젓가락을 내려놓았다.

"너희들, 왜군 밀정이지?"

낮게 물었지만 옆쪽 주민 셋이 긴장했다. 두 사내가 와락 눈을 치켜뜨더니 이산을 보았다.

"우리가 왜군 밀정이라구?"

되묻은 사내 하나가 옆에 놓인 장검을 쥐었다. 어느새 평상 위의 다리 한쪽이 땅바닥을 딛고 있다. 이산이 고개를 끄덕였다.

"관인(官人)이 이곳을 지날 리가 없지, 다 도망갔으니까."

"이놈."

사내 하나가 와락 다가서면서 장검의 칼을 후려쳐 뽑았다. 이산을 벤 것이다.

"틱!"

그 순간 충돌음이 났다. 이산이 옆에 놓인 장검을 들어 칼날을 막은 것이다. 칼집에 부딪힌 칼날 소리가 그렇게 났다. 다음 순간 이산이 앉은 채로 칼을 휘둘러 사내의 뒷머리를 쳤다.

"뻑!"

뒷머리에 칼집이 맞는 소리다.

다음 순간 다른 사내가 평상에서 뛰어오르면서 이산을 덮쳤다. 뛰어오른 순간 칼을 빼 들었고 이산을 내려치면서 떨어진 것이다.

"엣!"

기합 소리와 함께 외침이 옆쪽 평상에서 일어났다. 놀란 외침.

"우당탕."

이것은 상이 바닥으로 떨어진 소리.

"탁!"

"억!"

둔탁한 충격음과 신음이 동시에 울린 것은 사내의 칼을 이번에도 칼집으로 막았던 이산이 앉은 채로 칼집 끝으로 사내의 목을 찔렀기 때문이다. 목을 찔린 사내가 평상 끝에 한 발을 딛었지만 미끄러지면서 바닥으로 떨어졌다.

"쿵!"

옆머리를 평상에 찍으면서 떨어진 사내가 땅바닥에 구겨지듯 쓰러졌다.

"나가지 마라!"

이것은 조병기의 외침이다.

"가만있으면 살려준다!"

지금 조병기는 칼을 빼 들고 주막 문 앞에 서 있다. 손님 셋과 주모, 주막 서방을 나가지 못하게 막는 것이다.

그리고 이산은?

이산은 쓰러진 두 사내를 주막 기둥 옆에 끌어다 기대 앉혀 놓았다. 하나는 칼집에 목이 찔려서 아직도 기절한 상태였고 뒷머리가 깨진 사내는 의식이 돌아왔다. 이산이 사내의 등짐에서 베 수건을 풀어 던져주었다.

"머리를 싸매라. 뇌는 터지지 않았으니 죽지는 않는다."

그때 정지연이 베 수건을 집더니 사내의 머리를 동여매주었다. 주막 밖을 내다보던 조병기가 이산에게 소리쳤다.

"주인, 저놈들의 몸을 뒤져보시지요. 왜인 밀정이라면 표식이 있을 겁니다."

고개를 끄덕인 이산이 정지연에게 말했다.

"그대는 등짐을 뒤져보게. 난 이놈들 몸을 뒤질 테니."

칼을 옆에 내려놓은 이산이 우선 기절한 채 숨만 쉬는 사내의 몸을 뒤졌다.

찾았다.

뒷머리가 깨진 사내의 저고리 안에 무명 수건으로 싼 밀서가 나왔다. 전라 감사 김수가 이천 분조의 집정 유근수에게 보내는 밀서다.

"대감께 전라 감사 김수가 보냅니다. 전라도에 아직 왜군의 침탈이 없으나 수시로 수색병이 출몰하고 있습니다. 전라 좌수사 이순신이 왜군을 막아준 덕분에 남쪽은 다행히 피해를 입지 않았습니다. 이번에 충청, 전라도 군사가 임진강에서 모였다가 왜군에게 분패한 후에 겨우 전주로 내려왔으나 모인 군사가 2천 명 남짓입니다. 군사를 수습한 후에 다시 제가 저하께 밀지를 보내겠습니다. 전라 감사 김수."

밀서를 읽고 난 이산이 맨 위에 적힌 수취인을 보았다.

'집정 유근수'다.

"유근수가 누구냐?"

사내에게 물었더니 눈동자만 굴릴 뿐, 대답이 없다. 이산이 옆에 내려놓았던 장검을 집었다. 그러고는 칼집에서 칼을 쑥 빼 들었다. 처음 칼날이 드러났다.

"이 개 같은 놈. 대답을 안 하면 조금씩 죽여주마."

이산의 두 눈이 번들거렸다.

"팔과 다리를 하나씩 잘라주겠다. 자, 네놈 본색이 뭐냐?"

"난 전라 감영의 병방 안막수네."

사내가 바로 대답했다.

"그대가 조선인이라면 화해하세. 우리가 먼저 칼부림을 한 건 잘못했네."

"자, 묻는 말에나 대답해. 지금 어디로 가는가?"

"이천 분조(分朝)로 가는 중이야."

사내가 말을 이었다.

"유근수 대감은 이천 분조에서 세자 저하를 모시고 있는 집정이시네."

밀서에 적힌 유근수 이름을 본 순간 돌이가 말한 외조부의 원수를 떠올렸던 이산이다.

어머니를 종으로 만들었던 원수.

외조부는 유근수를 죽이려다가 호위병 셋만 죽이고 도망쳤다고 했다. 그 때문에 외조부는 역적이 되고 일가(一家)의 남자는 모두 처형당했으며 여자들은 종이 되었다고 하지 않았던가.

더구나 외조부 김경업은 유근수의 반역을 고발하려다가 역적으로 몰렸다고 했다. 돌이가 생부인 이 판서한테서 들은 것이다.

고개를 든 이산이 사내를 보았다.

"너희들한테는 원한이 없으니 살려주겠다."


잠시 후 셋은 마을을 빠져나와 산길을 걷는다. 숲이 울창한 험산이라 인적도 없고 민가의 자취도 보이지 않는다.

앞장서 걷는 이산의 등에 대고 조병기가 물었다.

"주인, 어디로 갑니까?"

"이천."

이산이 앞을 향한 채 짧게 대답했더니 곧 말이 돌아왔다.

"저는 이천이 어디 있는지 모릅니다."

"민가가 나오면 물어보기로 하자."

"이천에서 세자가 분조(分朝)를 차려놓았다고 조금 전 그 병방 놈이 그러던데, 거기는 왜 가십니까?"

"유근수."

"아까 유근수를 물으시더군요. 아는 분이십니까?"

"안다."

"집정이라고 하던데, 잘되었습니다."

이산이 가만있었더니 조병기가 말을 이었다.

"이제는 대접을 받게 되었군요."

산길에서 내려와 예성강에 닿았을 때는 유시(오후 6시) 무렵이다.

빗방울이 떨어지고 있었기 때문에 셋은 강가의 빈 민가로 들어섰다. 부엌에는 솥과 마른 나무까지 있었기 때문에 조병기는 등짐에서 쌀을 꺼내 정지연에게 넘겨주었다. 저녁밥을 짓는 것이다.

조병기가 아궁이에 불을 지피면서 정지연에게 물었다.

"혼인은 하셨수?"

"안 했습니다."

솥에 물을 부으면서 정지연이 대답했다.

"혼담이 있었는데 왜란이 난 거죠."

"그거 안됐군. 서방 되실 분이 찾지 않겠소?"

"찾지 않을 겁니다."

고개를 든 정지연이 쓴웃음을 지었다.

"혼담만 오갔지 얼굴도 모르는 사이였거든요."

"양반이겠지요?"

"내가 서자(庶子)라 그쪽도 승지 영감의 서자(庶子)라고만 들었어요."

"우리 주인도 서자(庶子)요."

"들었어요."

"조선은 양반, 상놈 구별이 심해. 내가 보기에 양반은 한 줌이고 나머지는 상민, 천민, 종이야."

"당신은 뭔데요?"

"난 양반이오."

"문반(文班)? 무반(武班)?"

"쌍반."

"무슨 말이죠?"

"양쪽 다라는 말."

"그런 것도 있어요?"

"왜국은 있어."

정지연이 고개를 들었다.

"당신이 왜인이야?"

"대마도가 조선령이지만 이제 고니시의 사위 소 요시토모가 지배하는 왜국령이 되었으니 나도 양반, 상놈이 없는 왜인이 된 셈이지."

"대마도인이군."

"왜국은 공만 세우면 사무라이(武士)가 돼. 사무라이가 양반이야."

"왜인이 어쩌다 저분을 주인으로 모시게 되었소?"

"사연이 길지."

"저분은 혼인하셨소?"

"우리 주인을 모시려고?"

"이 난리 통에 체면 차릴 것 없지. 저분께서 원하시면 정조를 드리겠소."

"어이구."

놀란 조병기가 쪼그리고 앉았던 부뚜막에서 조금 물러갔다. 눈이 둥그레져 있다.

"여기 여장부 나셨구나."

"내가 이래도 저분이 원하지 않으실 거요. 그런 건 당신보다 내가 더 잘 알아."

그때 방에서 부르는 소리가 났기 때문에 조병기가 펄쩍 일어섰다.


조병기가 방으로 들어서자 이산이 말했다.

"유근수는 내 외조부의 원수야. 외조부는 유근수를 죽이려다 역적의 모함을 쓰고 여진으로 도주했다고 들었다."

조병기가 눈만 껌뻑였고 이산이 말을 이었다.

"유근수가 역적이었다는 거야. 하지만 이제는 그것을 증언할 사람이 아무도 없다. 다 죽었어."

"주인, 원수를 갚으시게요?"

"그렇다. 나는 원수를 갚으러 간다."

이산이 쓴웃음을 지었다.

"6년 만에 세상에 나왔더니 도처에 원수가 깔려있구나."

"어쨌든 저는 주인을 따르겠습니다."

"너는 내 왜말과 왜인 세상에 대한 스승이다."

"별말씀을."

목을 움츠린 조병기가 이산을 보았다.

"저는 부모 형제도 없는 대마도인일 뿐입니다. 이제 주인밖에 없습니다."

"난 왜말을 배워서 왜인이 되겠다."

"무슨 말씀이신지?"

"조선이 싫다."

"향도가 되신단 말씀입니까?"

"향도는 왜놈 앞잡이 아니냐?"

"그렇지요."

"나는 야마시다 같은 왜인 무장이 되겠다는 말이다."

"야마시다를 죽이고 말씀이오?"

"그렇다."

"주인."

어깨를 늘어뜨린 조병기가 이산을 보았다.

"그러시려면 우선 고니시나 가또, 또는 구로다 같은 영주의 눈에 들어야 할 것이오. 그것이 순서인 것 같습니다."

"내가 유근수의 머리를 들고 가면 왜인으로 받아주겠지. 그다음부터는 내 개인의 역량으로 입신(立身)할 것이다."

"따르지요."

어깨를 편 조병기가 이를 드러내고 웃었다.

"제가 처음에 주군이라고 부르지 않았습니까? 제가 가신(家臣)이 되는 것입니다."


이천 분조(分朝)에는 세자 광해가 대신과 군사들을 이끌고 왔기 때문에 작은 조정(朝廷)이 되었다. 그래서 선전관도 있고 형식이지만 육조(六曹) 역할도 관리들이 나눠서 맡고 있다.

그중 경기 순찰사 최경훈이 광해의 호위대장 겸 분조의 방어를 맡고 있다. 군(軍)의 지휘관 역할이다. 최경훈은 45세. 20세에 무과(武科)에 급제한 후에 무반(武班)으로만 반생을 보낸 무장이다.

사시(오전 10시) 무렵.

최경훈이 앞에 선 별장 김광수에게 물었다.

"평양에서 온 별장이 집정한테만 들렀다구?"

"예, 나리. 장기태는 저하고 회령에서 같이 여진족과 싸운 동료였습니다. 공을 많이 세웠지요."

목소리를 낮춘 김광수가 말을 이었다.

"집정 대감이 아끼는 무장이었습니다."

"집정이 인빈과 내통하고 있어."

"그것은 모두가 아는 사실입니다."

"저하가 내일 용성의 의병을 격려하려고 나가신다."

"예? 용성에 말씀입니까?"

고개를 든 김광수가 최경훈을 보았다.

용성은 이천에서 1백 리(40킬로)쯤 떨어진 대읍(大邑)이다. 남쪽이어서 가또군 통로와 가까웠기 때문에 왜군의 출몰이 잦은 곳이다. 그때 최경훈이 말을 이었다.

"밀행이야. 내가 직접 모시고 가는데 호위병 15기만 데리고 간다."

"나리, 위험합니다. 1백 리 길을 15기만 거느리고 가신다는 것은……."

"저하께서도 의병을 꼭 격려하시겠다고 한다. 그리고 집정한테도 비밀로 하고 새벽에 떠난다."

고개를 든 최경훈이 김광수를 보았다.

"그대가 집정 주변을 경계하라. 어떤 놈이 뒤를 쫓는지, 어떤 놈이 군사를 데리고 나가는지를 감시하고 그런 경우에는 그대가 독단으로 행동해도 된다."

"그러지요."

대답은 했지만 김광수가 어깨를 늘어뜨렸다.

"이곳에까지 와서 반역 도당과 함께 있다니요. 조선이 망할 것 같습니다."

"저하가 곧 조선이다. 이곳 분조(分朝)가 곧 조정이야."

최경훈이 잇새로 말했다.

"그대와 나는 새 조정(朝廷)의 신하다. 그것으로 자위하고 목숨을 바치기로 하자."


이천 분조(分朝)에는 피란민들이 몰려왔기 때문에 금세 주민 수가 늘어났다.

이천현 관아 주변의 주민이 본래 3천여 명이었는데 분조(分朝)가 들어서자 주변의 피란민들이 모여든 것이다. 현재 주민 수는 8천여 명. 난리 전보다 2배 이상이나 늘어났다.

"다녀왔습니다."

하라다가 기노에게 말했다.

관아 서쪽의 민가 안.

이곳이 기노의 은신처다. 하라다가 말을 이었다.

"마쓰다 님께 보고했더니 곧 주군께 보고를 하시고 나서 밀서를 써주셨습니다."

하라다가 가슴에서 가죽으로 싼 편지를 꺼내 내밀었다. 하라다는 함경도로 진출한 가또의 본진에 보고를 하고 돌아온 것이다. 기노가 편지를 펼치고 읽는다.

'기노, 잘 알았다. 임해군, 순화군을 함경도로 보냈다는 사실을 주군께 말씀드렸다. 주군께서는 네가 이천에 머물면서 광해의 동향을 보고해주기를 바라신다. 그리고 유근수에 대해서 네가 주의할 것이 있다. 유근수가 고니시 님과도 내통하고 있는 것을 기억하도록. 인빈 주위에도 고니시 님의 밀정이 깔려있다.

너에게 지시하니 명심하라.

첫째. 조선의 조정(朝廷)은 인빈의 치마 속에서 움직이고 있으며 인빈의 목적은 제 아들인 정원군이 세자가 되어서 조선 왕으로 등극하는 것이다.

둘째. 인빈은 전세가 조선군에 유리해질 때 분조(分朝)의 광해를 제거할 것이다. 지금은 시기가 아니니 보류시키는 상황이다. 그것을 유근수가 따르고 있다는 것을 알고 있도록.

셋째. 주군께서는 만일의 경우를 대비하여 함경도에 와 있는 임해군, 순화군을 잡아 인질로 삼을 예정이시다. 고니시 님이 인빈과 정원군을 내세우고 있는 것에 대한 대비책이다.

넷째. 광해는 현재 조선 왕과 인빈이 내세운 허수아비지만 독자세력을 형성하게 되면 우리가 먼저 포섭해야 된다. 그때 유근수를 이용할 것인지를 네가 판단해야 될 것이다.

네 임무가 막중하다. 주군께서 네 공을 기록하신다고 말씀하셨다.'

기노가 고개를 들었다.
눈빛이 강해져 있다.


이른 아침.
동녘 하늘이 부옇게 되면서 산의 윤곽이 선명하게 드러났다.
인시(오전 4시)가 조금 지났을 무렵.
소리 죽여 이천의 관아 뒷문을 빠져나오는 기마 대열이 있다. 모두 15기. 뒷문을 지키던 군사 둘이 잠자코 비켜서서 시선만 준다. 가끔 이천 주위를 순시하는 순찰 기마군 대열이다.
말굽 소리를 죽이며 마을을 빠져나온 기마대는 곧 황무지로 들어서자 속보로 전진했다.
"이제 두 시진쯤 걸릴 것입니다."
광해의 옆으로 바짝 말 배를 붙인 최경훈이 말했다.
"용성 의병장 김여준이 골짜기 앞으로 마중 나와 있겠지요."
고개를 끄덕인 광해가 말에 박차를 넣었다.
뒤를 따르는 기마군은 모두 정예다. 최경훈이 경기도에서 데려온 군관들인 것이다.
아침 이슬에 젖은 잡초를 헤치면서 기마대는 속력을 내었다.


강을 따라 걷던 조병기가 걸음을 멈췄다.
햇살이 동녘 산 위로 머리를 내민 이른 아침이나. 예성강 지류의 한 곳으로 좌우가 기암괴석이 펼쳐진 절경이다. 아침이라 맑고 서늘한 바람이 훑고 지나갔다.

조병기가 손으로 앞쪽을 가리켰다.

"주인, 앞쪽에 왜군 순찰대가 지나가고 있습니다."

고개를 든 이산이 강 건너편의 절벽 밑을 지나는 기마대를 보았다.

3기다. 거리는 3백 보 정도. 앞장선 왜군의 창끝이 아침 햇살을 받아 번쩍였다. 그 뒤를 지휘관, 기마군 셋이 종대로 지나가고 있다. 같은 방향이다. 절벽 밑의 강변을 따라 기마군이 천천히 전진하고 있다.

이산이 왜군을 주시하면서 말했다.

"놈들이 먼저 지나가게 놔둬라."


"이천은 이곳에서 120리(48킬로) 거리라고 합니다."

민가에서 돌아온 조병기가 이산에게 말했다. 개울가 바위 밑이다.

진시(오전 8시) 무렵. 옆에 쪼그리고 앉은 조병기가 말을 이었다.

"강 상류를 따라가다가 다시 두 갈래로 나뉜 지점에서 왼쪽 샛강을 따라 북상한다는 것입니다. 두 갈래 지점까지는 40리쯤 된다는군요."

"오늘 저녁에야 이천에 닿겠구나."

이산의 시선이 개울가 바위 밑에 앉아있는 정지연을 스치고 지나갔다. 정지연은 물집이 난 발을 씻고 다시 버선을 신는 중이다. 정지연의 걸음이 늦어서 그렇다. 둘만 간다면 한낮에 도착할 수 있을 것이었다.

어느덧 강을 따라 앞장서 가던 건너편의 왜군은 보이지 않았다. 10리는 더 멀리 갔을 것이다. 그때 이산이 등짐에서 돗자리에 싸놓은 왜검을 꺼내놓았다. 조병기의 시선을 받은 이산이 말했다.

"이제 등짐의 다른 건 버리고 가자."

이산의 등짐에는 활과 살통까지 분해되어 들어있는 것이다. 활에 쇠심줄 시위를 건 이산이 말을 이었다.

"가서 유가 놈만 잡으면 된다."

유근수다.

다가앉은 조병기가 이산을 보았다.

"주인, 그 유가를 바로 죽이고 떠나실 작정이시오?"

"잡아서 내막을 듣고 싶지만 그럴 기회가 있을지 모르겠다."

그때 정지연이 떡갈나무 잎에 싼 주먹밥을 가져왔기 때문에 둘은 말을 그쳤다. 민가에 있던 된장과 버무린 주먹밥이다.

주먹밥을 집은 이산이 정지연을 보았다.

"그대는 이천에 머무는 것이 낫겠소."

정지연이 시선만 내렸을 때 이산이 말을 이었다.

"우리는 그곳 집정이라는 놈을 제거하고 빠져나갈 작정이니까."

"어디로 가시는데요?"

정지연이 묻자 이산이 쓴웃음을 지었다.

"내가 조선의 대신을 죽일 텐데 나하고 인연이 있다는 것이 알려지면 그대도 위험해. 모르는 것이 낫소."

"알겠습니다."

고개를 끄덕인 정지연이 이산을 보았다.

"말씀대로 하겠습니다."

"세자를 따라 다니는 것이 가장 안전할 거요."

"지난번에 주신 금붙이가 있으니 그것으로 몇 년은 살 수 있습니다."

이산이 대답 대신 활을 들어 시위를 힘껏 당겨보았다. 물소의 뿔로 만든 각궁이다. 우연히 산적 소굴에서 얻어 지니게 되었는데 낡았지만 튼튼했다. 화살은 50여 개를 묶어 놓았다. 조병기가 등짐에서 필요 없는 물건을 꺼내놓고 있다.

사시(오전 10시) 무렵이 되었을 때 광해 일행은 용성현 영내에 닿았다.

이곳은 산간 지역으로 인구는 1백 호 정도다. 벽지인 것이다. 함경도를 맡은 2번 대 가또의 통로와 가까웠기 때문에 주민 대부분은 피란을 간 상태다.

"저하, 김 진사가 마중 나와 있을 것입니다."

주위를 둘러보면서 최경훈이 말했다.

좌우가 황무지였고 일행은 골짜기를 향해 다가가는 중이다. 그때 앞쪽에서 척후가 달려왔다. 먼지를 일으키며 다가온 척후가 소리쳐 보고했다.

"의병장이 골짜기 입구로 나오고 있습니다."

고개를 든 광해가 앞쪽에서 일어나는 먼지구름을 보았다. 기마대가 달려오고 있다.


"저하!"

먼지 속에서 말을 멈춘 기마인들이 굴러떨어지듯이 말 등에서 뛰어내렸다. 그 중에서 흰 수염의 중년이 소리치면서 땅바닥에 엎드렸다. 수행한 사내들도 일제히 따라 엎드렸다.

"오, 김 진사이신가?"

말에서 내린 광해가 다가서면서 물었다.

"예, 저하."

고개를 든 김 진사의 눈에서 눈물이 흘러내렸다.

김 진사 김여준은 53세. 고향인 용성현 마곡리에 살고있는 향반이다. 향반이란 고향에 남아있는 양반을 말한다. 이번 왜란을 맞아 김여준은 의병을 모았는데 3백 여 명이 되었다.

다가선 광해가 김여준의 어깨를 잡아 일으켰다.

"일어나시게."

"감사하옵니다, 저하."

김 진사가 울먹였다.

"저하, 이곳까지 와주시다니요. 도처에 왜군 정보원이 흩어져 있습니다."

"내가 숙소에만 박혀있을 수는 없지 않습니까?"

광해가 엎드린 의병들에게 일어나라고 지시한 후에 길가의 풀숲에 마주 보고 앉았다.

김여준이 전황을 보고했다.

"저하, 서쪽 70리(28킬로) 지점에 왜군 2번대 가또군의 선봉군 지대가 주둔하고 있습니다. 의병대는 사흘 전에 지대에서 파견된 왜군과 접전해서 수급 7개를 획득했소이다."

"장하오."

광해가 허리에 찼던 검을 풀어 김여준에게 내밀었다. 미리 준비해온 검이다.

"그대를 정4품 병마사에 임명하고 '세자검'을 내리니 나를 대신하여 역적을 처단하시오."

"황공하옵니다."

두 손으로 검을 받은 김여준이 울먹이며 소리쳤다.

"세자 저하를 위하여 신(臣) 김여준이 목숨을 바치겠소이다."

시골에 묻혀 살고 있었지만 김여준이 조정(朝廷), 임금과 인빈의 행태를 모르겠는가.

벽지의 천민, 종까지 왕이 도망질하기 바쁘고 왜군의 추적을 분산시키려고 분조(分朝)를 만들어 세자를 내보냈다는 것까지 다 안다. 그래서 세자에게 목숨을 바치겠다고 한 것이다.

정상적으로 말한다면 조선조의 고신 왕에 내해 충성 서약과 목숨을 내놓는다고 해야 옳다.

"저기."

조병기가 손으로 가리킨 곳.

아침에 먼저 지나가게 했던 왜군 셋이다. 셋은 이제 말에서 내려 개울가에 앉아 있었는데 점심을 먹고 있는 것 같다. 말 3필은 개울가 나무에 매어 놓았고 셋은 둘러앉았다.

거리는 2백 보 정도. 강줄기를 따라가다가 모퉁이를 돌면서 발견한 것이다. 이곳은 강이 두 갈래로 갈라지는 부분이라 강폭이 좁고 물은 무릎까지 찰 뿐이다.

이산이 활과 살통을 들고 발을 떼었다. 강가에 숲이 우거져서 왜군은 이쪽을 눈치채지 못했다. 고개를 돌린 이산이 조병기에게 말했다.

"기다려라."

이산의 의도를 아는 조병기가 발을 멈췄다. 왜군이 앞을 가로막은 형국이니 치워야 한다.


강을 따라 50보쯤 접근했을 때 왜군의 목소리까지 들렸다.

바위 사이로 한 걸음씩 다가가면서 이산이 등에 멘 살통에서 화살을 꺼내 쥐었다. 웃음소리도 들린다. 셋 중 하나는 강물에 발을 씻고 있다. 세 명 모두 어깨 갑옷을 벗고 무기는 옆에 내려놓았다.

인적이 없는 무인 지대다. 후덥지근한 날씨였기 때문에 이산의 이마에서 땀방울이 돋아났다. 다시 20보쯤 더 접근했을 때 셋의 윤곽이 더 선명해졌다.

거리는 120보 정도.

그때 이산이 바위 뒤에 몸을 붙이고는 심호흡을 했다. 사정거리 안에 들어왔다.


50여 보 뒤에 숨어있던 조병기와 정지연은 숨을 죽이고 이산을 보았다.

이산의 앞쪽 강가에 앉아있는 왜군도 보인다. 그때 조병기는 바위 옆에 선 이산이 활시위를 당기는 것을 보았다. 이쪽에서 보면 만월처럼 부풀었다. 다음 순간 시위가 튕겼다.

"앗."

조병기가 낮게 외쳤고 뒤에 서 있던 정지연은 숨을 들이켰다.

셋 중 하나가 개울 속으로 엎어졌다. 놀란 왜군들이 벌떡 일어났을 때다. 발을 씻던 왜군이 가슴을 움켜쥐고 엎어졌다. 하나 남은 왜군이 허둥지둥 옆에 놓인 칼을 쥐었을 때다.

다시 날아온 화살이 등에 박혔고 뒤로 상반신을 젖혔던 왜군이 곧 강물 속으로 곤두박질을 쳤다.

"잘 되었다."

잠시 후에 왜군 주위에 셋이 모였을 때 이산이 말했다.

"말을 타고 이천으로 가자."

그때 고개를 돌린 조병기가 정지연을 보았다.

"낭자, 말을 타 보셨소?"

"유모 집에 올 때 견마 잡힌 말을 탔습니다."

"그럼 됐군."

조병기가 이산에게 말했다.

"제가 고삐를 잡고 가지요."

이산이 고개를 끄덕였다. 정지연은 발병이 나서 절름거리고 있었기 때문이다. 이산이 말을 끌고 오더니 안장에 붙은 장식을 떼 내고 맨 안장만 남겨놓았다. 그러고는 조병기에게 말했다.

"이세는 이천에 해가 떨어지기 전에 들어갈 수 있겠다."

이곳에서 이천이 80리(32킬로)다. 말을 걸리기만 해도 유시(오후 6시)쯤이면 닿을 수가 있을 것이다.

해음령은 이천에서 60리(24킬로) 떨어진 산맥으로 동서를 가르는 역할을 했다. 동쪽은 경기도, 서쪽은 강원도다.

미시(오후 2시) 무렵.

해음령 줄기의 하나인 한등산 중턱에 서서 가네다가 무로야마에게 말했다.

"2번대가 함경도 깊숙이 북진해서 오히려 1번대보다 점령지역이 많아."

가네다가 아래쪽을 둘러보면서 말을 잇는다.

"우리가 2번대 뒤를 맡은 것이 다행이야. 만일 1번대에 합세했다면 지금쯤 평양 성에서 막혀있을 테니까."

지금 고니시군은 평양성에서 전투 중이다. 어깨를 부풀린 가네다가 무로야마를 보았다.

"곧 명군(明軍)이 내려온다는 거야."

무로야마가 이를 드러내고 웃었다.

가네다는 4번대장 시마즈의 선봉대장 기시다의 첨병장으로 부하 20기를 이끌 고 정찰을 나온 참이다.

왜군은 한양성을 함락시킨 후에 3개 부대로 나뉘어 북상했다.

1번대 고니시군을 주력으로 하는 부대는 평양으로, 2번대 가또군을 앞세운 부 대는 함경도. 그리고 4번대 시마즈는 2번대 뒤를 따르다가 강원도로 갈라졌다. 지금 가네다가 4번대 소속인 것이다.

바위에 앉은 가네다가 아래쪽을 내려다보았다.

"오늘은 아침부터 너무 멀리 와서 본대와 1백 리나 떨어졌다. 이곳에서 쉬기 로 하자."

"부하들이 기뻐할 것입니다."

무로야마가 몸을 돌리면서 말했다.

3백 보쯤 떨어진 아래쪽 국도는 텅 비었다.

그러나 이곳은 교통 요지다. 해음령을 등지고 있어서 남북으로 통행하려면 이 길을 지나야 한다.


"주인, 기마술은 어디서 배우셨소?"

뒤를 따르던 조병기가 문득 물었다.

셋은 강줄기를 벗어나 산길을 타고 오르는 중이다.

"산에서."

능숙하게 말을 몰아 길을 트면서 이산이 말을 이었다.

"소백산 줄기의 안악산은 험한 바위산이야. 산에서 말을 타고 내려와 황무지를 내달렸다."

"스승님이 무예에 출중하셨소?"

"천문, 지리, 역사에도 통달하셨지."

이산이 앞을 향한 채 혼잣소리처럼 말했다.

"나는 재미로 무술과 병법까지 익혔지만 이런 난리가 날 줄을 스승님은 예상하고 계셨던 것 같다."

"난세에 영웅이 난다고 하지 않습니까?"

"난 그럴 생각은 눈곱만큼도 없다."

"영웅은 마음먹는다고 되는 것이 아닙니다. 시대가 만드는 것입니다."

"너는 그런 말을 누구한테서 배웠느냐?"

"부산포 왜관에서 몇 년 전부터 난리가 난다는 소문이 떠돌았지요."

말은 험산을 뚜벅뚜벅 잘 걸었기 때문에 조병기는 뒤를 따르는 정지연의 말고삐만 꽉 쥐고 있으면 되었다.

조병기가 말을 이었다.

"일본 왕 도요토미 히데요시가 천하를 통일하고 나서 남아도는 사무라이들을 전장에 내보내야 했으니까요. 그래서 조선을 침략한다는 소문이 퍼져 있었습니다."

지금 이산과 조병기는 왜말을 주고받고 있다.

그때 조병기가 생각난 것처럼 말했다. 물론, 왜말.

"주인, 뒤의 아가씨가 주인께 몸을 줄 수도 있다고 하는군요. 그런데 주인은 그럴 생각이 없으신 것 같다고도 말했습니다. 한번 회포를 풀어보시지요."

"닥쳐라."

이산이 낮게 꾸짖었지만 곧 쓴웃음을 지었다.

"네가 그렇게 이끌었겠지."

"아니오. 아가씨는 진심인 것 같았소."

"불쌍한 여자다."

"양반의 서자(庶子)로 호강했을 것이오."

그때 이산이 고개를 돌렸기 때문에 대화가 그쳤다. 한 사람이 겨우 다닐 수 있는 소로를 3필의 말이 지나고 있다.


"저기, 기마대가 옵니다!"

아래쪽 군사가 소리쳤기 때문에 가네다는 벌떡 일어섰다. 보인다. 아래쪽 우측에서 먼지구름이 일어나고 있다.

"아군이냐?"

소리쳐 묻자 눈이 밝은 군사 하나가 대답했다.

"아니오!"

"출동!"

말을 매어둔 곳으로 달려가면서 가네다가 명령했다. 소규모 기마대다. 조선 기마대인 것이다.


"앗, 왜군이오!"

앞장선 군사가 소리쳤다.

이곳은 해음령 줄기의 한등산 아래쪽. 기마대는 우측의 산기슭을 돌아가던 중이었다.

놀란 최경훈이 고개를 들었을 때 앞쪽에 나타난 기마대를 보았다. 앞이 트여서 선명하게 보였다.

20기 정도. 왜군이다. 거리는 7, 8백 보 정도. 뒤에 먼지구름을 만들면서 달려오고 있다.

최경훈이 어금니를 물었다. 세자를 모시고 부딪칠 수는 없다.

"우측으로!"

최경훈이 바로 마음을 굳혔다.

"우측으로 돌아 간다!"

도망쳐야 된다. 최경훈 혼자라면 접전했다. 그러나 지금은 세자를 보호해야 한다.

기마대는 일제히 우측으로 말 머리를 틀었다. 모두 정예다. 광해 옆에 바짝 말 배를 붙인 최경훈이 다시 소리쳤다.

"저하를 보호해야 한다!"


산모퉁이를 돌았을 때 이산이 문득 고개를 돌려 아래쪽을 보았다. 바위 사이로 아래쪽 황무지가 보인다. 황무지를 일대의 기마군이 달려오고 있다.

"앗! 기마대요!"

그것을 조병기도 보았다.

"아니, 뒤에 또 있소!"

눈이 밝은 조병기가 다시 소리쳤다.

"앞쪽은 조선군이오!"


"좌우로 퍼져라!"

가네다가 소리치면서 옆을 따르는 무로야마를 보았다.

"네가 10기를 이끌고 좌측으로!"

"옛!"

말고삐를 챈 무로야마가 뒤를 따르는 군사들에게 소리쳤다.

"야스다, 가모조는 나를 따르라!"

일사불란한 지시다. 야스다와 가모조(組) 10기가 무로야마의 뒤를 따라 좌측으로 꺾어졌다.

# 6장
## 조선은 의병을 구한다

"저하! 고삐를 단단히 쥐시지요!"

최경훈이 소리쳤다.

"앞쪽 산기슭까지 가시지요!"

최경훈의 목소리가 떨렸다.

기마군 15기는 전속력으로 달리고 있다. 고개를 돌려 뒤를 돌아본 최경훈은 왜군 기마대가 두 개로 쪼개지는 것을 보았다.

산기슭에 닿기 전에 좌우에서 협공하려는 작전이다. 그렇게 되면 치명적이다. 산기슭과의 거리는 2리(800미터) 정도. 뒤를 쫓는 왜군과의 거리는 5, 6백 보 정도로 조금 더 좁혀졌다.

그때 광해가 고개를 돌려 최경훈을 보았다. 얼굴은 상기되었지만 눈동자는 또렷했다.

"순찰사, 만일의 경우에 나를 어머니 옆에 묻어주시오."

"저하!"

최경훈이 꾸짖듯이 말했다.

"그때는 저도 이 세상에 없을 것이오!"

"아니. 그대는 살아서 너 싸워야 되오!"

이제는 세자가 소리쳤다.

그때 뒤쪽에서 함성이 울렸다. 왜군이 조금 더 가까워졌다.

"쳐라!"

가네다가 소리치면서 말에 박차를 넣었다.

이제 거리는 2백여 보.

조선군은 맹렬하게 달렸지만 의외로 속도가 늦다. 그것은 가운데 위치한 한 사내를 중심으로 달렸기 때문이다. 기마술에 약한 사내와 속도를 맞추고 있어서 그렇다.

"너는 이곳에서 기다려라."

고개를 돌린 이산이 조병기에게 말했다. 말고삐를 고쳐 쥔 이산이 말을 이었다.

"무슨 일이 있으면 너는 낭자를 이천까지 데려다주도록 해라."

"주인, 조심하시오."

이산은 잠자코 말에 박차를 넣었다. 주인의 의도를 알아챈 말이 콧바람을 불더니 산에서 내려가기 시작했다.

산기슭까지는 2백 보 정도밖에 되지 않는다. 이제 이쪽으로 달려오는 기마대와의 거리는 5백여 보로 가까워졌다. 그 뒤를 쫓는 기마대와의 거리는 3백여 보 정도다.

"쳐라!"

좌측으로 벌려서 다가간 무로야마가 칼을 뽑아 들고 소리쳤다.

"와앗!"

뒤를 따르는 부하들이 일제히 함성을 질렀다.

조선군과의 거리는 250보.

뒤쪽에서 함성이 울렸을 때 최경훈이 이를 악물었다.

산기슭과의 거리는 이제 2백여 보. 뒤에서 쫓는 왜군과의 거리도 2백여 보다. 산기슭에 닿자마자 왜군과 부딪치게 되었다. 그때 최경훈이 말고삐를 채면서 소리쳤다.

"강 별장은 부하 다섯과 함께 저하를 호위해서 산으로 오르라!"

그러고는 말 머리를 돌렸다.

"나머지는 나를 따르라!"

순식간이다.

최경훈이 이끄는 10기와 무로야마의 10기가 부딪쳤다.

"에잇!"

최경훈이 누구인가?

무반(武班)으로 20여 년을 보낸 조선군 장수.

단칼에 앞장선 왜군의 몸통을 베었다. 왜군이 내지른 창을 몸을 틀어 피하면서 내려친 칼에 왜군은 어깨에서 허리까지 잘렸다.

"와앗!"

함성과 함께 양군이 부딪쳤다.


"쫓아라!"

우측에서 달려오던 가네다는 무로야마조(組)가 조선군과 부딪치는 것을 보았다. 칼을 치켜든 가네다는 말 머리를 옆으로 틀었다.

"우리는 저놈이다!"

가네다가 칼끝으로 가리킨 곳은 무리에서 떨어진 6기다.

6기가 1기를 중심으로 뭉쳐서 산기슭으로 달려가고 있다. 저놈을 보호하려고 10기가 떨어졌다. 가네다가 이끄는 10기가 질풍처럼 6기를 향해 달려갔다.

강운석 별장은 정5품으로 장수급이다.

35세. 회령에서 여진족과 수십 번 접전을 치른 맹장이다.

뒤쪽에서 함성이 울렸을 때 강운석은 이를 악물었다.

우측의 10기가 이쪽을 목표로 접근하고 있는 것을 알고 있었다. 놈들을 막으려고 순찰사가 떨어졌지만 저놈들은 막지 못했다.

강운석이 소리쳤다.

"이 군관!"

"예! 별장 나리!"

옆에서 이 군관이 소리쳐 대답하자 강운석이 말했다.

"네가 저하를 모시고 산으로 오르라!"

"예, 별장 나리!"

"나머지는 나를 따라 놈들을 막는다!"

"아니, 별장!"

당황한 광해가 불렀을 때 별장이 소리쳐 대답했다.

"저하, 군관을 따라 먼저 가소서!"

그러고는 소리쳤다.

"자, 나를 따르라!"

이 군관이 말고삐를 채었고 셋이 따라서 말 머리를 돌렸다.

그때 앞으로 10기의 왜군이 쇄도해왔다. 이제 1백 보 거리다.

이미 아래쪽에서는 순찰사가 왜군과 엉켜 혼전 중이다.


"에잇!"

두 번째 왜군을 벤 최경훈이 고개를 들었을 때다.

갑자기 말이 앞다리를 솟구쳤기 때문에 최경훈이 땅바닥으로 떨어졌다. 반대쪽으로 다가온 왜군이 창으로 말 배를 찌른 것이다.

"이놈!"

땅바닥에서 뒹군 최경훈이 곧 칼을 고쳐 쥐었다. 그때 옆으로 달려온 왜군이 칼을 후려쳤다.

"쨍!"

최경훈이 칼을 들어서 막자 날카로운 쇳소리가 울렸다. 그때 최경훈이 칼을 내질렀다.

"에익!"

기마군과 보군과의 대결이 되었다. 그러나 한 덩어리가 되어 뭉쳐있는 상태여서 이때는 보군이 유리하다. 기마군은 말과 함께 붙어서 덩치가 서너 배로 커졌기 때문이다.

칼에 옆구리를 찔린 말이 펄쩍 뛰어올랐기 때문에 왜군이 말 등에 몸을 붙였을 때다. 최경훈이 왜군의 옆구리를 칼로 후려쳤다.

"으아악!"

왜군이 말에서 굴러떨어졌다.

혼전이다. 막상막하다.

이미 각각 절반가량이 쓰러졌지만 혈투가 계속되고 있다.


"에익!"

가네다가 앞을 가로막는 조선군의 어깨를 내려쳤다.

"으악!"

조선군이 몸을 비틀었지만 어깨를 베었다. 그러나 조선군은 그냥 쓰러지지 않았다. 쓰러지면서 칼로 가네나의 말 복을 찔렀기 때문에 말이 펄쩍 뛰었다.

"이런!"

외침을 뱉은 가네다가 고삐를 채었지만 말이 뒷다리만으로 섰다가 곧 옆으로 쓰러졌다.

"에익!"

옆에서 외침 소리가 나더니 왜군 하나가 땅바닥으로 떨어졌다. 조선군이 내려친 칼에 머리통이 갈라진 것이다.

"아악!"

비명이 들리면서 조선군 하나가 쓰러졌다. 이미 왜군도 넷이나 쓰러진 상태.

가네다가 소리쳤다.

"말을!"

그때 부하 하나가 빈 말을 끌고 왔다.

이제 앞을 가로막던 조선군 넷은 모두 쓰러졌다. 말에 뛰어오른 가네다가 앞쪽을 보았다.

저것, 2기. 그 둘 중 하나가 조선군이 모시는 대장이다.

조선군들이 결사적으로 가로막고 있는 저놈.


최경훈은 어깨와 등, 허벅지에 자상을 입었지만 지금도 싸우고 있다.

말에서 떨어졌다가 빈 말에 올라탔지만, 다시 두 번째로 떨어진 상태. 왜군이 말다리를 후려쳤기 때문이다. 그때 고개를 든 최경훈이 강운석이 지휘하던 '세자 호위조'가 당하는 것을 보았다. 우측으로 갈려졌던 왜군의 접근이 빨랐다.

"안 된다!"

칼을 후려쳐 앞쪽에서 대드는 왜군의 몸통을 갈랐을 때 최경훈은 이쪽에 승산이 있는 것을 보았다.

아직 말들이 엉켜있지만 빈 말 7, 8필이 주위로 흩어졌고 말 등에 탄 기수는 8명. 이미 10여 명이 떨어졌다. 땅바닥에는 이제 둘이 서 있다. 기수는 조선군이 다섯, 왜군은 셋.

"에익!"

미친 듯이 칼을 휘두르며 달려간 최경훈은 칼을 고쳐 쥔 채 서 있는 왜군의 머리통을 내려쳤다.

"악!"

왜군이 칼등으로 최경훈의 칼을 막는다.

투구를 쓴 무장. 허벅지를 깊게 찔려서 보행을 못 한다. 바로 무로야마다.

"이놈!"

최경훈이 이를 갈았다. 세자가 위험하다.

힘껏 칼등으로 무로야마의 칼을 밀었던 최경훈이 발길로 배를 찼다.

"윽."

배를 차인 무로야마가 비틀거리다가 중심을 잃었다. 그때 최경훈이 칼을 내려쳤다.

"뻑!"

내려친 칼이 무로야마의 투구를 쪼개면서 머리통까지 갈라놓았다. 그 순간 고개를 든 최경훈이 소리쳤다.

"말을!"

이제 기수는 조선군 셋, 왜군 하나가 남았다.

아, 세자 저하는?


"잡아라!"

가네다가 소리쳤다.

이제 앞쪽 조선군 둘을 쫓는 기마군 둘이 거의 다섯 마신 거리로 다가갔다. 골짜기의 바위투성이 길이었기 때문에 말은 거의 속보로 나아가는 상태. 그 뒤를 가네다와 4기가 쫓는다.

둘과의 거리가 곧 두 마신 간격으로 좁혀졌다. 말 몸의 두 배 거리다.

가네다가 어깨를 부풀렸다.

"이제 잡았다."

그 순간이다. 뒤를 쫓던 부하 하나가 말에서 떨어졌다.

"저런."

가네다가 눈을 치켜떴다. 바위에 걸린 말에서 흔들리다가 떨어진 것 같다.

그때 또 한 명의 왜군이 두 팔을 치켜들더니 말에서 떨어졌다.

"앗!"

그때 가네다가 숨을 들이켰다.

화살에 맞았다. 목에 맞은 화살이 보였다.


이산이 말 등에 앉은 채 다시 시위에 살을 먹였다. 그러고는 다가오는 왜군을 겨눴다.

거리는 130보 정도.

시위를 만월처럼 부풀린 이산이 다시 왜군을 겨눴다.

"쌕!"

다시 화살 하나가 날아갔을 때다. 앞쪽으로 기마인 둘이 다가왔다. 하나는 아직 소년이다. 양반 복색으로 도포를 허리에 묶었다. 그 소년이 이산에게 소리쳤다.

"고맙소!"

뒤를 따르는 왜군 둘을 이산이 쏘아 떨어뜨리는 것을 정면에서 본 것이다.

그때 이산이 말했다.

"뒤로 돌아가 있어요!"

최경훈이 살아남았다.

10기를 이끌고 무로야마의 10기와 대적, 조선군과 왜군 기마군의 동수 대결에서 승리했다. 그러나 이쪽 생존자는 3기.

지금 최경훈은 미친 듯이 말을 몰아 달려오고 있다.

"앗!"

외침이 일어났다. 최경훈의 옆을 달리던 군관이 내지른 외침.

이곳에서는 앞쪽 1백여 보 거리의 왜군만 보인다. 모두 4기. 그 앞쪽은 보이지 않는다.

그런데 왜군 하나가 말에서 떨어진 것이다.

낙마했는가?

먼지 속에서 시야가 흐렸기 때문에 최경훈이 소리쳤다.

"죽여라!"

왜군들의 주의를 이쪽으로 돌리려는 것이다.


숨을 죽인 광해가 고개를 돌려 사내를 보았다.

이제 광해와 이 군관은 말에서 내려 사내의 옆에 서 있다. 바위에 막혀 말이 오를 수 없었기 때문에 내린 것이다.

그때 다시 사내가 만월처럼 부풀렸던 시위를 놓았다.

"쌕!"

다시 날아간 살이 70, 80보 앞에서 다가오던 왜군의 몸통을 맞혔다.

"오오!"

광해의 입에서 탄성이 터졌다. 벌써 사내는 세 명째 왜군을 쏘아 떨어뜨렸다. 그런데 사내는 무표정한 얼굴로 다시 시위에 살을 먹이고는 왜군을 겨눴다. 지금은 왜군이 넷으로 줄어들었다.

"앗!"

옆에 서 있던 이 군관이 손으로 아래쪽을 가리켰다.

"뒤쪽에서 아군이, 병마사가 오십니다!"

그 순간 광해도 보았다.

최경훈이다. 최경훈이 3기의 기마군을 이끌고 왜군의 뒤를 쫓는다.

그때 사내의 시위에서 살이 날아갔다.

"쌕!"

"아앗!"

탄성이 일어났다. 이 군관이다. 왜군 기마군 하나가 또 떨어졌다.

이제 왜군은 셋. 벌써 넷을 처리했다.


"으윽!"

가네다가 잇새로 신음을 뱉었지만 멈추지 않았다. 바위투성이의 골짜기여서 말은 속보로 나가지도 못한다. 벌써 넷이 살에 맞았다. 그리고 뒤를 조선군 4기가 달려오고 있다. 이쪽은 이제 3기다.

"말 머리를 돌려라!"

말고삐를 채면서 가네다가 소리쳤다.

"우측으로!"

뒤를 쫓는 조선군을 피해서 도망치려는 것이다.

그때다. 날아온 화살이 가네다의 말 목을 맞혔다.

"히힝!"

말이 펄쩍 뛰어올랐기 때문에 가네다는 사정없이 말에서 떨어졌다. 몸통째 바위 위로 떨어진 가네다가 입을 쩍 벌렸다. 바위에 허리뼈가 부서졌다.

이산이 둘만 남은 왜군의 등판을 맞췄을 때 광해가 탄성을 뱉었다.

"명궁이다!"

광해가 경탄이 드러난 얼굴로 이산을 보았다.

그때 이산이 다시 시위에 살을 먹이다가 그쳤다. 왜군의 뒤로 덮친 조선군 하나가 칼을 내려쳤기 때문이다.

전의(戰意)를 상실한 왜군은 저항도 못 한 상태에서 어깨에 칼을 맞고 말에서 떨어졌다.


"저하."

다가온 최경훈이 소리쳤다. 온몸에 피 칠을 했지만 두 눈이 번들거렸다.

"저하, 천운입니다."

다가선 최경훈이 털썩 무릎을 꿇었기 때문에 광해가 다가와 어깨를 잡아 일으켰다.

"순찰사, 이분 덕분에 살았소."

"저도 보았습니다."

둘의 시선이 옆에 서 있는 이산에게로 옮겨졌다.

"누구시오?"

이산이 상민 차림이었지만 장신에 귀티가 났다. 더구나 세자의 목숨을 구해준 인물이다.

최경훈이 물었을 때 이산은 주춤했다. 이런 상황이 올 줄 몰랐다.

구해준 사내가 세자 광해라니, 상상도 못 했다.

고개를 든 이산이 대답했다.

"충청도 상주의 이산이라고 합니다."

솔직하게 말했다.

그때 최경훈이 다시 물었다.

"오, 양반이신가?"

"아니오. 상민이오."

"오, 그러신가?"

고개를 끄덕인 최경훈이 눈으로 광해를 가리켰다.

"세자 저하시다. 인사하도록."

이산이 몸을 돌려 광해 앞에 무릎을 꿇었다.

"이산이 저하께 인사드립니다."

"내가 그대 덕분에 목숨을 구했다."

광해가 부드러운 시선으로 이산을 보았다.

"고맙다."


세자까지 여섯이 남았다. 그리고 이산 일행까지 셋이 모인 아홉 명이 이천으로 돌아간다.

최경훈을 포함한 군관들은 모두 상처를 입은 부상자들이다.

아홉이 이천에 도착했을 때는 술시(오후 8시)가 되어갈 무렵이다. 이미 어둠이 덮인 관아로 일행은 소리 없이 들어섰다.


광해의 처소 안.

불을 밝힌 방 안에서 광해가 앞에 앉은 이산을 보았다. 이산의 옆에 상처를 싸맨 최경훈이 앉아있다.

해시(오후 10시) 무렵이다.

주위는 조용하다. 그때 광해가 입을 열었다.

"그대는 상민이니 무과(武科)에 응시해서 무반(武班)이 될 수도 있었지 않은가?"

"그럴 뜻이 없었습니다."

이산이 바로 대답했다.

"산중에서 도사님과 함께 살다가 난리 통에 나온 것뿐입니다."

"그럼 무반이 되게."

"감사하오나 저는 식구들과 함께 피란을 가겠습니다."

"나를 도와주게."

"황공합니다. 저는 무반이 될 자격이 없습니다."

그때 최경훈이 작게 헛기침을 했다.

"이보게. 저하께서 말씀하시지 않는가? 무엄하네."

낮지만 굳어진 목소리다.

"그대도 처를 데리고 피신중이라고 하지 않았는가? 이곳에 안돈시키고 세자 저하를 도와 조정(朝廷)을 굳혀주게나."

남장을 한 정지연이 금세 여자인 것이 드러났기 때문에 이산은 처라고 둘러댄 것이다.

그때 광해가 다시 말했다.

"이보게, 나한테는 조선 백성을 살려야겠다는 생각뿐이네. 그런데……"

광해의 눈이 흐려졌다.

"내 주변에는 적대세력이 깔려 있어서 믿을 사람이 드무네."

어깨를 늘어뜨린 광해가 이제는 외면했다.

"나는 자네 같은 사람이 필요하네."

이산이 고개를 돌렸다.


민가로 돌아왔을 때는 자시(밤 12시)가 되어갈 무렵이다.

최경훈이 마련해준 민가는 방이 4개짜리 기와집이다. 방으로 들어선 이산이 따라 들어온 정지연과 조병기를 둘러보며 말했다.

"내가 이곳에 머물러야겠어."

자리에 앉은 이산이 쓴웃음을 지었다.

"일이 묘하게 꼬이는구나."

"주인."

조병기가 상반신을 굽히고 이산을 보았다.

"어떻게 되신 겁니까?"

"내가 정4품 별장이 되었다. 무반(武班)이 된 것이지."

"정4품 별장입니까?"

숨을 들이켰던 조병기가 곧 고개를 끄덕였다.

"세자의 목숨을 구해주셨으니 영의정을 시켜줘도 되지요."

"어쩔 수가 없었다."

그때 정지연이 이산을 보았다.

"잘하셨어요."

이산이 고개를 들었고 정지연이 말을 이었다.

"정4품 별장이시면 세자 저하 측근에 계시게 될 것입니다."

"내가 조선 조정(朝廷)에 충성할 이유가 없는 것이 문제야."

혼잣소리로 말한 이산의 얼굴에 쓴웃음이 번졌다.

"하지만 세자의 진심(眞心)은 조금 이해가 갔어. 그래서 받아들인 거야."

고개를 든 이산이 조병기를 보았다.

"내일 아침에 순찰사가 이곳에 내 관복과 기구 일체를 가져올 거야."

이산이 말을 이었다.

"내자에게 필요한 살림살이 일체까지 보낸다니 받도록 해라."

"예, 주인."

조병기가 고개를 숙였다가 힐끗 정지연을 보았다.

내자는 안사람이다.


세자 일행의 밀행이 비밀로 넘어갈 수는 없다. 15기의 기마군이 나갔다가 오직 5기만 귀환했기 때문이다. 더구나 5명 모두 부상자다.

진시(오전 8시) 무렵.

유근수가 사저에서 병마사 고병진의 보고를 듣는다.

고병진은 정4품 무관(武官)으로 유근수와 함께 이천으로 파견된 측근이다.

"의병장 김여준을 만나고 왔단 말이지?"

"예, 만나고 돌아오다가 왜군의 기습을 받았다고 합니다."

고병진이 말을 이었다.

"20여 기의 왜군과 접전을 했는데 상민 출신의 이산이란 자의 도움을 받았다는 군요."

"그래서 그 상민한테 정4품 별장 직을 주었다는 말인가?"

"예, 대감."

"안 돼."

유근수가 고개를 저었다.

"내가 주상전하께서 임명하신 집정이야. 세자가 독단할 수 없어."

어깨를 부풀렸다가 내린 유근수가 말을 이었다.

"상민한테 정4품 별장이라니. 아무리 전시(戰時)라지만 전례가 없는 일이야."


"전례가 없는 일입니다."

유근수가 바로 말했다.

방금 광해로부터 이산을 정4품 별장으로 임명했다는 말을 들은 후다.

청 안에는 10여 명의 분조(分朝) 신하들이 둘러앉아 있었는데 부상당한 최경훈도 자리를 차지하고 있다. 광해는 시선만 주었고 유근수가 말을 이었다.

"더구나 상민 출신이라니요? 아무리 난세라고 해도 아니 되는 일입니다."

그때 광해가 헛기침을 했다.

"대감, 분조로 나뉘어 왔을 때 주상전하께서 나한테 하신 말씀이 있소."

광해의 목소리는 낮지만 또렷했다.

"들으시오."

"예, 듣겠습니다."

"네가 종2품 이하 관원은 임명하도록 해라. 너는 내 대신이다."

광해의 목소리가 점점 굵어졌다.

"분조(分朝)라는 것은 조정이 나뉘었다는 뜻이니 너에게 전권을 주겠다."

"저하."

유근수가 끼어들었을 때다. 광해가 손바닥으로 팔걸이를 내려쳤다.

"들으라!"

"예, 저하."

"그대는 나를 대신하는 섭정인가?"

"아, 아닙니다."

유근수가 눈을 크게 떴다.

"그럴 리가 있습니까?"

"무슨 권한으로 내 명을 거역하는가?"

"거역한 것은 아닙니다."

"유근수!"

이제는 광해가 소리쳐 이름을 불렀기 때문에 모두 숨을 들이켰다. 유근수도 눈을 치켜뜬 채 몸을 굳혔다.

그때 광해가 말을 이었다.

"그대 행실이 오만불손하고 안하무인이다. 내가 연소하다고 무시하는가?"

"아닙니다."

"네가 누구의 지시로 나를 이렇듯 능멸하느냐! 네가 역적이 아니냐?"

"저, 저하."

"역적으로 왜적과 내통하지 않는 이상 왜적으로부터 내 목숨을 구해준 장사를 정4품 별장으로 임명한다는 것을 반대할 리가 없다."

"저, 저하."

"나를 죽이려고 왜군을 보냈다가 저지되니 그 보복을 하는 것인가?"

"아, 아닙니다."

"나는 너를 반역배로 몰아 능지처참할 권한이 있다."

이제는 유근수가 땀으로 범벅이 된 얼굴로 광해를 보았다.

"저하, 신 유근수는……."

"네가 휘하의 별장, 군관을 수시로 외부로 출입시키는 것을 알고 있다. 왜적과 내통하고 있는 것이냐?"

그 순간 유근수의 눈이 흐려졌다. 어느덧 두 손으로 청 바닥을 짚고 땀만 뚝뚝 떨어뜨리고 있다.

"아닙니다. 아닙니다. 그것은……."

그때 광해가 최경훈을 보았다.

"그놈들을 잡아두었는가?"

"예, 저하."

최경훈이 바로 대답했다.

"네 놈을 잡아두었소이다."

고개를 끄덕인 광해가 이조판서 서덕기를 보았다.

"이산을 선전관청의 정4품 별장으로 임명하고 내 측근 호위 역으로 보내도록 하시오."

"예, 저하."

고개를 든 광해가 유근수를 보았다.

"그대는 사저에서 근신하라."

지금까지 유근수 때문에 쌓인 불만이 이산의 임명이 기폭제가 되어서 터진 셈이다.

유근수는 광해의 일을 사사건건 참견했으며 월권했다.

그러나 광해는 영민한 세자다.

최경훈을 통해 유근수 주변을 조사했고 수시로 임금 주변과 내통하고 있다는 것을 알아낸 것이다.


"그대는 지금부터 내 측근에서 머물라."

광해가 이산에게 말했다.

사시(오전 10시) 무렵.

청 안에는 광해와 이산, 최경훈까지 셋이 모여 있다.

광해가 말을 이었다.

"앞으로 조선군의 운용은 이곳 분조에서 결정한다. 그러니 그대들의 책임이 더욱 막중해질 것이다."

이미 광해와 최경훈은 말을 맞춘 상태다. 광해의 시선이 이산에게 옮겨졌다.

"그대는 순찰사와 손발을 맞춰야 될 것이다."


별장 장기태가 먼저 자백했다.

동반(同班)인 별장 김광수가 회유했기 때문이다.

"나는 인빈 마마의 심부름을 했을 뿐이오."

장기태가 말을 이었다.

"그렇소. 나는 유 대감과 인빈 마마의 연락관이오. 수시로 인빈 마마의 지시를 유 대감께 전달했소."

"내용은?"

최경훈이 묻자 장기태가 바로 대답했다.

"대부분이 밀서로 전달했기 때문에 알 수가 없소."

"구두 내용은 있었는가?"

"답장을 빨리 보내라는 것 따위여서 별것이 없었소."

그러더니 문득 고개를 들었다.

"이곳에 왜군의 밀정이 있다는 느낌이 들었소."


"뭐? 근신 처분을 받았어?"

하라다의 보고를 받은 기노의 눈썹이 치켜 올라갔다.

이천의 민가 안. 미시(오후 2시) 무렵.

하라다가 말을 이었다.

"예, 그리고 장 별장과 군관 셋이 최경훈에게 체포되었습니다."

"이런."

"취조를 받고 있는데 아직 내막은 알 수 없습니다."

"광해가 유 대감을 의심하고 있었군."

"그런 것 같습니다."

"그런데 이번에 정4품 별장으로 임명된 놈은 누구야?"

"광해의 목숨을 구해준 은인이라는 것입니다. 상민이라는군요."

숨을 들이켠 기노가 하라다를 보았다.

"하라다, 네가 지금 당장 인빈께 가서 상황보고를 하도록."

"예, 가지요."

하라다가 고개를 끄덕였다.

지금 인빈은 의주를 향해 북상 중이다. 평양성이 허무하게 함락되었기 때문이다.


"이천에 왜군 밀정이 있다는 거다."

이산이 말하자 조병기가 눈썹을 치켜올렸다.

이곳은 현청 앞, 둘이 서 있다.

"이곳에도 왜군 밀정이 침투했단 말씀입니까?"

"순찰사가 나한테 임무를 맡겼어."

정색한 이산이 한 걸음 다가섰다.

"네가 날 도와줘야겠다."

"제가요?"

"넌 지금부터 내 수하 장교야."

이산이 말을 이었다.

"선전관청 소속의 장교로 등록을 해야겠다. 가자."

몸을 돌린 이산을 보자 조병기가 숨을 들이켰다.

조병기의 인생도 갑작스럽게 변하고 있다.

대마도 출신의 향도에서 이제는 선전관청 소속 별장 휘하의 장교가 되려고 한다.


"이보게, 선전관."

최경훈이 이산을 불렀다.

저녁 무렵.

둘은 광해의 침소 옆쪽 행랑채의 마루방에 앉아있다. 이곳이 대기소 겸 경호대 숙소다. 옆방에는 항상 장교 여덟 명이 대기하고 있다. 하루 2교대로 세자를 경호하는 것이다.

이산의 시선을 받은 최경훈이 물었다.

"그대는 무술을 누구한테서 배웠는가?"

"안악산에 동우 거사라는 분이 계시오. 그분의 제자로 6년을 보냈습니다."

"무엇을 배웠나?"

"각종 무술과 천문, 지리, 역사까지 배웠으나 사부님의 기대에 미치지 못했습니다."

"그대가 세자 저하를 만난 것이 천운(天運)이야. 저하나 그대 양쪽에 말이지."

최경훈이 말을 이었다.

"저하를 도와 이 난관을 극복하면 그대는 대감 반열에 오르고 새 가문을 이룰 수가 있을 것이네."

이산이 고개를 들었지만 입을 열지는 않았다. 영예나 가문 따위는 생각 밖이다.

"그대가 와서 든든하네."

최경훈이 흐린 눈으로 이산을 보았다.

"유근수가 자택에 연금되었지만 주상께서 직접 천거해주신 집정이야. 조만간 이 소문이 주상께 전해지면 큰 소동이 일어날 것 같네."

"유근수는 주상 전하가 보낸 간자(間者)입니까?"

"인빈의 간자지. 그리고."

쓴웃음을 지은 최경훈이 목소리를 낮췄다.

"인빈은 왜군과 내통하고 있을 가능성이 있어. 고니시나 가또하고 말이야."

"……."

"유근수의 심복 장기태를 추궁했더니 이천에도 왜군의 밀정이 주재하고 있다는 거야. 유근수가 그놈들과 접촉한다는 자백을 받았어."

"이 정도까지 되었다면 큰일 아닙니까?"

이산이 묻자 최경훈이 쓴웃음을 지었다.

"그대가 선전관으로 정4품 별장이 되었으니 알려주겠네. 조선은 왕조가 세워졌을 때부터 중국의 속국이었어. 임금이 바뀔 때마다 중국 황제의 허가를 받아야 했지. 왜놈들의 도움을 받아 왕위에 오르는 것도 부끄러운 일이 아니야."

"순찰사께서는 세자 저하께 충성하시는 것 같습니다."

"잘 보았어."

최경훈이 고개를 끄덕였는데 처연한 표정이다.

"나는 세자께서 조선 왕이 되시는 것이 소원이야. 그것을 위해 목숨을 바칠 거네."

"순찰사는 세자 저하의 충신이군요."

"그대도 세자를 겪어보면 심복하게 될 거야. 나하고 같이 일하세."

이산이 웃음만 띠고는 자리에서 일어섰다.

"유근수를 살펴보고 오겠습니다."

"오, 그래 주겠나?"

고개를 끄덕인 최경훈이 반가운 듯 말했다.

"군사 여섯을 감시로 세웠는데 왜인의 접근을 철저하게 막아야 하네."

그러더니 덧붙였다.

"간물이야. 저하께서 죽이지는 못할 것이라고 알고 있어."


이산은 최경훈이 보내준 검정 철릭에 꿩 털이 달린 말총 벙거지를 썼고 허리에는 왜검을 찼다. 다리에는 각반을 한 데다 발에 짚신을 신었기 때문에 구색을 갖추

지는 못했지만 6척 장신에 떡 벌어진 어깨, 눈빛이 형형했으며 굵은 콧날, 굳게 달
힌 입술을 보면 위풍이 당당했다.

장군 형상이어서 군사들은 금세 위압되었다. 더구나 살아남은 장교들이 왜군과
의 접전을 말해준 터라 이산의 용명은 모르는 사람이 없다.

"나리, 오셨습니까?"

유근수의 자택 앞에 서 있던 군관이 군례를 하면서 이산을 맞는다.

"수고하네."

고개를 끄덕인 이산이 눈으로 안을 가리켰다.

"별일 없는가?"

"예, 안에 있습니다."

술시(오후 8시) 무렵.

여름밤이었지만 주위는 이미 어둠에 덮여 있다. 이산이 안으로 들어서며 말
했다.

"내가 둘러보고 오겠어."

"예, 나리. 다녀오십시오."

군관이 이산의 등에 대고 절을 했다.


마당에 서 있던 군관 둘이 다가오는 이산을 맞는다.

"선전관 나리 아니십니까?"

최경훈의 부하 군관이 이산을 알아보고 반갑게 인사를 했다.

"대감은 어디 있나?"

이산이 묻자 군관이 손으로 앞쪽 불 켜진 방을 가리켰다.

"저녁상을 방금 물렸습니다."

고개를 끄덕인 이산이 마당을 건너 안채 앞으로 다가갔다. 마당 끝은 한 자쯤

높은 토방으로 이어졌고 10자(3미터)쯤 넓이의 토방 끝에 안채가 세워져 있다.

토방 끝으로 다가간 이산이 불 켜진 방에 대고 말했다.

"대감, 계시오?"

그때 방 안에서 그림자가 일렁거리더니 곧 마루방으로 흰옷 차림의 사내가 나왔다.

턱수염이 무성했고 장신이다. 유근수다.

"누군가?"

마루방에 선 채 마당에 선 이산을 내려다보면서 묻는다. 마루방 안쪽에 촛불을 켜놓아서 사내의 얼굴도 드러났다.

굵은 눈썹, 눈은 가늘고 주름진 얼굴, 그러나 입술은 꼭 닫혀 있다.

그때 이산이 똑바로 사내를 보았다.

"나는 이번에 선전관이 된 별장 이산이오."

"그대가 정4품 별장이 된 자로군."

유근수가 찬찬히 이산을 보더니 눈살을 찌푸렸다. 그러더니 입을 열었다.

"내가 그대 임용을 반대했다가 저하의 노여움을 샀어."

"나는 벼슬에 욕심이 없는 사람이오. 그 이야기를 듣고 낯이 뜨거워 혼났소."

"나는 그대가 미워서 그런 게 아냐. 세자께서 신중하게 사람을 고르라는 충언을 드린 것이네."

이산이 고개를 끄덕이며 웃었다.

"대감, 내 얼굴을 보시오. 어디서 본 것 같지 않소?"

"글쎄, 내가 나이 들어서 눈이 침침해지는 바람에."

눈을 서너 번 깜빡인 유근수가 다시 찬찬히 이산을 보았다.

"낯이 익은 얼굴이야."

"그렇소?"

304

"그대 고향이 어딘가?"

"충청도요."

"부모가 상민인가?"

"대대로 농사를 지었소."

"내가 충청도 농민과는 인연이 없어."

어깨를 편 유근수가 고개를 저었다.

"대감, 문밖출입은 안 됩니다."

이산이 발을 떼면서 말했다.

유근수는 잠자코 이산의 뒷모습을 본다. 이산 뒤에서 숨을 죽인 채 듣고 있던 군관들이 문밖까지 따라 나왔다. 이산이 군관들에게 말했다.

"외인이 출입하면 고하를 막론하고 잡아놓아라. 순찰사 지시다."


집에 돌아왔더니 정지연이 기다리고 있다가 맞았다.

"저녁 드셨어요?"

안 먹었지만 늦은 시간이라 가만있었더니 정지연이 몸을 돌리면서 말했다.

"조금만 기다리세요."

가구에다 옷, 식기류와 주부식까지 모두 공급되었기 때문에 살림이 된다. 그리고 정지연은 이산의 부인이다. 집에 고용된 하녀 둘까지 그런 줄로 안다.


혼자 저녁을 먹고 있는데 급한 발소리가 들리더니 문밖에서 조병기가 헛기침을 했다.

"주인, 들어가도 되겠습니까?"

"들어오너라."

곧 문이 열리더니 바람을 일으키면서 조병기가 들어와 문 앞에 앉았다. 얼굴에 생기가 떠올라 있다.

"주인, 찾았습니다."

"찾다니?"

수저를 내려놓은 이산이 고개를 들었다.

"누구 말이냐?"

"왜인의 흔적이 있습니다."

조병기가 말을 이었다.

"마을 서쪽 끝의 민가인데, 그곳을 드나드는 놈들이 왜인 같습니다."

"자세히 말해."

"예, 조선 풍속에 익숙해져 있지만 왜인 습성이 나타납니다. 그것이 제 눈을 벗어나지는 못합니다."

한바탕 제 자랑을 한 조병기가 목소리를 낮췄다.

"옷차림이 다릅니다. 조선옷을 입었지만 고름이 엉성하고 바지에 각반을 매었습니다. 조선인 중에서 다리 끈을 묶고 다니는 사람은 드뭅니다. 왜인의 습성이지요. 왜인들 냄새가 풀풀 납니다."

말은 길었지만 결국 감(感)으로 찾았다는 말이다. 그러나 이산이 상에서 물러나 앉았다.

이천은 좁다. 분조(分朝)가 오면서 인구가 세 배 가깝게 늘어났지만 가구 수는 2백여 호에 불과하다. 조병기는 하루 만에 냄새를 맡았다.


고개를 든 기노가 앞에 선 병마사 고병진을 보았다.

깊은 밤.

이곳은 분조(分朝)의 관아 북쪽으로 2리쯤 떨어진 사당 앞. 허물어진 사당이어서 둘은 지붕 없는 기둥 옆에 서 있다.

고병진이 입을 열었다.

"별장 둘이 또 잡혔으니 남아있는 측근이 없는 실정이야."

고병진은 지금 피신 중이다. 유근수가 근신 명을 받아 자택에 감금당하자 고병진은 재빠르게 읍내를 빠져나온 것이다.

그때 기노가 한 걸음 다가섰다.

"병마사, 내가 인빈께 전령을 보냈어요. 그러니 곧 임금께서 바로잡아 주실 것입니다."

"그것이 언제가 될지 모르겠어."

고병진이 이맛살을 찌푸렸다.

"내가 그동안 숨어있어야만 한단 말인가? 놈들은 눈에 불을 켜고 날 찾고 있다구."

"우리도 위험합니다."

기노가 말을 이었다.

"잡힌 별장이나 군관이 우리와의 관계를 실토했을지도 모릅니다."

"그놈 때문에 사달이 일어났는데."

한숨을 쉰 고병진이 기노를 보았다.

"내가 피신하면서 들었는데 신임 선전관이 된 놈은 궁술의 명수라고 했어. 세자를 덮친 왜군 여섯인가 일곱을 활로 쏘아 죽였다는군. 세자의 목숨을 살린 은인은 맞아."

"그렇군요."

눈을 가늘게 뜬 기노가 고병진을 보았다.

"영감, 제 집으로 오시지요."

기노가 말을 이었다.

"지금도 제 집은 안전합니다."

"그럴까?"

"내 집을 아는 사람은 없어요. 마을 서쪽 끝의 우물 왼쪽 집입니다."

"고맙군."

어깨를 늘어뜨린 고병진이 한숨을 내쉬었다.

"임금께서 수습해주실 때까지 당분간 신세를 질까?"


늦은 밤이었지만 최경훈은 깨어 있었다. 역시 무장(武將)이다.

이산의 말을 들은 최경훈이 옆에 선 조병기를 보았다.

"그렇다면 그곳을 기습해서 안에 있는 놈들을 다 잡아야겠네."

"제가 가지요."

이산이 말을 이었다.

"군관 대여섯만 데리고 가겠습니다."

"그대 휘하의 경호대 열 명을 데려가게."

"알겠습니다."

군례를 한 이산이 몸을 돌렸다.

최경훈은 부상을 당해서 운신이 자유롭지 못하다.


세자를 모시고 피신했던 이 군관이 군관들을 데리고 왔다. 모두 8명이다.

"나리, 모두 쓸 만한 놈들입니다."

이 군관이 번들거리는 눈으로 이산을 보았다. 이 군관은 이산의 궁술을 눈앞에서 본 것이다.

"다 따라 나온다고 해서 제가 추렸습니다."

고개를 끄덕인 이산이 둘러선 군관들을 보았다. 모두 이산의 명성을 들은 터라 기대에 찬 모습이다.

"왜놈들의 거처인지 아직 확실하지는 않아."

이산이 말을 이었다.

"앞뒤에서 동시에 집 안으로 들어가 잡는다. 반항하면 베어라."

모두의 눈이 번들거린다. 군관들의 눈빛을 본 이산이 숨을 들이켰다.

선전관이 되고 나서 첫 작전인가?


"여기 있다!"

앞쪽으로 먼저 뛰어 들어간 군관 하나가 소리쳤다. 이어서 다른 목소리.

"잡았다!"

어둠 속에서 외침이 울렸다. 이산이 마루에 뛰어오르면서 지시했다.

"불을 켜라!"

곧 군관 하나가 준비해 온 기름 묻힌 홰에 불을 붙였다. 집 안이 금세 환해졌다.
방 안에서 소동이 일어났다.

"놔라! 이놈들아! 내가 누군지 아느냐!"

사내의 목소리.

"앗, 이게 누구냐!"

불을 켠 방 안에서 외침이 울렸다.

"병마사다!"

그때 이산이 방 안으로 들어섰다.

군관 둘이 사내 하나를 잡아 누르고 있었는데, 앞에 선 군관이 소리쳤다.

"병마사다! 유 대감의 측근이야!"

잡힌 사내가 병마사라는 것이다.

"이놈들! 놓아라!"

놀란 틈을 타고 사내가 몸부림을 치는 바람에 군관들이 손을 놓았다.

그때 이산이 다가섰다.

"이자가 병마사라구?"

군관들에게 물은 것이다. 이산은 아직 관리들을 모른다.

"그렇다!"

사내가 이제는 고래고래 소리쳤다.

"내가 병마사 고병진이다!"

"그런데 왜 이곳에 있는가?"

아직 주저앉은 사내를 향해 이산이 물었다. 이산은 손에 칼을 쥐었다.

"이곳은 왜적의 밀정이 은신하고 있다는 곳이었어. 그런데 왜 여기 있는가?"

"그, 그것은……."

고병진이 입을 열었을 때다. 이산의 칼날이 목덜미를 눌렀다. 힘만 주면 베어지
는 상태다.

고병진이 숨을 들이켰고 이산의 목소리가 방을 울렸다.

"이놈, 네가 왜적과 밀통하는 놈이었구나. 이제 잡았다."

"맞습니다. 이자가 집정 대감의 심복이오! 말이 맞습니다!"

이 군관이 소리쳤다.

"집정이 구금되고 측근들이 잡히자 이곳으로 도망쳐 숨어있던 것입니다."

아귀가 딱 맞는 해석이다.

고병진이 입을 다물었고 고개까지 숙였다.

잡았다. 더구나 왜적의 첩자가 들락거린다는 민가에 숨어 있던 것이다.


"과연."

기다리고 있던 최경훈이 이산의 보고를 듣더니 고개를 끄덕였다.

"고병진이 왜적의 밀정 은신처에서 발견된 것은 앞뒤가 맞는다. 유근수가 왜적

과도 밀통하고 있었다는 증거가 되겠다."

이산은 고병진을 포박했으나 이곳으로 끌고 오지는 않았다. 군관들을 시켜 그곳에 감금시켜 둔 상태다.

이산이 최경훈에게 물었다.

"어떻게 할까요?"

"내가 직접 했으면 좋겠지만."

최경훈이 상처를 싸맨 몸을 둘러보면서 쓴웃음을 지었다.

"몸이 이래서."

"저한테 분부하시지요."

"그자를 심문하게."

"죽여도 좋습니까?"

"그놈이 왜적의 밀정 숙소에서 잡혔으니 왜적과 밀통한 놈이야. 저하께 말씀드려서 부담 드리지 말고 우리가 처리하세."

"알겠습니다."

"선전관."

최경훈이 불렀기 때문에 이산이 고개를 들었다.

"예, 순찰사 나리."

"고병진은 유근수의 심복이네."

"그렇게 들었습니다."

"유근수가 숙소에 감금당하자 피신한다는 것이 왜적 밀정의 집이었어."

눈썹을 모은 최경훈이 말을 이었다.

"그곳에서 곧 조정(朝廷)에서 내려올 특사를 기다릴 작정이었겠지."

"……."

"이미 조정으로 밀사가 떠났을 테니까 말이네."

"자백을 받아도 임금이 계신 조정에서 믿지 않으면 소용없는 일 아닙니까?"

마침내 이산이 정곡을 찔렀다. 이제 이산도 조정(朝廷)과 분조(分朝) 간 내막을 어느 정도 아는 것이다.

그때 최경훈이 쓴웃음을 지었다.

"어떤 증거를 내세우더라도 유근수를 풀어주라고 하겠지."

"임금이 사신을 보내기 전에 죽이지요."

고개를 든 이산이 최경훈을 보았다.

"그런 임금의 명을 따를 필요가 있습니까? 참 답답합니다."

"이보게."

눈을 치켜떴던 최경훈이 곧 어깨를 늘어뜨리면서 쓴웃음을 지었다.

"그대는 잘 몰라서 그러지만 우리는 임금을 모시는 신하네."

"저, 그런 신하는 안 하겠습니다."

정색한 이산이 최경훈을 보았다.

"이런 왕조(王朝)가 세상에 어디 있습니까? 전란이 일어나자 왕은 도망질하기 바쁘고, 그래서 분조(分朝)랍시고 세워놓고는 또 감시자를 붙이는 데다가 왜적과도 밀통을 하다니요?"

이산이 눈을 치켜뜨고 최경훈을 보았다.

"저는 나리도 안쓰럽습니다. 그런 왕에게 충성을 바치다니요."

"이봐, 선전관."

"나는 선전관인지 별장인지 따위의 벼슬자리에도 관심이 없습니다. 그리고……."

이산이 말을 이었다.

"왕조의 임금이나 세자에 대한 충성심도 없소이다. 나리께는 정직하게 말씀드리는 겁니다."

최경훈이 길게 숨을 뱉었다.

"갑자기 상민에서 무관 벼슬자리에 올랐으니 왕조에 대한 충성심을 기대하는
것은 무리겠지."

이산이 숨을 들이켰다.

자신이 전(前) 호조판서 이윤기의 서자(庶子)라는 것을 밝힐 필요는 없다. 자리에
서 일어선 이산이 최경훈에게 확인하듯 물었다.

"고병진을 어찌 합니까?"

"그대가 알아서 결정하게."

"예, 나리. 제가 독단으로 처리한 것으로 하겠습니다."

이산이 몸을 돌렸다. 그리고 책임을 지는 것이다.


"지금 감금 중입니다."

부하 요시모리가 보고했다.

"집 주위에 군관 7, 8명이 감시하고 있습니다."

"죽이지는 못해."

쓴웃음을 지은 기노가 벽에 등을 붙였다.

이곳은 이천 북방 10리 지점에 위치한 용각사(寺). 폐사여서 다 허물어지고 잡초
만 무성한 절이다. 온전한 요사채의 방에서 기노와 요시모리가 앉아있다.

기노가 말을 이었다.

"하라다가 갔으니까 지금쯤 임금이 보낸 특사가 달려오고 있을 거다."

"기노 님, 우리가 이천을 빠져나온 것이 천운(天運)이었습니다."

기노는 쓴웃음만 지었고 요시모리의 말이 이어졌다.

"우리 대신 고병진이 잡혔지만 말입니다."

"대신 집어넣은 것이지."

"무슨 말씀이신지요?"

"고병진은 다른 곳으로 내뺄 작정이었어. 그래서 내가 내 집으로 숨으라고 한 거야. 이제 그놈 역할은 끝난 거지."

"……."

"유 대감 측근들은 다 잡았으니 문초를 하면 우리하고 접촉했다는 것쯤은 알아낼 수 있을 테니까."

요시모리의 시선을 받은 기노가 눈썹을 모았다.

"그렇다면 사람을 풀어 민가를 뒤지면 금세 우리 거처를 찾아낼 것 아니겠느냐?"

"그렇다면……."

"고병진은 고니시군 밀정에게 정보를 주는 이중 첩자였어. 그러니까 잡혀도 돼."

놀란 요시모리가 숨을 들이켰을 때 기노가 입술 끝을 좁히고 웃었다.

"그놈은 버려도 좋은 패야. 하지만 고병진은 조선 정4품 병마사인 데다 인빈의 수하에 드는 인물이지. 세자 측은 고병진에게 손끝 하나 건드리지 못할 거야."


"나는 이번에 선전관이 된 이산이다."

이산이 말하자 고병진이 쓴웃음을 지었다.

"안다. 벼락치기 벼슬로 나하고 동급인 정4품이 되었더구만."

"난 그까짓 것 상관 안 한다."

바로 말을 받은 이산이 어깨를 뒤로 조금 젖혔다.

민가의 마루방 안.

이산이 어깨를 조금 젖히고 고병진을 내려다보았다. 이산 뒤에는 군관 이정복과 동료 셋이 늘어서 있다. 앞쪽에 앉은 고병진은 의연한 자세다.

그때 고병진이 피식 웃었다.

"그래? 나를 어떻게 할 작정이냐?"

"네 배후."

"유 대감 말인가?"

"네 배후의 왜군 밀정."

"무슨 말인지 모르겠다."

"이 집이 왜군 밀정의 숙소였어. 어제까지 말이다. 그런데 네가 혼자 차지하고 있다니 수상하다."

"나는 빈집을 차지했을 뿐이야."

고병진이 눈을 부릅떴다.

"그리고 나는 병마사로 이천의 치안을 맡고 있어. 네가 간섭할 일이 아니다."

"너는 반역자로 구금된 유근수의 측근이야. 유근수와 연루된 관리는 다 체포되었다."

"그것이 언제까지 갈까?"

"네가 접촉한 왜군에 대해서 자백해라."

"무슨 말인지 모르겠다니까."

그때다. 이산이 허리에 찬 칼을 후려치듯이 뽑았다.

"앗!"

외침은 뒤쪽에서 일어났다. 군관 하나가 놀라 소리친 것이다.

그때 고병진이 눈을 치켜뜨더니 방바닥을 보았다. 머리의 상투가 잘려서 바닥에 떨어져 있는 것이다. 한 뭉치의 머리칼이 흩어져서 무릎까지 덮었다. 곧 잘린 머리칼이 얼굴을 덮었기 때문에 고병진이 손을 들어 눈을 가린 머리칼을 젖혔다.

이산이 칼을 고병진의 어깨에 올려놓았다.

"말해라."

이산이 말을 이었다.

"다음은 네 귀 하나를 잘라주마."

"이, 이놈."

그제야 정신을 차린 고병진이 눈을 부릅떴다.

"이래도 온전할 것 같으냐?"

"난 임금이 누군지도 상관하지 않는 사람이다. 자, 네 배후의 왜군에 대해서 말해라."

"모른다."

그 순간 이산의 칼이 번쩍였고 고병진이 손으로 한쪽 귀를 덮었다. 손가락 사이로 피가 흘러나왔다. 방바닥에는 귀 한쪽이 떨어져 있다.

"으윽."

제 귀를 본 고병진의 입에서 신음이 흘러나왔다.

그때 이산이 말을 잇는다.

"배후가 누구냐?"

이제는 고병진이 눈만 치켜떴을 때다. 이산이 칼을 후려쳤다.

"악!"

고병진이 신음을 뱉었다. 남은 귀 한쪽이 떨어졌다.

"말해라. 다음에는 네 코를 떼어주마."

이산이 칼끝으로 고병진의 코 끝을 누르면서 말했다.

"자, 그다음에는 팔다리를 하나씩 떼어주지."


진시(오전 8시) 무렵.

이산이 최경훈과 마주 앉았다. 분조(分朝)의 대기소 안이다.

"나리, 고병진이 자백했습니다."

"자백했어?"

316

놀란 최경훈이 충혈된 눈을 더 크게 떴다. 마루방에는 둘뿐이다.

이산이 말을 이었다.

"고병진이 잡힌 곳은 기노라는 가또 기요마사의 밀정 숙소였습니다."

"기노?"

"예, 여자인데 한국말도 능숙하고 휘하에 10여 인의 부하를 대동하고 있는 밀정 대장이랍니다."

"허어."

"기노는 유근수하고도 자주 만나는 사이였다고 합니다."

"무엇이?"

다시 놀란 최경훈이 숨을 들이켰다.

"유근수와 말인가?"

"더구나 인빈과도 자주 서신을 주고받는 사이였다는 것입니다."

"예측은 했지만 그렇게까지……, 믿을 수가 없구나."

"기노는 가또 기요마사의 밀정이지만 고병진은 자기가 고니시 유카나가의 밀정과 연락을 해온 사이라는군요."

"허어."

"저도 듣고 나서 머릿속이 비어지는 것 같았소."

이제는 흐린 눈으로 쳐다만 보는 최경훈에게 이산이 말을 이었다.

"산속에만 있다가 속세로 나왔더니만 바로 복잡하고 추잡한 현실과 부딪히게 되었군요."

"……."

"왕조(王朝)가 무언지, 권력이 무언지, 도대체 백성은 누구를 믿고 살아야 하는지, 그리고 또 신하(臣下)는 무엇이고, 충성은 또 무엇이란 말입니까? 고병진이 털어놓는 말을 들으면서 진저리가 났습니다."

"......"

"나리, 나는 내 어머니의 원수만 갚고 떠나고 싶소이다."

"이보게, 선전관."

눈의 초점을 잡은 최경훈이 고개를 끄덕이며 말했다.

"잘 알겠네. 그런데 자백한 고병진은 지금 어디 있는가?"

"뒷산에 있습니다."

"뒷산?"

"예, 팔 하나를 떼었더니 피를 많이 쏟아서 죽었습니다."

"......"

"그래서 뒷산에 묻었습니다."

그때 최경훈이 길게 숨을 뱉었다.

"수고했네."

"순찰사 나리."

이산이 불렀기 때문에 최경훈이 고개를 들었다.

"뭔가?"

"이 기회에 내가 유근수까지 자백을 받는 것이 어떻겠습니까?"

"유근수까지?"

되물었던 최경훈이 고개를 저었다.

"안 되네. 유근수는 놔두게."

"알겠습니다."

"그럼 세자 저하께서 일어나셨을 테니 나하고 함께 가서 보고를 하세."

자리에서 일어선 최경훈이 말했다.


세자의 침소 옆 마루방에 셋이 둘러앉았다. 세자를 향해 이산과 최경훈이 앉아

있는 것이다. 마루방은 사방이 탁 트여서 엿보거나 엿듣기가 어렵다.

이산의 말을 들은 세자는 의외로 담담한 표정으로 입을 열었다.

"예상하고 있었어. 놀랍지가 않아."

"저하."

최경훈이 상반신을 굽히고 광해를 보았다.

"주상 전하께 아뢰는 것이 나을 것 같습니다."

광해는 시선만 주었고 최경훈이 말을 이었다.

"분조의 현 상황은 이미 인빈 마마께 보고가 되었을 테니까요."

"……."

"곧 유근수를 풀어주라는 주상 전하의 지시가 내려올 것입니다. 분조(分朝)를 해체하고 세자 저하를 불러들이지는 못하실 것이지요."

"……."

"그러나 주상 전하 옆에 있는 인빈은 이미 정체가 탄로 난 이상 강수(强手)를 쓸 것입니다. 주상께서는 정원군을 후계자로 삼으실 예정입니다."

확신하듯 말한 최경훈이 광해를 보았다.

"저하, 유근수가 왜군과 내통하고 있다는 내막을 써서 주상께 올리시지요."

"……."

"사실인 이상 주상께 알려드려야 합니다."

그때 고개를 든 광해가 이산을 보았다.

"선전관의 생각은 어떤가?"

광해의 시선을 받은 이산이 바로 대답했다.

"유근수의 목을 베는 것이 낫습니다."

"목을 베어?"

광해가 눈을 크게 떴고 최경훈은 이맛살을 찌푸렸다. 이산이 대답했다.

"예, 제가 베지요."

"그대가?"

"예, 그리고 떠나겠습니다."

"무슨 말이냐?"

"유근수를 베고 도망치는 것입니다. 그러면 저하께서 저를 명을 거역한 죄를 물어서 수배하시지요."

"……."

"저는 도망쳐서 나타나지 않을 것입니다. 그러면 되지 않겠습니까?"

"그대는……."

말을 그쳤던 광해가 이산을 보았다.

"선전관, 그대는 몇 살인가?"

"스물입니다."

"나보다 나이가 위인 데도 단순하구나."

"예, 저하. 그렇습니다."

순순히 대답한 이산이 말을 이었다.

"산속에서만 지냈기 때문인 것 같습니다."

"유근수를 베면 전하께서는 분조(分朝)를 폐쇄하실 것이네."

광해가 길게 숨을 뱉었다.

"전하의 조정(朝廷)은 이제 의주에서 자리 잡고 있으니 분조(分朝)를 없애도 그만이야."

그때 최경훈이 말을 받았다.

"전하께서 명(明)으로 넘어가시면 명 황제는 어쩔 수 없이 대군(大軍)을 내려보내실 거네."

이산도 이해할 수 있다.

조선은 명의 속국인 것이다. 조선 왕이 명과의 국경인 의주에서 입국을 사정하고 있는 것은 당연한 일이다.

그때 광해가 고개를 들었다.

"전하께서 명으로 가시면 조선은 무주공산으로 변해서 명(明)과 왜(倭)의 전장(戰場)이 될 뿐이야. 그러면 누가 백성과 관리를 지도하겠는가? 허울뿐이지만 구심점은 있어야 하네."

"지당하신 말씀입니다."

최경훈이 고개를 끄덕이며 말했지만 광해는 이산에게 말을 이었다.

"나는 폐세자가 되어도 왕자(王子)로 관리와 백성들을 위해서 일하겠네."

이산이 고개를 숙였다.

이것으로 광해의 심중이 명백해졌다. 광해는 나이가 어리지만 과연 군왕의 그릇이다.


"그대는 잠깐 머물라."

회의가 끝났을 때 광해가 이산에게 말했다. 아직 상처를 치유 중인 최경훈을 배려한 것이다. 이산이 다시 자리에 앉았을 때 광해가 입을 열었다.

"나는 순수한 그대를 믿는다."

"황공합니다."

"그대는 물들지 않아서 곧다. 바로 상민의 목소리를 뱉는 사람이다."

광해가 흐려진 눈으로 이산을 보았다.

"부모가 모두 왜적에게 죽었다고 했지 않았는가?"

"예, 저하."

"나는 아직 어리지만 수없이 배신과 변절을 겪은 사람이야. 권력과 재물을 위해서 눈 한 번 깜빡하지 않고 등을 칼로 찌르는 것도 목격했어."

광해의 얼굴에 희미하게 웃음이 떠올랐다.

"난 전란 때문에 세자가 되었어. 아바마마께서 날 화살받이로 내세우신 것이지."

"……"

"이보게, 선전관."

"예, 저하."

"내 측근에 남아있어 주게."

이산이 시선만 내렸고 광해가 말을 이었다.

"그대가 벼슬에 욕심이 없는 것도 아네. 하지만 나에게 그대는 난세에 필요한 영웅의 기백과 자질이 보이네."

광해의 목소리에 힘이 실렸다.

"그것을 백성을 위해 써보지 않겠나? 내가 그 기회를 만들어주겠네."

그때 이산이 고개를 들었다.

"저하가 영웅이십니다."

숨을 고른 이산이 말을 이었다.

"저는 당치도 않습니다."


"광해가?"

눈을 크게 뜬 선조가 인빈을 보았다.

신시(오후 4시) 무렵.

의주 행재소 안. 인빈의 처소에서 인빈이 선조와 독대하고 있다. 방금 선조는 이천 분조(分朝)에서 일어난 집정 유근수의 구금 사건을 보고받은 것이다. 선조에게는 자신이 보낸 집정이 광해에 의해 축출된 사건이다.

"제멋대로 상민을 정4품 선전관으로 임명했다고 고언을 한 집정을 구금해?"

"예, 그리고 집정 주변의 참모들까지 모두 잡아들였다고 합니다."

"이놈이 미쳤구나."

"벌써 임금 행세를 하고 있습니다."

"당치도 않아!"

버럭 소리친 선조가 인빈을 보았다.

"누구한테서 연락을 받았는가?"

"이천에 있던 유 대감의 비장 하나가 밀서를 갖고 달려왔습니다."

인빈이 선조에게 밀서를 내밀면서 말했다.

"밖에 비장을 대기시켰습니다."

밀서를 받은 선조가 훑어보고 나서 인빈을 보았다.

"부르게."

인빈이 재빨리 일어나 마루로 나가더니 상궁에게 지시했다.

잠시 후에 선조가 마루 밑에 엎드린 비장에게 물었다.

"네가 이천에서 왔느냐?"

"예, 전하."

납작 엎드린 비장이 고개를 들었지만 시선을 보내지는 않는다.

"말하라."

선조가 말하자 비장이 입을 열었다.

"세자께서 집정을 구금시키고 측근 관리들을 모두 감옥에 집어넣었습니다. 상민을 정4품 선전관으로 임명한 것에 반대했다는 죄목입니다."

"이런, 그것이 죄라고?"

어깨를 부풀린 선조가 눈을 부릅떴다.

"무슨 죄라더냐?"

"반역죄라고 했습니다."

"알았다. 물러가라."

비장을 내보낸 선조가 숨을 골랐을 때 인빈이 입을 열었다.

"세자가 임금 행세를 합니다."

선조가 외면했고 인빈의 말이 이어졌다.

"전하께서 조선에 계시는데도 이 지경이니 명(明)으로 옮겨가시면 주위의 신하들이 배겨날 수 있을까요?"

"……."

"전하께서 보내신 집정마저 구금시키는 성품이니 시간이 지나면 어떻게 될지 두렵습니다."

그때 선조가 벌떡 일어섰다. 바람을 일으키면서 선조가 방을 나갔기 때문에 인빈은 마루방까지 따라가다가 멈춰 섰다.

선조가 내관들과 함께 침전으로 돌아가고 있다. 뒷모습만 봐도 흉흉한 분위기다.


"선전관, 그대가 마석군에 다녀와야겠네."

광해가 이산에게 말했을 때는 사시(오전 10시) 무렵이다. 이천 분조(分朝)의 청 안이다. 마루방에는 분조(分朝)의 신하들이 좌우로 갈라서 마주 보고 앉아있었는데, 구색은 갖춰졌다.

무반(武班)의 말석에 앉아있던 이산이 고개를 들었다. 그때 광해가 말을 이었다.

"의병장 육손이 전사해서 4백 명 가까운 의병이 흩어질 처지라는 것이야. 그대가 가서 수습을 해야겠네."

"예, 저하."

이미 최경훈한테서 마석군 상황은 들었기 때문에 이산이 순순히 대답했다.

마석군은 2번대 가또군(軍)의 통로에 있다. 가또의 좌군(左軍) 대장 도모타 영역이다. 광해가 말을 이었다.

"지금 육손의 부장(副將) 둘이 서로 의병장을 다툰다고 했어. 그대가 가서 둘 중 하나를 의병장으로 임명하라."

"예, 저하."

둘러앉은 문무 관리들은 말이 없다. 유근수가 있었다면 끼어들었을 것이다.

청 안은 무거운 분위기다. 집정 유근수와 측근들이 소탕된 대변혁이 일어났기 때문이다. 남은 관원들의 표정은 어둡다. 의주 행재소의 반응이 두려운 것이다.

그때 광해가 관원들을 둘러보았다.

"이천에 왜의 밀정이 들락거리다가 자취를 감췄소. 앞으로 기찰을 엄중히 해야 될 것이오."

관원들이 놀라 술렁대었고 광해의 말이 이어졌다.

"그것은 이번에 구금된 유 집정의 주변 인물들한테서 나온 말이오."

이제 유근수의 본색을 밝힐 때인 것이다. 광해는 신중한 성품이다. 우선 그렇게 만 말하고 입을 다물었다.


"이 사람을 데려가게."

최경훈이 옆쪽 끝에 앉은 사내를 가리키며 말했다.

30대쯤의 건장한 체격. 턱수염이 무성한 무장(武將)이다. 관복은 입지 않았으나 허리에 장검을 차고 두건을 썼다. 이천 분조(分朝)의 무장들은 대부분 사복 차림 이다.

이산은 광해의 명을 받고 나와 대기소에 들른 참이다.

"회령에서 국경을 지키던 사람이야. 종5품 판관 벼슬이네."

"박대길이오."

고개를 숙인 사내가 인사를 했다.

"선전관을 모시게 되어서 반갑습니다."

"나도 반갑소."

이산이 지그시 사내를 보았다.

박대길과 함께 마석군에 가게 된 것이다. 그때 박대길이 말을 이었다.

"기마군 12기를 대기시켰습니다. 마석군은 세 시진(6시간)이면 닿을 수 있을 것입니다."

그때 최경훈이 말했다.

"박 판관은 믿을 만한 사람이야. 선전관 그대하고 많이 통할 거네."


하라다가 방으로 들어섰을 때는 미시(오후 2시) 무렵이다. 기노 앞에 앉은 하라다가 말했다.

"곧 유 정승이 이천에 도착할 것입니다."

유 정승이란 유성룡이다. 하라다가 말을 이었다.

"유 정승이 임금의 친서를 갖고 올 겁니다."

"인빈은 만났느냐?"

"예, 만났습니다."

하라다의 얼굴에 웃음이 떠올랐다.

"가져간 후추를 줬더니 반가워하더만요."

"피란 통에 후추 구하기 어렵지."

"인빈은 지금 당장 세자를 교체하기는 어렵다고 했습니다."

"정원군을 이천에 보낼 수는 없을 테니까."

"유근수를 의주로 돌려보내고 대신 유 정승을 세자의 집정으로 내려보낸다고 합니다."

"유화책을 쓰는군."

기노가 고개를 끄덕였다.

"예상했던 대로야. 당분간은 광해가 필요해."

"그리고 인빈은 이번에 선전관이 된 이산의 직을 몰수시키겠다고 했습니다. 그렇게 임금께 말씀드리겠다는군요."

"유근수가 그 때문에 광해에게 역적 소리를 들었으니 당연한 대가야. 하지만 광해가 받아들일까?"

고개를 기울였던 기노가 말을 이었다.

"광해는 유근수를 구금함으로써 제 입장을 굳힌 거야. 어린놈이 보통이 아니야."

"……."

"사사건건 간섭하는 유근수를 벼르고 있다가 이번 이산의 선전관 임명을 계기로 처리한 것이니까."

기노가 앞을 내다보고 말했다.


기마대가 마석군의 불탄 현청 마당에 도착했을 때는 신시(오후 4시) 무렵이다.

가또군이 휩쓸고 간 현청 주위의 민가는 대부분 주인 없는 빈집이 되었고 개떼들이 무리 지어 다니다가 기마군에 쫓겨 달아났다. 대문도 떨어진 현청 마당에는 10여 명의 의병이 모여 있었는데, 그중 하나가 소리쳐 맞았다.

"분조(分朝)에서 오신 분이시오?"

"그러네."

대답한 박대길이 먼저 말에서 내리면서 물었다.

"모두 어디 있는가?"

"안에 있소."

"선전관 모시고 왔으니 다 나오라고 하게."

그러자 사내가 대답했다.

"의병이 두 패로 나뉘어 이곳에는 한 패밖에 없소."

그때 말에서 내린 이산이 말했다.

"다른 한 패는 어디 있는가?"

"오달산에 들어갔소."

사내가 외면한 채 대답했다.

"산적이 되겠다고 했소."


"김막동이오."

안채에서 나온 사내가 한쪽 무릎을 꿇고 군례를 했다.

건장한 체격. 허리에는 칼을 찼고 턱수염이 짙다. 30대 중반쯤의 나이에 눈빛이 강하다.

고개를 끄덕인 이산이 한 걸음 다가섰다.

"일어서게."

일어선 김막동이 이산을 보았다.

"나리, 잘 오셨습니다."

"의병장이 죽었으면 남은 부하들이 더 뭉쳐야 되지 않은가?"

이산이 질책하듯 물었더니 김막동이 질색을 했다.

"최준은 의병장이 되기 힘드니까 산적이 되겠다고 산으로 들어간 놈입니다. 그놈은 재물 욕심으로 의병이 되었습니다."

"최준이 데려간 의병은 몇인가?"

"150여 인이오."

이산이 옆에 선 박대길을 보았다. 김막동의 부하는 1백 명 정도다.

그때 박대길이 물었다.

"오달산이 이곳에서 얼마나 떨어졌나?"

"30리(12킬로)요."

김막동이 번들거리는 눈으로 이산과 박대길을 번갈아 보았다.

"산이 험해서 왜군도 오르지 못하는 곳입니다."

그때 이산이 말했다.

"의병이 산적이 된다는 것은 왜군으로 변신한다는 것이나 같다. 내가 최준을 만나겠다."

"그러시다면 소인이 안내하지요."

고개를 든 김막동이 이산을 보았다.

"소인이 이곳 출신이라 지리를 잘 압니다."


술시(오후 8시) 무렵.

오달산 입구에 10여 인의 기마대가 도착했다.

이산 일행이다. 김막동을 앞세운 선전관 일행이다.

어둠에 덮인 골짜기로 들어선 일행은 말에서 내린 후에 산을 올랐다.

"산 중턱에 산채가 있어서 한 시진이 걸릴 겁니다."

앞장선 김막동이 이산에게 말했다. 뒤를 따르는 이산은 손에 활을 쥐었고 등에는 살통을 메었다.

"본래 이 산채는 옛날 고려시대의 성이었는데 지금은 다 무너지고 성벽 일부만 남았지요."

나뭇가지를 잡고 오르면서 김막동이 말을 이었다.

"산채는 수백 명이 숨어있을 만큼 넉넉합니다."

그때 이산이 물었다.

"최준이 양반집 종이었다고 했나?"

"예, 나리."

김막동이 이산을 돌아보았다. 김막동도 광대 출신이니 천민이다.

가쁜 숨을 몰아쉬면서 김막동이 말을 이었다.

"부하들에게 왜놈이나 임금이나 다 똑같다면서 우리나 잘 먹고 잘살자고 했습니다."

"……"

"산에 가서 양반 놈 재물을 빼앗아 골고루 나눠주겠다고 했습니다."

이산이 입을 다물었다.

죽은 의병장 육손은 소 잡는 백정이었다. 장사인 데다 덕이 있어서 의병이 되었는데 이번에 왜군과의 접전 때 앞장을 섰다가 조총을 맞고 죽었다.

산 중턱에서 일행은 잠시 쉬었다.

가파른 암산이어서 모두 가쁜 숨을 몰아쉬고 있다.

그때 박대길이 고개를 돌려 이산을 보았다.

"선전관, 최준이 저항하면 어떻게 하실 겁니까?"

"사연을 듣기 전에 죽이지는 않을 거요."

이산이 말을 이었다.

"나도 저하께 오기 전에 산적을 토벌한 적이 있는데 모두 사연이 있는 자들이었소."

"왜군과 내통하는 세력이 늘고 있습니다. 민심이 떠나고 있소."

박대길이 목소리를 낮췄다.

"세자께서 애를 쓰고 계시지만 주상이 도와주지 않으니 역부족입니다."

"……"

"이천 분조(分朝)에도 왜군의 밀정과 내통 세력, 인빈의 방해 세력이 득실거리는 상황이오. 분합니다."

어둠 속에서 박대길의 두 눈이 번들거렸다.

"모든 것이 임금 때문이오. 임금은 소원대로 명(明)으로 보내고 세자께서 조선을 다스려야 합니다."

"……."

"임금 주변에는 간신들만 모여 있어서 이일이나 김명원, 한응인 같은 패장들이 오히려 공을 세운 장수, 의병장을 시기해서 죽이는 상황이오."

이제는 박대길의 목소리가 떨렸다.

맞는 말이다. 박대길은 충신이다.

이산이 고개를 끄덕였다. 그러나 박대길의 말이 가슴 깊게 박히지는 않는다.

이씨 왕조, 그리고 양반, 상놈의 세상에 대해서 환멸을 느끼고 있기 때문이다.


"누구냐?"

앞에서 외침이 울렸을 때는 반 시진쯤 후다.

산 중턱. 숲이 우거져서 10보 앞도 보이지 않는다.

그때 김막동이 소리쳤다.

"나다! 김막동이다! 최 두령한테 할 이야기가 있어서 왔다!"

"기다리시오!"

놀란 듯 뜬 목소리가 울리더니 곧 앞쪽이 부산스러워졌다. 이곳은 산세가 가팔라서 서너 명이 모이기도 힘든 지형이다.

해시(오후 10시)가 지난 시간이다.

잠시 후에 앞쪽에서 사내가 소리쳤다.

"김 두령인가!"

"오, 최 두령!"

김막동이 맞받아 소리쳤다.

"이야기할 것이 있어!"

그러자 나무 사이로 사내들의 그림자가 드러났다.

김막동 옆에 서 있던 이산은 다가오는 사내를 보았다. 키는 작지만 어깨가 넓고 팔이 길다. 허리에 장검을 찼는데 어둠 속에서 두 눈이 번들거리고 있다. 턱수염이 무성했고 각진 얼굴. 30대쯤 되었다.

세 발짝쯤 앞에 선 최준의 시선이 김막동과 이산, 박대길 등을 훑고 지나갔다.

"옆에 선 사내는 누군가?"

최준이 이산을 눈으로 가리키며 물었다.

그때 이산이 입을 열었다.

"나는 선전관 이산이네. 세자 저하의 말씀을 듣고 왔어."

놀란 최준이 몸을 굳혔을 때 이산이 한 걸음 다가섰다.

"산적이 되느니 의병대를 둘로 나눠서 대장이 되게."

"이런!"

어깨를 부풀렸다가 내린 최준이 이산을 보았다.

"우리는 의적이 될 거요. 왜놈하고도 싸우겠지만 도망질이나 하고 백성을 괴롭히는 관리 놈들, 양반 놈들도 쳐 죽일 것이니 돌아가시오."

이산이 주위를 둘러보았다.

어둠 속에서 사방의 숲이 흔들리고 있다. 최준의 휘하 병력이 포위하고 있는 것이다. 이쪽은 10명밖에 되지 않는다. 그때 박대길이 소리치듯 말했다.

"이보게, 세자 저하는 새 세상을 만드실 것이네. 우리는 분조(分朝)에서 온 관리들이야. 그대에게 공감하고 있네. 의병장이 되어서 그런 일을 해도 되지 않겠는가?"

"믿을 수가 없소."

이제는 최준이 소리쳤다.

"의병장 육손이 공을 세우고 죽었지만, 강원 병마사는 조정에 보고도 하지 않왔소. 우리가 천민 의병이기 때문이오.”

“분조(分朝)는 다르네! 그래서 우리가 세자 저하의 지시를 받고 오지 않았는가?”

“돌아가시오!”

최준이 장검의 손잡이를 쥐면서 맞받아 소리쳤다.

“왜군은 투항한 향도를 우대하고 양반, 상놈을 구별하지 않는다고 들었소! 우리가 왜군에 투항하지 않는 것만도 다행으로 아시오!”

이산이 잠자코 최준을 보았다.

그럴듯하게 말했지만 최준은 김막동과 갈라선 후에 이곳에서 15리(6킬로) 떨어진 서장골의 한 승지 별장을 기습해서 일가 20여 명을 죽이고 재물을 갈취해왔다. 한 승지의 일가는 물론이고 하인들까지 몰살시킨 것이다. 한 승지는 명망 있는 양반이었다.

“돌아가시오!”

최준의 목소리가 숲을 울렸다.

“내가 살려준 것만 해도 고맙게 생각하시오!”

그 순간이다.

이산이 한 걸음 내딛으면서 허리에 찬 장검을 후려치듯이 빼내었다.

발도(拔刀).

안악산에서 수만 번을 연마한 검술. 동우 거사는 검술은 발도(拔刀)에서부터 시작된다고 가르쳤다.

“앗!”

주위에서 일제히 외침이 터졌다.

최준의 머리가 옆으로 기울어지는 것 같더니 곧 밑으로 떨어졌기 때문이다. 그러나 머리 없는 몸통은 영문을 모르는 듯 그 자리에 서 있다.

“아앗!”

다시 서너 명이 소리쳤다. 최준의 머리 없는 몸이 한 걸음 발을 떼었기 때문이다.

그때 이산이 소리쳤다.

"들어라!"

칼을 쥔 채다.

"너희들은 죄 없다. 그러니 이곳에서 해산하든지 의병이 되든지 마음대로 해라!"

그때 최준의 몸이 뒤로 넘어졌다. 다시 이산의 외침이 울렸다.

"최준은 저 혼자서 산적이 되든지 의병이 되든지 했어야 옳다. 너희들을 이끌 만한 자가 아니다."

그러고는 이산이 박대길을 보았다.

"돌아갑시다."


이산 일행이 산 아래로 30보쯤 내려갈 때까지 잠자코 따르던 박대길이 문득 고개를 들고 입을 열었다.

"따라오지 않는 것 같습니다."

이산은 대답하지 않았고 박대길이 말을 이었다.

"잘하셨습니다, 선전관."

뒤를 따르는 김막동도 입을 열지 않는다.

&lt;2권에 계속&gt;